폭사한 아저씨의
심리적 부검

폭사한 아저씨의 심리적 부검

조은일

예미

안녕하세요. 조은일입니다. 이 책은 제가 2018년 3월 26일부터 2019년 11월 23일까지 육군 병사로 복무한 기록을 담은 에세이입니다. 한국 사회에서 군대가 갖는 의미는 복합적입니다. 구직 공고에선 '군필자 우대'라는 조항을 어렵지 않게 발견할 수 있고, 실제로 군대에서 많은 걸 배우고 나왔다고 하는 이도 적지 않습니다. 반면 군대에선 심심찮게 인명 사고 소식이 들려오기도 하고, 여러 예비역이 미필자에게 진지하게 "뺄 수 있으면 빼라"고 조언합니다. 대체 어떤 곳이길래. 입대 전 군대가 20대 청춘에게 시련과 성숙을 주는 공간인 것 같다는 생각은 어렴풋이 했습니다. 그러나 군필자들이 거기서 구체적으로 무엇을 경험하고 무엇을 느끼는지는 알 수 없었습니다. 이 이야기를 쓰기 시작한 이유가 그것을 탐구하고 세상에 전하기 위함입니다. 군대에 곧 갈 사람, 혹은 그런 사람을 주변에 둔 사람이라면 한 번쯤 이 책을 읽으며 그곳을 이해해 보기를 권합니다.

전역자 여럿이서 모이면 가장 오랫동안 할 수 있는 얘기가 바로 군대 얘기입니다. 하지만 그런 대화가 끝날 때마다 종종 석연찮은 기분을 느낍니다. 각자가 들려주는 경험이 한바탕 웃음이나 어느 바보 같은 동료를 향한 경멸에서 그치는 단편적인 썰에 불과했기 때문입니다. 게다가 말하는 사람의 치부는 꼭꼭 숨겨져 좀처럼 드러나는 법이 없었습니다. 글을 쓰며 저는 맞지 않는 사람이 있으면 욕하고 대충 넘어가기보다 적어도 두 번씩 더 생각해 보곤 했습니다. 그리고 나의 은밀한 잘못이나 비뚤어진 생각까지도 그대로 털어놓고자 노력했습니다. 그래야 좋은 기록이 될 수 있다 믿었습니다. 군대를 다녀온 독자에게는 이 책이 자신의 오래된 기억을 끄집어내 다시 찬찬히 살펴볼 수 있는 마중물이 되기를 바랍니다.

저는 충남에 위치한 논산 훈련소에 무보직으로 입소한 뒤 강원도 철원의 말단 부대에 배치되어 155mm 견인포병으로 잠깐 지내다 행정병으로 보직 변경을 하였습니다. 당시 월급은 30만 원대였습니다. 군 복무 기간이 21개월에서 18개월로 단축되는 과도기였기 때문에 20개월 복무하였습니다. 휴대폰은 군 생활 절반 정도 되던 시점부터 개인정비 시간에 사용할 수 있게 되었습니다. 누군가에게는 편해 보이는 형편일 것입니다. 그러나 20대 초반이던 제게 군 생활은 한 순간도 쉽지 않았습니다. 상습적으로 자살을 생각했습니다. 처음에는 밥 먹는 시간, 말투와 사고방식까지 통제당하며 자유를 빼앗겼다는 느낌에 심하게 시달렸습니다. 자대 배치 이후에는 외워야 할 게 많은 것도 그렇고, 선임들이 행하는 부조리가 당연스레 받아들여지는 문화도 견디기 힘들었습니다. 짬이 차고 나서는 사람들과 잘 못 지내는 게, 그리고 어느새 내가 윗사람들의 감시 대상이 되었다는 사실이 힘겨웠습니다.

무엇이 가장 큰 문제였는지는 딱 잘라 말하기 어렵습니다. 뭔가 엄청난 일이 벌어지지 않았기 때문이겠지요. 하지만 정말 죽고 싶었던 순간에 제가 아주 조금만 더 용기를 냈더라면 위험한 사건이 일어날 수도 있었을 거란 상상을 합니다.

자살한 사람이 죽음을 택한 정신적 요인을 밝히는 행위를 '심리적 부검' 이라고 합니다. 거기서 제가 죽었다면 누군가는 그 책임자로 지목되어 징계를 받았을지 모릅니다. 하지만 설령 그랬다 하더라도 그 사람이 가장 큰 죄인이라고 말할 수는 없습니다. 죽은 제가 실은 책임 소재를 다 피해 간 누군가를 너무 미워했을 수도 있고, 아니면 그냥 저 혼자만 너무 예민하고 이상한 사람이라 주변 사람들만 운 나쁘게 걸린 것일 수도 있겠습니다.

이런 상상들은 영화감독 지망생으로서 한 편의 각본을 써서 나오고 싶어 하던 제 바람과 만나 시나리오라는 형식 안에 담겼습니다.

각 장 말미에 삽입된 '평행 우주'가 바로 이것입니다. 평행 우주는 가능성의 세계를 표방합니다. 「평행 우주 I」에는 미련이 담겨 있습니다. 이쪽 세계에서는 아니지만 저쪽 세계에서는 내가 심각한 평발 진단을 받아 사회 복무 요원이 될 수도 있지 않았을까 하고 말이죠. 「평행 우주 III」에는 사망한 제 죽음의 원인을 진정으로 밝혀내려는 누군가가 있습니다. 하지만 그런 달콤한 상상은 현실을 외면한 결과에 가까울 것입니다. 「평행 우주 V」에서는 세상이 전혀 바뀌지 않은 채 악이 또 다른 악으로 이어지기도 합니다. 이렇듯 에세이 전반의 화자가 원치 않았을 내용이 화자가 가장 쓰고자 했던 형식 안에 담겼다는 점에서, 여타 에세이에서는 느껴볼 수 없던 독특한 슬픔을 마주할 수 있을 것입니다.

몇 갈래의 평행 우주를 내다본 「평행 우주 VI」의 조 병장은 끝내 어떤 깨달음을 얻은 듯합니다. 그러나 너무 늦은 건지, 이제 그의 눈앞에는 대항할 만한 마땅한 적이 보이지 않습니다. 남은 복무 일수가 100일 안으로 접어들 때쯤 저도 그런 기분이었습니다. 그동안 죽고 싶다고 말은 많이 했는데 막상 전역일이 가까워지니 마음이 편해졌습니다. 제 자신이 야속하게 느껴졌습니다. 그간 주변 환경과 사람들을 향해 가져왔던 불만도 결국 집 갈 때가 되니 아무 일도 아니었던 게 되어 버리나 싶었습니다. 다 참을 수 있는 것들이었나 하는 생각이 들었습니다.

이후 자살을 생각한 적 있는지 묻는 심리검사지 질문에 저는 그렇지 않다고 답하기 시작했습니다. 지휘관은 그동안 진행한 심리 상담이 효과가 있었던 거냐 물었습니다. 그렇지는 않습니다. 저를 낫게 할 거라 믿었던 여러 전문가와의 상담, 그리고 약 복용은 오히려 저를 더 힘들게 했습니다. 과연 제가 군 생활 내내 앓은 것으로 진단되던 우울증은 존재하기는 했던 걸까요. 만약 있었다면 어쩌다 사라진 걸까요. 위와 같은 아이러니를 통해 이 책은 현실적인 심리 상담과 문제 해결 경험을 전합니다.

요즘도 군대 꿈을 꿉니다. 물리적으로는 전역했지만, 심리적으로는 전역이 이루어지지 않았나 봅니다. 거기서 있었던 일들은 지금까지도 모든 사고와 행동, 선택에 영향을 주고 있습니다. 한때 이 책을 손에서 떠나보내고 나면 거기서 해방될 거라고 희망했습니다. 그런데 지금 보니 이건 제 몸의 일부분인 것 같습니다.

끝으로 영감을 준 『전역하는 만화』의 만화가 엉덩국, 「이제는 떳떳하다」와 「녹색이념」이라는 곡으로 계속 달려 나갈 힘을 준 래퍼 테이크원, 원고를 손볼 때 제일 많이 갔던 우리 동네 커피나무, 그리고 아버지께 이 책을 바칩니다.

2023년 11월 조은일

1부

평발로 공익 간 121번 훈련병

등장인물

훈련소 사람들
121번   요정
116번   은일
중대장

열심히 해도 오히려 손해만

동아리 선배가 입대 전에 꼭 먹어야 할 음식을 추천해 줬다. 끓인 라면과 구운 고기다. 군대에서 라면은 뽀글이로밖에 먹을 기회가 없고, 고기는 대량으로 조리하기 때문에 삶은 것밖에 먹지 못할 거라 했다. 고기는 어제 가족들과 다 같이 먹었다. 홀로 깬 2018년 3월 26일 월요일 아침. 삼양라면 매운맛을 끓여 먹고 집을 나선다.

고속버스 터미널에서 연무대행 버스에 오른다. 연무대(鍊武臺). 예로부터 무술을 연마하는 곳이었다고 한다. 버스에 탄 사람들 모두 빡빡머리다. 모자로 가렸어도 근심까지 가리지는 못했다. 2시간을 달려 여기가 맞나 싶은 곳에서 우르르 내린다. 터미널 왼쪽으로 롯데리아, 오른쪽에 작은 버스 정류장 하나 보이는 게 전부다. 완전 시골이다. 햄버거를 먹고 들어

갈까. 배는 안 고픈데 분명 생각날 것 같다. 유리문 앞에서 고민하는 사이 빡빡이들은 어디론가 사라져 버렸다. 지도 어플로 논산 훈련소 가는 길을 찾아보지만, 버스 배차간격이 표시되지 않는다. 지금 운행하기는 하는 걸까. 지각하면 어쩌지. 택시는 커녕 차 한 대도 다니지 않는다.

다행히도 금방 마을버스가 온다. 안에는 할머니 서너 분쯤 타 계신다. 창문을 열고 바람을 맞으며 달리다 보니 슬슬 바깥으로 승용차가 서너 대 나타난다. 디지털 시계니 라이트 펜이니 파는 행상도 하나씩 눈에 띈다. 이제는 돌이키지 못한다. '환영, 호국 요람'이라는 문구가 적힌 입영 심사 대 정문을 들어선다. 입대 예정자의 아버지, 어머니, 형, 누나, 할머니, 여자친구, 친구 되는 사람들이 정신없이 얽혀 있다. 난 고개를 들지 못한다. 드넓게 잔디가 깔린 야외 행사장으로 가는 길은 마치 악어 모습을 한 괴물의 쩍 벌린 입과도 같다. 이 길을 제 발로 걸어간다. 환영한다는 글씨가 한 글자씩 나타나고 한 글자씩 사라지는 전광판이 날 반긴다. 대충 빈 관객석을 찾아 앉는다. 어떡하냐 진짜. 멋쩍은 웃음이 나온다. 옆에 앉은 사람처럼 나도 누군가와 이 긴장되는 마음을 나누고 싶다. 요정과 마지막 통화를 한다.

입대자들만 앞으로 나와달라는 방송이 나온다. 정말 때가 왔구나. 예쁘게 차려 입은 사람, 키 큰 사람, 키 작은 사람, 마스크 낀 사람, 안경 낀 사람, 피부가 까만 사람, 얼굴에 뭐가 많이 난 사람, 살찐 사람, 머리 안 민 사람. 인상을 하나둘 살핀다. 한 달 먼저 입대한 친구가 편지로 해준 말이 있다. 느낌이 좋지 않은 사람과는 같은 줄에 서지 않는 게 좋다. 여기서 줄 서는 대로 방을 같이 쓸 사람들을 묶어주기 때문이다. 근데 다들 시선이 객석을 향하고 있다. 바로 친지들에게 보내는 작별의 메시지다. 내가 딱히 외롭거나 한 건 아니다. 오히려 친구들이나 요정이 왔다면 더 미련이 남아 힘들었을지 모른다.

단상에 나이 많고 까무잡잡한 군인이 걸어 나오자 사람들이 조용해진다. 그의 목소리에는 저 가족들을 안심시키는 푸근함이 있다. 하지만 우리를 숨죽이게 만드는 카리스마도 지녔다. 신속히 대형 맞추는 법, 경례하는 법, 좌향좌, 우향우, 뒤로 돌아를 배운다. 더 높아 보이는 군인이 나오면서 본격적인 입영식이 시작된다. 애국가, 국기에 대한 경례, 걱정 가득한 부모들을 향한 한 말씀. 이제 군악대가 연주하는 행진곡에 맞춰 행사장을 쭈욱 한 바퀴 돌아 안쪽으로 걸어 들어가면 군 생활 시작이다.

빰빰빠밤. 손자 한 번 마지막으로 보겠다고 할머니 한 분이 내려오신다. 그러나 열 맞춰 걷는 장정들에게서 뿜어져 나오는 엄숙함 때문인지 다가오진 못하고 어물쩍거리다 객석으로 돌아간다. 우린 이제 민간인들이 입장할 수 없는 입영 심사대 내부로 한 걸음씩 가까워진다. 울타리 바깥엔 군인 가족들을 대상으로 하는 펜션이 보인다. 저기 주인은 이 행진곡 매번 듣겠지? 사람들은 곧바로 출신 지역에 따라 분류된다. 서울 사람들은 제주도 사람들과 같이 생활하게 되었다.

훈련병 번호 121번이 부여되었다. 곧장 들어간 생활관은 TV에서 보던 침대 생활관이 아니라 침상 생활관이다. 통로를 사이에 두고 15명의 청년들이 생기 없이 앉아 있다. 근데 가만 보니 나와 내 앞 사람 116번만 빼고 전부 손에 투명한 칫솔 케이스를 쥐고 있다. 왜 우리 둘만 못 받았을까 괜히 불안해진다. 생활관을 통제하는 분대장[1]에게 묻는다.

---

1 소규모 인원 단위인 '분대'를 통제하는 사람. 보통 병사가 담당한다. 논산 훈련소에서는 훈련병을 교육하는 조교들을 조교가 아닌 분대장이라고 부르기도 한다.

"저희가 칫솔 케이스를 못 받은 것 같은데 혹시 받을 수 있겠습니까?"

잘 말한 걸까. 요즘 군대는 '요' 자를 써도 된다고 듣긴 했지만, 혹시 몰라 '까'로 말을 끝냈다. 그는 이따 구해줄 테니 안심하라며 우릴 돌려보낸다.

첫 번째 할 일은 신체 사이즈를 측정하는 '체촌'이다. 짧은 거리를 가더라도 군인들은 항상 박자에 따라 팔과 발을 맞춰 걸어야 한다.

"앞으로! (쉬고) 가. (쉬고) 하나! (쉬고) (쉬고) (쉬고) 둘! (쉬고) (쉬고) (쉬고) 셋! (쉬고) (쉬고) (쉬고) 넷! (쉬고) (쉬고) (쉬고) 하나! (쉬고) 둘! (쉬고) 셋! (쉬고) 넷! (쉬고) 하낫 둘 셋 넷 하낫 둘 셋 넷!"

이걸 '제식²'이라 부른다. 체촌장에 오니 처음 보는 20대 초반 남자들 수백 명이 팬티 차림으로 앉아 있다. 어디로 눈을 돌려도 울룩불룩한 배와 젖가슴들이 시야에 들어온다. 따로 탈의실은 없다. 대기실 뒤편 스탠드형 히터 앞에서 옷을 벗고 바닥에 내려놓는다. 아무리 군인이라지만 이런 대우를 받는 건 불편하다. 하지만 계획대로 진행되어야만 하는 절차 앞에서 우린 아무 말 못하고 등 떠밀린다. 체촌을 끝낸 사람들이 우리 쪽으로 걸어온다. 바로 앞에서 누런 쫄바지와 수영모를 벗어 건네준다. 이걸 입고 촬영 기계 위에 올라 양팔을 벌리고 있으면 된다. 그러면 발 길이부터 머리 둘레까지 신체 사이즈 전부가 체촌표에 찍혀 나온다. 머리부터 발 끝까지 군복을 갖춰 입은 통제 기간병 앞의 난, 마치 사육장 돼지가 된 것 같다.

---

2   대형을 맞춰 걸을 때 지켜야 할 규율. '제식 훈련', '제식 군기'와 같은 말로도 쓰인다.

다음으로 전투복을 받으러 창고로 간다. 자신이 좀 똑똑하다 하는 사람은 거수하라는 말에 바로 손을 든다. 다른 훈련병들은 사람들에게 전투복을 직접 나눠주는 역할을 하고, 난 수령한 사람들을 표시한다. 수많은 사람 사이에서 자진해 나와 빈틈없이 체크리스트를 작성하는 내가 조금 자랑스럽다. 우리가 전투복을 받는 차례는 맨 마지막이다. 그런데 기간병이 와서 저녁 시간이 다 되었으니 빨리빨리 챙기라고 재촉한다. 체촌표에 허리 치수가 작게 나왔지만 급하게 아무거나 집어서 나온다. 하나만 빠르게 바꾸고 와도 되겠냐고 물어봐도 되나, 안 되나 고민하는 사이 기회는 지나간다.

저녁을 먹고 오니 우리 생활관 사람들에게 또 도우미를 시킨다. 공평하게 돌아가면서 하면 좋겠지만 내가 이 체계를 바꿀 수 있을 거란 생각이 안 든다. 이번엔 깔깔이를 나눠주는 일에 걸렸다. 군대 용어로 이것을 '방상 내피'라 한다. 매체를 통해 접했던 콧물 빛깔 노란색이 아닌 갈색에, 박음질 패턴도 다르게 나 있다. 천장까지 닿는 커다란 선반에 깔깔이들이 사이즈 별로 포개어 놓여 있다. 옷을 받으러 온 훈련병이 자기 사이즈를 말해 주면 나는 그걸 집는다. 사이즈가 떨어지면 쌓여 있는 상자 더미 중 맞는 것을 찾아 가위로 뜯고 각을 잡아 선반에 채워야 한다. 보급품 불출 관리 기간병[3]은 각이 안 잡혀 있으면 다 엎어버릴 거라고 말하고 가 버린다. 대수롭지 않게 여기고 작업을 하는데 다시 와서 우리한테 개 뭐라한다. 한 번만 더 이런 식으로 각 안 잡혀 있으면 진짜 엎어버리겠다고 말이다.

3　부대 운영의 근간이 되는 병사를 지칭하는 말. 보통 훈련병, 교육생 등 다른 신분을 가진 자들과 구분하기 위해 쓰이는 표현이다. 특정 시간 동안 머문다는 의미가 아니다.

아니 근데. 땀 뻘뻘 흘리고 먼지 묻혀 가며 일하는 우리에게 그딴 식으로 말하다니 기분이 참 더럽다. 하지만 어쩔 수가 없다. 저 사람이 다시 와서 진짜로 엎어버리면 안 되니까 말이다. 곧 나눠주고 없어져 버릴 옷들의 각을 세심히 잡는다.

"사이즈 뭐 필요해요?"

상자 뜯고, 옷 꺼내서 채워 넣고, 각 잡고, 안 무너지게 살살 꺼내고. 이 옷들을 다 엎어버린다면 우리가 알아서 정리해야겠지? 아니면 지시를 어긴 죄로 본보기 삼아 엎드려뻗치게 될까. 기분이 좆같지만 겁 먹었다. 각 잡기를 소홀히 할 수가 없다.

같이 옷 나눠주는 사람들이랑 말이라도 섞고 싶은데 죄다 무뚝뚝한 얼굴뿐이다. 이번 기수는 사람이 유난히 많다고 한다. 겨우 마지막 우리 차례가 왔지만 빨리 창고를 닫아야 된다. 이번에도 서둘러 챙기고 나온다. 낮에도 밤에도 하라는 대로 열심히 일했지만 딱히 보상 같은 건 없나 보다. 군대에서 열심히 하려 하지 말고 중간만 가라는 이유가 바로 이거였다. 보급품 받기만 한 사람들은 아무 일도 안 하고 쉬는 중이다. 시간이 늦었다고 또 우리만 샤워를 못 한다. 양치만 허용해 준다. 여긴 씻는 것도 마음대로 할 수 없다. 도우미에 안 걸린 사람들은 이미 깨끗이 샤워하고 왔겠지. 취침 시간이 지연됐다지만 청소 시간은 거를 수 없다. 난 훈련병 한 명과 간부용 화장실을 청소한다. 플라스틱 솔로 바닥을 쓱싹쓱싹 닦는다. 그사이 간부 둘이 들어와 오줌을 싸며 자기네들끼리 웃고 떠든다. 엉거주춤 선 우리는 경례를 해야 되나 말아야 하나 주저한다.

급하다 급해! 샤워할 시간은 없어도 저녁 점호란 것을 한다. 왜? 빳빳

한 전투복을 입고 침상 끝 선에 맞추어 가부좌 자세로 앉는다. 분대장들이 쩌렁쩌렁 목청을 울리며 인원 보고를 한다. 훈련병들 모두가 숨소리를 참고 있다. 액자에 걸린 '복무 신조'를 이 층에 있는 모든 사람이 큰 소리로 외치며 점호는 끝이 난다.

이제 활동복으로 환복하고 매트리스를 펼친 뒤에 모포를 덮고 자면 된다. 매트리스는 검지 한 마디 정도 되는 두께의 정사각형 매트리스 세 개로 이어져 있다. 취침 시를 제외하곤 관물대[4] 아래 공간에 겹쳐서 보관한다. 모포는 살짝 무게가 있는 담요 느낌이다. 생활관 불을 끈다. 첫날 밤이다. 아침에 먹고 온 라면조차 아직 몸 안에 그대로 있다. 좀 편하게 있고 싶은데 여기 사람들은 아직도 말 한마디를 안 섞는다. 안 씻어서 찝찝하지만 몸을 써서 그런지 잠은 쉽게 온다.

자는데 누가 깨운다. 전투복을 입고 나오라고 한다. 우리 생활관 사람들 전부 덜 깬 눈으로 주위를 살핀다. 도무지 상황 파악이 안 된다. 방금 말하고 나간 사람은 누구지. 혼란스러운 와중에 누군가 일어나 옷을 갈아입는다. 그대로 잠들면 안 될 것 같은 눈치다. 환복하고 나가 보니 복도 끝에 훈련병들이 줄을 서 있다. 한밤중에 이게 다 뭐지. 책상이 하나 있고, 분대장이 손에 매를 쥔 채 앉아 있다. 가까이 가 보니 그는 화를 내는 중이다. 군 생활 하면서 이런 건 처음 본다며 말이다. 우리가 뭐 잘못했나? 듣자 하니 누가 사람을 잘못 깨운 것 같다. 분위기가 너무 무겁다. 누가 이 상황을 제대로 설명해 줬으면 좋겠다. 옆줄 사람들이 전부 생활관으로

---

4 물건을 보관하는 캐비닛.

돌아간다. 좀 더 기다리니 다른 사람들이 옷을 입고 나타난다. 이게 뭐지. 어디 끌려가는 건가? 누구에게 물어볼 수도 없다. 모두 모이자 분대장은 우리에게 불침번을 시킨다. 지정된 구역을 손짓으로 휙휙 알려주는데 너무 대충이라 알아볼 수가 없다. 눈치껏 빈 계단 앞으로 가 선다. 뭘 하라는 거지? 영문도 모른 채 가만히 서서 창밖을 바라본다. 우리가 불침번을 서야 한단 사실은 듣지도 못했다. 도우미 안 한 사람들은 이미 설명을 다 들었겠지? 이곳 3층 계단 바깥으로는 농구 골대, 주차된 차 몇 대, 그리고 살랑살랑 바람에 흔들리는 나무 그림자가 보인다. 낮에만 해도 실감이 잘 안 났지만 이제는 내가 군대에 왔단 사실을 부정할 수가 없다.

훈련병의 면도날

3일 차가 되어 우린 본격적인 훈련소로 떠나게 됐다. 보급품들을 꽉꽉 구겨 넣은 묵직한 더플백을 등에 멘 채 한 걸음 한 걸음 줄지어 걷는다. 그저께 들어온 입영 심사대 문을 그대로 나가 한적한 도로 위를 한참 걷는다. 옆엔 농지가 있다. 농민들도 보인다. 민간인과 이렇게 가까이 있다는 사실이 벌써부터 신기하다. 그러나 그들은 자주 보는 광경인지 우리를 본 척도 안 한다. 지금이라도 여길 벗어날 방법은 없을까. 마지막 기회다. 드물게 지나가는 차 위에 올라타 멀리멀리 도망치는 상상을 한다.

이 건물일까, 저 건물일까. 뒤뚱뒤뚱 걸어 도착한 우리 막사는 딱 봐도 많이 낡아 보인다. 붉은 벽돌로 지어진 2층짜리 건물이다. 계단 외벽은 비닐로 싸여 있다. 올라가니 직접 자재를 잘라 노란 페인트를 칠한 듯한 선반이 보인다. 여긴 전투화나 활동화를 벗어두는 곳이다. 실내 바닥은 옛

날식 돌바닥이다. 칙칙하고 못생긴 물감 방울들이 쿠앤크 아이스크림처럼 흩뿌려진 패턴이다. 나와 116번만 생활관을 다른 곳으로 옮기게 생겼다. 생활관 별 수용 인원이 입영 심사대와 일치하지 않기 때문이다. 기껏 사람들 얼굴 좀 익혀 놓았더니만 다른 사람들 사이에서 또 적응해야 된다. 새로운 분대 사람들은 이미 자기네들끼리 친해진 것 같다. 나와 116번 둘끼리라도 우선 친해져야겠다. 괜히 칫솔 케이스 얘기로 말을 터 본다.

여기 사람들은 말이 참 많다. 무슨 개그맨이라도 된 듯이 남들을 웃겨야 한다는 사명이 있는 것 같다. 취침 시간에도 20분씩은 떠들다 꼭 분대장이 와서 한 소리 해야 잠잠해진다. 얼른 잠들고 싶은 나는 매일 밤 분대장이 오기만을 기다린다. 내 왼쪽 자리를 쓰는 122번은 우리 분대의 분위기를 주도하는 리더격 인물이다. 하지만 그의 표정이 유독 날 경계하는 것 같아 말 한마디 못 나누었다. 오직 116번하고만 말을 하고 있다. 벌써부터 지친다. 제일 싫은 건 마음대로 되지 않는 일이 있을 때 언제나 성질을 내는 분대장들이다. 답답한 건 이뿐이 아니다. 건물 밖에선 항상 제식을 맞춰 걸어야 한다, 언제나 베레모 각을 맞춰 써야 한다, 감기가 돌 수 있으니 실내·외를 가리지 않고 항상 천 마스크를 착용한다 하는 규칙들이 숨을 조여온다.

온종일 통제에 따르다 밤에 누우면 자살하고 싶다는 생각이 든다. 이런 군 생활이 아직 21개월이나 남았다니. 만약 전쟁이 터진다면 그게 지금이길 바란다. 나중에 군 생활 거의 다 마칠 때쯤 전쟁 터지면 너무 억울할 것 같다. 자살한다면 어떤 방법으로 할까. 여긴 전투화 끈으로 목매달지 말라고 전투화를 따로 바깥에 보관하게까지 한다. 그래도 빈틈은 있다. 아직 사회에서 반입한 개인 물품들을 회수하지 않았기 때문이다. 화장품 유리병을 깨부수면 날카로운 흉기로 사용할 수 있다.

짐을 뺏기고 나면 자살할 방법은 없는 걸까? 여기는 면도기 개인 보관조차 금지하는 곳이다. 복도에 설치된 보관함에 넣고 잠가 놓았다가 정해진 날에만 열어준다. 듣기로는 예전에 면도날로 자해한 사람이 있었다나. 근데 대체 누가 5중 면도날로 자살에 성공하겠나. 웃긴 일이다. 그렇게 해서는 절대 못 죽는다. 좀 더 쓸 만한 도구를 생각해 본다. 매일 세 번씩 만지는 스테인리스 식판 테두리가 마감이 덜 되어 끝이 날카롭다. 그걸로 냅다 목을 그어버리면 아무도 막지 못할 거다. 하지만 역시 그 정도로는 죽음에 이르기 힘들 것 같다.

영원히 잠들어 다음 날 아침이 오지 않기를 소망한다. 내가 그리던 나의 미래는 사라질 것이다. 영화감독이 되겠다던 꿈은 영영 이룰 수 없게 될 거다. 하지만 죽지 않는다고 해서 무조건 꿈을 이룰 수 있는 것도 아니다. 그게 정말 이뤄질 거라고 생각하던 내가 바보다. 인생의 전성기는 이미 입대 전에 겪어 보았다. 그걸로 충분하다. 더 큰 고통이 오기 전에 눈딱 감고 삶을 끝내버리는 게 낫겠다는 생각이 든다. 계속 이런 생각만 하는 내 표정을 읽은 116번이 무슨 일 있냐고 묻는다. 이런 얘기를 솔직하게 하면 날 이상한 취급 할 것 같다. 대충 돌려가며 얘기하니 그는 갑자기 위로 모드로 전환된다.

"형의 잘못이 아니야."

마치 자살을 생각하는 사람을 처음 본 것처럼 열심이다. 내 잘못이 아니라니. 난 내가 잘못했다고 생각해 본 적이 없는데. 애 쓰지만 딱히 위로가 되지는 않는다. 어쩔 수 없이 알겠다며 대화를 마친다. 이후로 116번은 내가 기분이 안 좋아 보일 때마다 항상 말을 걸어준다. 귀찮긴 한데 내게 관심을 가져주고 있다는 것이 고맙다.

　하지만 참을 수 없다. 훌쩍훌쩍 소리 내 울면 감정이 좀 정화될 것 같은데 눈물도 안 나온다. 여기 모든 것이 다 거슬린다. 사람들이 시끄럽게 웃고 떠드는 소리가 다가 아니다. 하루 세 번 밥을 먹으러 가는 것조차도 왜 이렇게 힘든지. 생활관에 앉아 있으면 바깥에서 분대장이 "분티!" 하고 대뜸 소리를 지른다. 그러면 각 생활관의 반장격인 '분티(분대장 trainee)'들이 튀어 나가 식사 시간을 전파받는다. 이곳은 1분 단위로 움직인다. 집합 시간은 07시 20분이나 07시 25분이 아니라 꼭 07시 24분처럼 애매하게 전파된다. 우리는 전투복 차림에 베레모를 갖춰 들고 생활관 입구에서 대기한다. 분대장 훈련병이 식사 집합 준비 완료를 보고하면 우린 계단 앞 신발장에서 슬리퍼를 전투화로 갈아신는다. 전투화 끈 조이는 건 왜 이리 오래 걸리는지. 비좁은 계단에서 전부 허리를 숙인 채 길을 막고 있다. 겨우 바깥으로 나가야 그제야 줄을 선다. 우리 소대는 15명씩 6분대로 이루어져 총인원이 90명 정도다. 난 이 사람들이 한 번에 제대로 서는 꼴을 못 봤다. 항상 어딘가 사람이 뭉쳐 있어 줄이 흐트러진다. 또 분대장이 화내며 다시 번호를 외쳐보라 한다. 줄을 다시 맞추지도 않고 번호를 부르니 제대로 될 리가 없다. 그제야 분대장이 직접 나서 이상한 곳을 찾아낸다. 다시 줄을 맞추고 번호를 부른다. 제식을 맞춰 2여 분 걸어가면 병영 식당이 나온다. 앞 사람들이 모두 식사를 마칠 때까지 기다려야 입장할 수 있다. 입장을 하더라도 내가 줄 뒤쪽에 서 있다면 5분은 더 기다려야 한다. 이 모든 게 다 짜증 난다. 여긴 너무 신경 쓸 것이 많다. 밥만 이런 게 아니다. 여긴 우리의 행동 하나하나에 다 간섭한다. 생활관에 대기할 때 우린 다음 통제가 내려오기 전까지 침상에 눕거나 관물대에 기댈 수 없다. 오로지 침상 끝에 걸터앉는 것만 허용이 된다. 집에서 낮잠을 자던 때가 그립다. 아침 10시에 일어나 뭉그적뭉그적 컴퓨터를 하다가 2시쯤에 라면 한 그릇 끓여 먹고, 침대에 누워 스마트폰으로 유튜브에 들어가 하스스톤 게임 영상을 틀면 스르르 잠들어 3시에 깨던 나날. 나는 이곳 논산 훈련소에 존재하면서 동시에 집에서 낮잠을 자고도 있다는 말이 안 되는 상상을 하기 시작한다. 이곳에 갇혀 있긴 해도 한편으로는 집에 누워 있으니까 괜찮아. 이런 생각으로 또 하루를 버틴다.

우리 분대에서 116번 말고 다른 훈련병이 처음으로 내게 말을 걸어주었다. 건너편 침상을 쓰는 133번이다. 그는 발 내부에 염증이 있어 집으로 돌아갈 예정이라고 한다. 나도 평발 때문에 고생 좀 한다고 발을 보여준다. 그러니 옆에 있던 사람들이 발이 왜 이러냐며 깜짝 놀란다. 그 정도인가. 바닥에 섰을 때 발과 바닥 사이에 공간이 없는 걸 그들은 이상하게 생각한다. 난 평생 내 발만 보며 살았기 때문에 평발이 그리 심한 줄 몰랐다. 이전에 심한 평발이 신체검사 4급 사유라는 사실을 듣고 인터넷에 검색해 자가 진단해 본 적이 있다. 양발을 맞댔을 때 발바닥 살들이 딱 붙으면 평발이라 했다. 힘주어 발을 밀면 살이 딱 붙긴 한다. 하지만 편하게 붙이면 발바닥 사이 공간이 생겨 4급은 무리겠다 싶었다. 그런데 지금 사람들 반응을 보니 진작 병원 한 번이라도 가 볼걸 하는 생각이 든다. 133번도 자기가 약한 평발이라고 하길래 비교해 보니 내가 더 심하다. 그는 염증 검사 겸 평발 검사를 하러 가기 위해 소대장님께 말해둔 상태다. 나도 평발 확진을 받으면 집으로 돌아갈 수 있는 건가. 116번은 가지 말라며 장난으로 나를 붙잡는다. 내가 만약 나간다면 116번은 많이 외롭겠지. 116번도 조금은 내게 의지하던 구석이 있는 것 같다.

소대장 면담은 모든 병사가 돌아가며 한 번씩 한다. 내 차례가 왔다. 소대장님은 내가 입대하기 전 보라매 신체 검사장에서 실시한 설문 답변과 개인 면담 기록, 입영 심사대에서의 심리검사 결과, 그리고 여기서 적은 자기소개서까지 전부 조회한 것 같다. 내게 힘든 건 없냐 묻는다. 바로 평발 얘기를 꺼내며 내 발이 어떤 상태인지 정확히 알고 싶다고 한다. 소대장님은 알겠다 하고 내가 입영 심사대에서 작성한 설문에 대해 묻는다. '최근 6개월 이내에 자살을 생각했던 적이 있다'라는 문항에 체크를 했기 때문이다.

난처하다. 당장 어젯밤까지도 했는데 말해봤자 역효과만 날 것 같다. 그래서 소대장님을 덜 충격에 빠트리는 대답을 고민한다. 가장 큰 불만은 군대라서 따라야 하는 통제들이다. 근데 이건 간부 앞에서 말해봤자 소용이 없어 보인다. 모든 통제에는 다 이유가 있다는 걸 나도 알기 때문이다. 불필요해 보이는 제식 같은 것들은 군기와 군인의 품위 유지와 관련되어 있다. 사소한 규칙들마저도 매뉴얼화하고 반복해야 혼란스런 실상황에서 흐트러짐 없이 신속 정확하게 임무 수행할 수 있다. 하지만 그 이유를 알고 있다고 해서 불편함이 사라지는 게 아니다. 소대장님께 내가 한 번만 더 제식을 맞춰 걸으면 자살할 것 같다 말한다고 치자. 그러면 제대로 된 조치가 가능할까? '현 시간부로 121번 훈련병 조은일은 행진 간에 제식을 맞추지 말고 본인의 리듬에 맞게 걸어 다니게 하라'는 조치는 불가능하다. 내가 이곳의 규칙을 따르는 것 말고는 정답이 없는 문제다.

이 사람이 납득할 만한 자살 이유가 있다. 우리 어머니에겐 치매가 있다. 몇 주 전에 역한 냇내가 나길래 방을 나와보니 온 집 안에 연기가 가득

했다. 얼른 주방으로 가보니 엄마는 아무 일 없는 척 새까맣게 탄 주전자를 치우고 계셨다. 집에 있는 모든 창문을 열었는데도 연기가 빠질 생각을 안 했다. 포기하고 방에 들어갔지만 거기까지 악취가 다 뱄다. 아파트 계단에 나 있는 창문으로 가 바깥 공기를 마셨다. 엄마한테 너무 화가 났다. 나 없을 땐 얼마나 자주 이러셨을까? 내가 곧 입대해 집을 지킬 사람이 없어지면 더 큰 일이 일어날지도 모른다는 걱정을 했다. 창문은 내가 통과할 수 있을 만큼 넉넉한 크기에다 별로 높지도 않았다. 아래로 뛰어내리는 상상을 했었다. 이 얘기를 들려드리니 소대장님이 안타까워하신다. 된 건가. 그는 자기 휴대폰을 빌려주며 집에 통화 한 번 할 기회를 주신다. 감사한 마음으로 아버지에게 전화를 건다. 전화를 받으신다. 할 만하냐고 묻는데 간부 앞이라 못 해 먹겠다고 솔직하게 말할 수가 없다. 그냥 군대 잘들어왔고 너무 걱정하지 마시란 말로 짧은 통화를 마친다.

평발은 그냥 달고 사는 수밖에 없어

훈련소 2주 차까지는 몸 쓰는 일이 없다. 각종 예방접종을 받고 군대 예절이나 훈련 과목에 관한 영상을 시청한다. 그 시간에 나와 133번은 잠깐 빠져나와 소대장님 차를 타고 입영 심사대 신체 검사장으로 간다. 오랜만에 느껴보는 속도에 감격스러울 지경이다. 사복을 입고 걷는 사람들, 도로를 달리는 차들 하나하나 눈에 담아둬야 할 것 같다. 군의관과 면담하기까지는 2시간을 대기해야 한다. 133번은 벌써 집에 갈 생각에 들떠 있다. 하지만 겨우 만난 군의관은 매우 싸가지가 없었다. 날 사람으로 본다면 이런 말투가 나올 수 없다. '너같이 꾀병 부리는 사람 하루에도 수백 명은 본다'는 식으로 얘기한다. 양말까지 벗고 기다렸었는데 내 발은 딱 1초 보고 만다. 엑스레이 사진을 찍지도 않는다. 결국 도움 되는 말은 하나도 못 듣고 나가보라는 소리를 들었다. 오늘이 집에 갈 수 있는 마지막 기회라는 정보만 얻었다. 난 집에 갈 수 없다. 진작 입대 전에 정형외과 가서 평발 검사만 딱 한 번 받았으면 이럴 일 없는 건데. 지금 아무 병원이라도 보내주기만 하면 좋겠다. 어딜 가더라도 여기 군의관보다 훨씬 도움 되는 진단을 받을 것 같다. 왜 군인이라는 이유로 군 병원에만 가야 하지? 평발로 4급을 받았던 옛 친구 얼굴이 생각나 미칠 것 같다. 만약 내 발이 충분히 4급으로 인정받을 만한 평발이라면? 반말 찍찍 내뱉는 군의관 때문에 내 앞으로의 2년이 결딴나버린 거라면? 억울해서 도무지 참을 수가 없다. 첫 휴가 때라도 병원에 가서 진단서를 끊으면 공익으로 빠질 수 있는 걸까.

오늘이 마지막 기회라는 군의관 말이 사실인지도 모르겠다. 이후 무슨 사유가 있더라도 여길 빠져나갈 수 없다는 게 말이 안 된다. 이번 주에 나갈 거라던 133번도 빠꾸를 먹어 어떡해야 할지 막막해 보인다. 복귀하고 나서도 찝찝함이 가시지 않은 우리는 결국 분대장에게 진료를 신청한다. 며칠 지나 입영 심사대 신체 검사장이 아닌 육군 훈련소 내부 군 병원으로 간다. 분대장은 인솔 내내 짜증이 가득하다. 의무대 쪽 행정병도 마찬가지다. 왜들 이러는지 모르겠다. 저들은 살아있는 사람의 얼굴을 하고 있지 않다.

놀랍게도 여긴 TV가 설치되어 있다. 무려 음악방송이 나온다. 너무 좋다. 입대 전에 좋아했던 모모랜드의 뿜뿜이라는 노래가 나온다. 근데 의무병이 와서 갑자기 TV를 꺼버린다. 133번은 그 사람이 우리를 의식해서 일부러 TV를 껐다고 한다. 그 표정은 웃고 있었다고. 대체 왜?

내 이름이 불리자 133번은 행운을 빌어 준다. 군의관이 쓱 내 발을 보고 말한다. 평발은 맞다. 그럼 이 발을 어떻게 해야 하냐고 묻는다. 평생 달고 살 수밖에 없다. 그게 끝이다. 집에 갈 수 있다거나 하는 말은 나오지도 않는다. 병역 기피자로 보일까 봐 대놓고 물어보기는 겁났다. 내 발의 상태가 궁금하다는 가짜 목적은 달성했다. 뒤이어 들어간 133번도 상황은 비슷하다. 입영 심사대와 육군 훈련소 군의관 전부 만났으니 이제는 끝난 일이다. 근데도 난 그들의 말을 믿고 싶지 않다. 훈련소로선 한 명이라도 중도 귀가시킨다면 적지 않은 손실을 볼 것이다. 귀가하는 사람을 본 다른 훈련병들의 사기가 떨어지기 때문이다. 그 이유로 날 안 보내주는 걸 수도 있지 않을까. 지금이 아니더라도 수료식이나 신병 위로 휴가 때 신체검사 4급 진단을 받아 오면 도중에 전역이 가능하길 빈다. 만약 공익으로 전환되면 그때까지 복무한 일수는 초기화되는 걸까. 아니면 남은 일수에 적당한 비율을 곱한 만큼 일하는 걸까.

굳이 육군을 택한 이유

카투사나 의경, 공군으로 지원할 수도 있었다. 하지만 카투사에 지원하려고 토익점수를 올리기는 너무도 귀찮았다. 그래서 포기하고 자기합리화를 택했다. 어차피 운에 의해 뽑히는 추첨 제도이고 경쟁률도 높았으니 지원해도 떨어졌을 거라는 논리였다. 의경은 6번이나 지원했었다. 그러나 제대로 시험을 본 적이 한 번도 없다. 처음에는 한 시간이 걸리는 심리검사를 마치고 이유도 모른 채 탈락해 집으로 돌아가야 했다. 검색해 보니 교정시력 진단서를 안 챙겨갔기 때문이었다. 진단서를 챙겨간 두 번째 시험에서 마지막 관문까지는 갔다. 그러나 팔굽혀펴기 자세가 좋지 않아 탈락했다. 그동안 집에서 혼자 연습한 건 정확한 자세가 아니었던 것 같다. 그래서 정자세가 어떤 건지 다시 제대로 찾아보고 연습했다. 하지만 이후 지원한 시험 전부 현장에 가지 않았다. 열심히 연습하지 않았기 때문이다. 또 시험을 보러 갔다가 똑같은 이유로 탈락할 나를 마주할 자신이 없었다. 그때 난 '아, 오늘 팔굽혀펴기 해야 되는데' 하는 부담으로 하루를 시작해 아무것도 안 하고 빈둥대다가 '내일은 팔굽혀펴기 해야지' 하는 부담으로 하루를 마치기 일쑤였다. 또 핑계를 댔다. 의경 시험도 결국엔 끝까지 통과한 사람 중에서 추첨을 돌리니까 어차피 떨어졌을 거라는 이유였다. 주위에는 거짓말을 하고 다녔다. 6수까지 했지만 추첨 운이 안 좋았다며 아쉬워하는 척했다. 팔굽혀펴기 20회도 제대로 못 하는 사람으로 보이기는 싫었다. 공군은 카투사와 의경보다 복무 기간이 길지만 마찬가지로 편하다는 얘기를 많이 들었다. 하지만 지원하기 위해선 헌혈 기록 등 별의별 서류들이 다 필요했다. 그래서 공군 홈페이지조차 들어가 본 적이 없다.

이러면 남는 선택지가 육군뿐이다. 난 겁이 났다. 육군에는 비교적 질 떨어지는 사람들이 모일 것 같았기 때문이다. 집에 가만히 있다가 영장이 날아와 그냥 입대한 사람을 내 곁에 두고 싶지는 않았다. 이왕이면 귀찮더라도 열심히 준비해 자신이 원하는 분과에 지원한 사람과 2년을 함께하고 싶었다. 하지만 끝내 여기 육군에 들어왔다. 내가 또 빌어먹을 자기합리화를 거쳤기 때문이다. 스무 살 때 난 나의 20세 친구들을 다큐멘터리로 찍고 다녔다. 그때 한 가지 문제를 느꼈다. 그들이 스무 살이라는 나이를 사는 사람들의 일부분을 보여줄 순 있어도 결코 그 나이 전체를 대표할 수는 없다는 사실이다. 나는 9살부터 쭉 서울에 거주했고 OO구에 있는 자율형 사립고를 다니다 OO대학교에 들어간 사람이다. 내 생활 반경엔 그런 조건을 충족한 사람들밖에 없었다. 앞으로도 그런 엘리트 코스를 밟으며 점점 더 좁은 폭의 사람들만 만나게 될 게 뻔해 보였다. 난 그걸 위기라고 생각했다. 대중 상대하는 영화를 만들겠다는 사람이 이렇게 살아서는 안 돼! 난 미래에 관객으로 맞이할 사람들이 어떤 인생을 사는지 직접 들어가 느껴보기로 했다. 물론 전부 핑계다.

원래부터 내가 이렇게 노력을 안 하는 사람은 아니었다. 어릴 때 공부를 안 하면 그야말로 인생이 미끄러지고 말 거라는 공포 아래 지냈다. 그러나 대학에 들어가자 상황이 달라졌다. 아무도 더 이상 내게 하기 싫은 공부를 억지로 시키지 않았다. 시키는 대로 말 잘 들으며 참을 거 다 참고 살아온 나의 어린 시절에 대한 보상 심리가 발동했다. 태어나서 처음으로 공부를 충분히 안 하고 시험을 봤는데도 내 인생이 추락하는 기분은 안 들었다. 항상 안정적인 미래를 강조하셨지만 치매에 걸려서 노후를 못 즐기게 된 공무원 어머니에 대한 반항심도 있었다. 그래서 미래를 위한 투자보다는 눈앞의 행복에 집중하며 살았다.

여자친구와 좀 떨어져 있고 싶은 마음도 있었다. 2년을 사귀었으니 군대 갔다 오면 4년 사귄 사이가 되어버린다. 그러면 나중에 헤어지고 싶은 이유가 생겨도 헤어질 수 없을 것 같았다. 물론 난 그녀를 좋아한다. 하지만 그녀와 멀어지고도 싶었다. 의경이나 공군만큼 자주 못 나온다는 육군의 단점을 이용하려 했다.

내 삶에 인위적인 고통을 주려는 심리도 있었다. 고등학생 때까지만 해도 난 창작욕에 불타오르던 사람이었다. 하지만 대학교에 들어가 처음으로 술도 마셔보고 연애도 해 보며 행복을 알아버렸다. 그때 난 깨달았다. 난 고통 없이는 창작하지 않는 사람이라는 것을. 고등학생 때 창작 의지가 충만했던 것도 억눌린 일상의 괴로움 덕분이었다. 그대로 행복한 삶을 살면 앞으로 무언가 만들어 보겠다는 의지가 전혀 안 생길 것 같았다. 그때 나 자신에게 고통을 줄 방법이 하나 보였다. 다가오는 병역 의무였다. 이왕 하는 군 생활 덜 편한 길로 가보자는 결심을 했다.

다 나쁜 선택을 초래한 바보 같은 이유들이다. 군대를 뺄 수 있었다면 무조건 뺐을 거다. 못 빼더라도 카투사나 의경에 보내준다면 뒤도 안 돌아보고 들어갔을 것 같다. 지금 나는 너무 힘들다. 근데 내 손으로 저지른 결과라 누굴 탓하지도 못한다. 나는 또 망상에 빠진다. 평행 세계가 있다. 거기 사는 나는 진작에 평발 판정을 받았다. 입대 대신에 공익 근무를 하고 있을 내 모습을 그린다.

마음의 편지의 파워

'경계' 교육은 야외 교장에서 실시한다. 암구호 문어에 답어를 말하는 '수하', 적군을 제압하고 포승줄로 포박하는 기술 등을 배운다. 교육이 끝나 각자 사용한 포승줄을 하나씩 반납했다. 그런데 개수가 안 맞나 보다. 분대장 한 명이 화를 내고 있다.

"아 씨발 이걸 왜 안 내는 거지? 자살하려고 하는 건가? 아 진짜 그냥 자살했으면 좋겠다."

난 우리를 교육하는 분대장이 이런 말을 한다는 사실에 충격 받았다. 분명 잘못된 발언이다. 그래서 그 분대장이 어떤 사람인가 하고 며칠간 유심히 보았다. 이 사람은 쉽게 흥분하고 얼굴이 빨개지는 사람이다. 화를 내다가 말도 더듬는다. 그래서인지 훈련병들은 이미 눈치껏 뒤에서 그를 놀리고 있다. 갓 병장을 달았을 정도로 짬[5]은 높다. 하지만 다른 상병 분대장에 비해서도 파워가 약한 사람 같다.

분대장들에 대한 불만 사항을 조사하는 '마음의 편지'[6] 작성 시간이 왔다. 난 마음에 담아 둔 그 발언을 적어서 제출했다. 싫은 걸로 치면 더 싫은 분대장이 있다. 그러나 우리 위치에서 확실히 문제 삼을 수 있는 발언으로는 이게 유일하다.

근데 편지 내용들이 빠짐없이 분대장들에게 전달이 되었나 보다. 일부 분대장들이 훈련병들에게 사과하러 생활관으로 찾아왔다. 군인들에게 마음의 편지란 무시 못 할 힘을 행사하는 것 같다. 분대장은 특유의 더듬거리는 말투에 얼굴이 새빨개져서 거의 울 지경이다. 우리와 눈도 못 마주치고 있다. 근데 하는 말이 가관이다. 요즘 봄을 타서 그랬던 것 같다는 말도 안 되는 소리다. 우리가 이 사과에 대해 어떻게 생각하든 조치는 여기서 끝인 것 같다. 훈련병들 다 듣는 자리에서 자살하라느니 하는 말을 했지만 앞으로도 계속 분대장 직책을 맡아 우리를 이끌 것이다.

이 사람도 자기가 아무렇게나 흘린 말이 그대로 돌아오니 어이가 없었

5　군대 내 식사 및 잔반을 칭하는 은어. 짬이 높다는 말은 그동안 먹은 짬이 많다, 즉 군 생활한 기간이 길다는 의미다. '짬이 찼다'는 표현과 유사하다. 반의어로는 짬이 낮다, 짬이 덜 찼다 등의 표현이 있다. 짬이 낮은 병사를 낮잡아 부르는 말로 '짬찌'가 있다. 이는 짬 찌끄레기(찌꺼기)의 준말이다.

6　병사들의 군 생활 간 애로사항을 접수하는 제도. '마편'이라고 줄여서도 말한다. 마음의 편지에 안 좋게 이름이 언급되면 '찔렸다'고 표현한다. 과거 '소원수리'라고도 불렸다.

을 거다. 사과하고픈 마음은 없었을 것이다. 진심으로 미안했다면 자기가 봄을 탄다는 개소리를 늘어놓았을 리가 없다. 근데 한편으로 내가 그 설문 조사에 몇 줄 적은 게 뭐라고, 상급자를 불러내 이렇게까지 고개 숙이게 만들 수 있는 건가 싶다. 이 관계의 역전이 썩 통쾌하지만은 않다. 오히려 저 분대장이 측은하게까지 보인다. 왜 실드 쳐 주기 어려운 문제는 애매한 사람들이 일으키는 걸까. 반대로 생각해서, 그런 문제를 자주 일으키기 때문에 자연스레 사람들 사이에서 애매한 위치에 놓이게 된 거라고 이해해야 할까. 아니면 애초에 세상에는 애매한 사람들이 대부분이고 티 없는 사람이 극히 일부라 이렇게 보이는 걸까.

불침번

군대에서 가장 힘든 건 훈련이 아니다. 훈련은 짧은 시간만 참으면 끝이 난다. 진짜 힘든 건 지속해서 고통을 주는 것들이다. 그중 하나가 불침번이다. 이틀을 서야 하루 쉰다. 불침번이 되면 자다 깨 옷도 다 갖춰 입은 채로 한 시간 반 동안 자리를 지켜야 한다. 수면 시간이 줄어드는 건 참을 수 있다. 수면 흐름이 끊기는 건 못 참겠다. 중간에 깨냐 안 깨냐에 따라 수면의 질이 달라진다. 그래서 취침 시간 직후나 기상 시간 직전 순번인 날에는 소소하게 기분이 좋다. 하지만 이제는 자다가도 신속히 근무 태세를 갖추어야 하는 현실에 몸이 적응해서인지 비번 날에도 네 번씩은 중간에 깬다. 내 방 침대에서 방해받지 않고 편하게 잘 수 있던 때가 정말 좋았다.

주말에 가끔 오침을 시켜준다. 분리수거장 청소도 하고 훈련 교보재도

다 반납하고 나서 정 시킬 게 없을 때 1시간 반 정도 매트리스를 깔고 누워 잘 수 있게 허락한다. 환경 변화와 잦은 불침번 근무로 인해 피곤에 찌든 우리에게는 꿀 같은 휴식이다.

불침번들은 각자 맡은 역할이 있다. 생활관 앞에서 사람들이 잘 자고 있는지 창문으로 감시하는 사람도 있고, 화장실 앞을 지키는 사람도 있다. 생활관 앞에 서 있어야 하는 불침번은 정말 지루하다. 아무런 사고도 일어나지 않는 생활관 앞에서 시간을 견뎌야 한다. 서서 잘 수라도 있다면 좋을 텐데 분대장이 복도에서 책상을 깔고 우릴 감시 중이다. 화장실 불침번은 그나마 할 일이 있어서인지 일부 훈련병들이 선호한다. 출입 명부를 들고 있으면 중간에 자다 깬 사람이 생활관 불침번과 2인 전우조를 맞춰 온다. 그러면 명부에 화장실 이용자의 훈련병 번호와 이름, 출입 시간, 그리고 소변, 대변, 기타 등의 용무를 적는다. 들어가고 나서 5분이 지나도 안 나온다면 3분마다 이름을 불러 확인한다. 혹시라도 누가 자살할 수 있기 때문이다.

낮에 화장실 갈 때도 꼭 전우조를 지켜야 한다. 오줌이라면 금방 싸고 같이 생활관으로 돌아올 수 있지만 대변의 경우는 원칙을 지키기 쉽지 않다. 사람마다 변 보는 데 걸리는 시간이 다르기 때문이다. 그리고 밖에서 누군가 기다린다는 부담이 더해지면 나오려던 게 더 안 나오는 법이다. 그래서 훈련소에 갓 들어온 군인들이 감기와 더불어 제일 많이 겪는 육체적 고통이 변비다. 나도 낮에 자유롭게 배변 활동을 하지 못해 주로 참다가 밤에 해결한다. 불침번이 부를 때마다 내가 자살하지 않았다는 사인만 보내면 얼마든 시간이 보장된다.

자위를 못 한 지 시간이 꽤 흘렀다. 바깥에서 난 거의 매일 취미로 자위를 했었다. 하지만 여긴 그 짓을 하고 싶은 공간도 없고 곁들일 시청각 자료도 없다. 이렇게까지 자위를 오래 참은 적은 없었다. 어쩌다 자기가 몽정했다는 사실을 밝힌 정XX 훈련병은 몽정XX라고 놀림받고 있다. 난 절대 그렇게 되고 싶지 않다. 얕은 잠에서 깬 05시 50분, 휴지를 들고 화장실 변기 칸으로 들어간다. 이 더러운 칸에서 눈을 감고 군인으로서 첫 번째 자위를 해 본다. 근데 하나도 즐겁지 않다. 사정을 했는데 쾌감이 전혀 느껴지지 않는다. 슬프고 이상하고 춥다.

What is Love?

주말마다 종교 활동을 간다. 나는 종교를 믿지 않는다. 그러나 여기선 종교 활동에 반강제로 참여해야 한다. 종교 활동에 참여하지 않아도 되는지 분대장님께 여쭤보니 그러면 남아서 대청소를 시키겠다고 한다. 이 사람들은 절대로 우리가 쉬는 꼴을 못 보는구나. 여기 남아 청소하느니 초코파이도 주고 콜라도 주는 종교 행사에 참여하는 게 훨씬 낫다. 논산 훈련소에서 갈 수 있는 종교 행사는 총 네 종류다. 바로 기독교, 불교, 천주교, 원불교다. 나는 줄곧 불교를 택해 왔다. 왜냐면 여성 댄스팀이 와서 걸그룹 노래에 맞춰 춤을 춰 주기 때문이다. 하지만 오늘은 얘기가 다르다. 저녁 기독교 시간에 짜장면을 준다는 얘기가 돈다. 안 갈 수가 없다.

기독교는 제일 인기가 많다. 훈련병 중 70% 정도는 기독교를 택한다. 하도 인원이 많아 교회 건물이 그들을 한꺼번에 수용하지도 못한다. 그도 그럴 것이 종교 활동 시간에는 다른 기수, 다른 연대 훈련병들까지 전부

모이기 때문이다. 그래서 기독교 행사는 1차, 2차로 나뉘어 진행된다. 우리 1차 행사가 끝날 때까지 밖에 서서 대기한다. 우의를 안 입고 온 날인데 하필 비가 부슬부슬 내리고 있다. 발 동동 구르며 기다린다. 그때 낯선 두 음절이 빗소리를 뚫고 귀에 들어온다.

"아- 여자친구 보지 보고 싶다."

이 말을 한 사람이 누군가하고 보니 멀쩡하게 잘생긴 청년이다. 우리 중대 사람은 아닌가 보다. 이 사람 여자친구는 자기 남자친구가 군대에서 이런 말 하고 다니는 걸 알까. 저런 사람도 연애란 걸 한다. 여자친구랑 있을 땐 어떤 모습일까. 아닌 척을 할까. 요정이 날 그리워하는 것처럼 저 사람의 여자친구도 남자친구를 그리워하고 있겠지. 저 남자도, 그 여자도 그들이 하는 걸 사랑이라 부르겠지. 사랑…. 사랑이 뭐지. 사랑이 뭘까. 내가 저걸 사랑이 아니라 단언할 수는 있나. 여자친구의 보지를 보고 싶어하는 저 사람의 사랑은 질이 낮은가. 내가 하는 사랑은 질이 높은가. 혼란에 빠진다. 나도 안 떳떳하다. 사랑하면 여자친구를 성적 대상으로 보지 말아야 하는 건가. 물론 그런 얘기를 아무 데서나 입 밖에 내뱉고 다닌다면 얘기가 달라진다고, 생각은 한다. 하지만 그래서 사랑이 뭔지는 곰곰이 생각해도 모르겠다.

열외는 용기다

비 맞으며 들어간 기독교 행사장 내부는 다른 종교 행사장에 비해 압도적으로 넓다. 진행자가 나와서 찬송가를 부르기 시작한다. 나는 처음 듣지만 다른 훈련병들은 이미 다 따라 부르고 난리가 났다. "각! 개! 전!

투!" 라는 이상한 구호를 외치며 율동도 한다. 공연장도 아닌데 파도타기까지 한다. 이 큰 행사장에 가득 찬 사람들이 전부 똑같은 머리에 똑같은 옷을 입고서 하나가 됐다. 어디서도 못 보는 그림이다. 파도가 자기 쪽으로 오면 일부 훈련병들은 쓰고 온 베레모나 따로 챙겨온 수건, 깔창, 베개피까지 머리 위 높이 던진다. 그런데 우리 분대원이 날 툭툭 치며 저기 보라고 가리킨다. 거긴 훈련병 한 명이 수건에 유성 매직으로 글씨를 써서 펼쳐 들고 있다. '열외는 용기다'. 무슨 뜻이지? 행사가 끝나고 생활관으로 복귀한 분대원은 그 문구에 깊이 감명받았다고 말한다. 훈련 열외도 용기가 있어야 하는 거라고.

논산 훈련소에서 훈련보다 힘든 건 매번 훈련장을 왔다 갔다 하는 일이다. 항상 훈련에 쓰지도 않는 물건들을 배낭형 완전군장에 싸서 메고 K2 소총을 휴대한 채 걷는다. 제일 먼 교장은 가는 데만 무려 1시간 반이 걸린다. 난 얼마 전부터 무릎이 아프기 시작했다. 그냥 서 있을 땐 괜찮은데 쭈그려 앉거나 다리를 비트는 동작을 하면 크게 욱신거린다. 근데 훈련소 돌아가는 꼴을 보니 혼자서 참고 견딘다고 해서 이 사람들이 날 낫게 해줄 것 같지 않았다. 몸 상해가면서까지 군대에서 열심히 할 필요는 없다. 참아 봤자 어차피 나중에 견디지 못하는 때가 온다. 그때 보고하면 이 사람들은 내가 그동안 얼마나 참아왔는지 절대 이해하지 못할 것이다. 참을 만해서 참은 거라고 생각할 거다.

분대장은 훈련 전날마다 훈련장까지 걸어가는 데 제한되는 인원을 조사한다. 내가 여기다 처음 보고를 해 보았다. 사유는 '평발 및 무릎 통증'이다. 분대장은 비웃는다. 네가 평소에 운동을 안 해서 그런 거라며, 자기는 훈련병들 이런 거 빼려고 하는 게 눈에 보여서 짜증 난다고 한다. 그러나 분대장들에게 잘 보일 필요는 없다. 아픈 걸 참지 않고 밀고 나가니 도보 이용 제한자들을 태우는 버스를 타고 훈련장을 오갈 수 있게 되었다. 사람들이 출발할 때 따로 대기하다가 버스에 올라 잠깐만 가면 바로 훈련장이다. 다른 사람들 표정을 보면 걸어오는 데 이미 진이 다 빠진 걸 알 수 있다.

각개전투 훈련 날 비가 온다는 소식에, 분대장들은 감기에 걸렸거나 혹시라도 감기에 걸릴 것 같은 사람을 조사했다. 각개전투 훈련은 이틀간 진행되기에 하루를 빠져도 교육과정 수료에는 문제가 없다고 한다. 대신 교장에서 훈련병들이 쓴 식판을 받아 설거지하는 등의 잡일을 맡아야 한다. 난 손을 들었다. 훈련을 거듭할 때마다 도보 이용 제한자 등의 열외자가 조금씩 늘고 있다. 그러나 그 비율이 큰 수준은 아니다. 우리 분대에선 15명 가운데 나를 포함한 두 명만이 손을 들었다. 한 분대원이 들으라는 식으로 말한다.

"꼬추 달고 태어났으면 이 정도는 해야지."

아무렴 좋다. 저건 괜한 책임감이다.

마지막 훈련은 대망의 행군이다. 이번에도 열외할 계획이다. 무릎 통증 때문에 20kg에 달하는 무거운 짐을 메고 걷는 게 부담스럽다고 보고했다. 분대장들은 시험 보는 과목 중 2개 이상 불합격하면 유급이라며 겁을 준다. 하지만 지난번 감기 진료 때문에 구급법 교육 열외자였던 나를 따로 불러 어떻게든 약식으로라도 교육했을 때 알았다. 훈련소가 훈련병들에게 기초 군사 교육 과정을 수료시키기 위한 곳이지 유급시키기 위한 곳은 아니라는 걸 말이다. 내가 중대장의 상급자였다 하더라도 유급자를 배출

한 중대장보다 유급자를 배출하지 않은 중대장을 더 높게 평가할 것 같다. 여기서 무릎 통증을 호소해도 수료에는 아무런 문제가 없을 거라는 확신이 든다.

훈련 당일이 되니 역시나 열외자들을 따로 불러 약식으로라도 행군을 실시한다. 우린 조끼 형태의 단독군장만 찬 채 총도 없이 연병장을 걷는다. 걷다가 잠시 쉬고, 또 걷다가 잠시 쉬니까 얼마 지나지도 않아 끝이 나 버린다. 우리가 걸은 거리는 4.4km밖에 되지 않는다.

FM으로 행군을 하는 사람들은 아침도 평소보다 일찍 먹고 바로 출발했다. 그 중엔 완전군장을 메는 사람도 있고 사유가 있어 단독군장을 차는 사람도 있다. 코스는 단순하다. 그동안 우리가 들른 훈련장 가는 길들을 쭉 도는 것이다. 그러면 걸어야 하는 행군거리 20km를 딱 채운다. 행군 열외자는 우리 분대에 나 하나다. 하지만 당당하다. 열외는 용기니까. 열외자가 부러우면 욕먹고 눈치 보는 수고를 감수할 만큼의 용기를 내면 된다. '그렇게까지는 좀…' 하는 생각이 든다면 고생하면서 열외자를 욕하면 된다. 내가 훈련소에서 각종 훈련을 열외했다는 사실은 자대[7]에 가면 아무도 모르는 일이 되어버린다. 가서 잘하면 된다.

팔굽혀펴기 가라와 결과에 흔들리지 않는 윤리관

체력 측정 때는 팔굽혀펴기와 윗몸일으키기 개수, 그리고 3km 뜀걸음 시간을 잰다. 팔굽혀펴기 측정 시 연병장 흙바닥에 매트를 깔고 2인 1개

---

[7]   병사들이 본격적으로 복무하는 소속 부대.

조로 팔굽혀펴기를 한다. 분대장들이 통제하고는 있지만 우리가 팔굽혀펴기를 정확히 몇 개씩 하는지 일일이 세지는 못하는 것 같다. 그래서 눈치를 보다가 나와 짝은 서로의 팔굽혀펴기 결과를 20개 정도 올려 쳐 보고한다. 사람들은 이럴 때 '가라 친다'고 한다. 이 말은 군대 와서 처음 들어봤다. 정해진 대로 하지 않고 적당히 대충 한다는 뜻이다. '가라로 한다'는 형태로도 쓰인다. 116번이 내 개수를 듣더니 형이 무슨 60개냐고 야유한다. 갑자기 양심의 가책이 느껴진다. 내가 거짓말을 한 것이다. 근데 남들도 다 가라 치는 분위기였다. 그렇지만 내 거짓말을 정당화할 수 있는 건 아니다. 상상해 본다. 결과를 받아 본 분대장이 체격에 비해 너무 높은 기록으로 보고한 훈련병들을 따로 불러내 자기가 보는 앞에서 다시 시키면 어떻게 될까. 보고한 만큼 결과를 못 내는 훈련병들에게 전부 벌을 줄지도 모른다. 들킬까 봐 갑자기 불안해진다. 하지만 실제 개수만큼 솔직히 보고한다고 해도 체력 등급이 낮으면 어차피 나중에 불이익이 온다. 반면 등급이 높으면, 무조건 좋다.

만약 들키면 벌도 받고 재측정한 만큼 등급도 내려간다. 거기서 난 한 가지 교훈을 배울 것이다. '군대에서 거짓말하면 피 보는구나.' 근데 안 들킨다면? 이득만 본다. 그러면 나는 들키는 경우와 전혀 다른 교훈을 얻을 것이다. '적당한 거짓말은 군 생활에 도움이 되는구나' 하고 말이다. 두 상황에서 내가 한 거짓말 자체는 같다. 그런데 분대장이 얼마나 깐깐한가와 같은 사소한 외부 요인에 따라 상반된 교훈을 얻어 살아간다니. 분대장이 어떻게 할지는 순전히 운이다. 그의 즉흥적인 행동이 날 죄인으로도, 영리한 사람으로도 만든다. 난 거기 영향 받고 싶지 않다. 차라리 어디서든 날 지켜보는 엄정한 원리원칙의 심판을 받는다면 좋겠다. 첫날부터 느꼈듯

이곳의 상벌체계는 사회만큼 섬세하지 않다.

그러나 이미 가라를 쳐서 보고한 상태라 돌이킬 수가 없다. 내 거짓말이 들통나는 무수한 경우의 수를 떠올려 본다. 116번이 옆에서 자기는 사실대로 보고했다며 억울한 소리를 한다. 결국 나 같은 사람들을 따로 불러내는 일은 일어나지 않았다. 오늘 나는 거짓말로 인해 벌벌 떨었을지언정 적어도 손해는 보지 않았다. 여기서 배울 것은 무엇인가. '이왕 죄를 지을 거면 죄책감을 안 느껴야 마음이 편하다'? '정직하게 살아온 사람은 거짓말 한 번 칠 때도 마음이 조마조마하니 그대로 쭉 바르게 살아야 한다'? '너무 깨끗하게만 살려 하면 인생이 피곤해진다'? 만약 내가 분대장이었다면 체력검정을 할 때마다 가라 치는 훈련병들을 골라내 따끔한 가르쳤을 거다. '거짓말은 언젠가는 들킨다'와 같은 것들.

오늘 일로 인해 나는 앞으로도 정신 못 차리고 편법으로 이득을 노릴 수 있다. 하지만 그러고 싶지 않다. 나의 잘잘못을 따지는 게 외부 요인이어선 안 된다. 내 행동을 제일 잘 아는 나만이 할 수 있으니 내가 해야 한다. 벌을 받지 않았을 때도 벌 받을 경우와 똑같이 죄책감을 느낄 줄 알아야 한다. 내겐 외부 영향에 흔들리지 않고 나 스스로 행할 수 있는 윤리관이 필요하다.

그런데 이날 한 건 진짜 체력측정이 아니라 시험 삼아 해 본 것이었다. 며칠 뒤에야 기록 측정 시간이 왔다. 고민 끝에 이번에도 거짓말을 좀 쳤다. 죄책감이 든다. 아, 이건 죄책감이라는 감정에 익숙해지는 훈련인가. 지난번보다 덜 불안하다. 들킬 경우에 대한 마음의 준비가 되어 있다. 내가 어쩌다 이렇게 돼 버렸을까. 우리를 대충 감시하는 분대장들이나 괜히 원망해 본다.

좌좌좌 우좌좌

점심 먹고 평소처럼 분대장의 구령에 따라 제식을 갖춰 생활관으로 복귀하는데 지나가던 간부가 한 소리 한다. 우리 중 누군가 걸으며 바닥을 봤다는 거다. 제식 간에 보폭은 짧게, 팔은 손등이 하늘을 보게 곧게 펴 30도에서 45도 각도로 흔들고, 시선은 전방을 향하는 게 원칙이다. 분대장이 빡이 돌아 분위기를 잡는다. "바닥 봐라, 바닥 봐." 하며 잘 가던 길을 되돌아가 다시 원점에서 출발시킨다. 근데 이 길은 바닥이 울퉁불퉁해 빗물이 고여 있는 곳이다. 이럴 때도 바닥을 보면 안 되는 건가. 잘 가다가 또 "바닥 봐. 계속 봐." 하며 다시 원점으로 돌아간다. 출발하고, 다시 돌아가고, 다시 출발하고 또 또 돌아가고. 이 짓을 10번 가까이 반복한다. 대체 누가 바닥을 보며 걸었는지 얼굴 한번 보고 싶은데 그럴 수 없다. 시선이 전방을 향해야 하기 때문이다. 내가 여기서 고개를 돌리면 비난의 화살은 내게 향할 거다. 그저 좆같다.

나는 이 사람이 분대장 중에서 제일 싫다. 일부러 목소리를 깔고 우리에게 화를 내는데 만만하게 생겨서 하나도 안 어울린다. 분대장들도 사람이다 보니 대부분 앞에서는 지랄해도 뒤돌아서는 풀어진 모습을 보여주기 마련이다. 하지만 이 사람은 평소에도 똑같이 우리에게 지랄한다. 그리고는 자기가 기수마다 콘셉트를 잡는다는 이상한 소리를 해댄다. 본인 말로는 지난 기수에 착한 콘셉트를 잡아 '칭찬 분대장'이란 상도 받았던 것 같다. 근데 이젠 그런 거 다 필요 없고 그냥 또라이 콘셉트로 가겠다고 한다. 다른 분대장은 솔직히 너무 물러 터졌다며 말이다. 앞으로 자기한테 잘못 걸리면 아까처럼 된다고 가오를 부린다. 이렇게 콘셉트를 잡으며 분대장 생활을 하는 게 너무 재밌다는데 아무리 봐도 억지웃음이다. 하지만 아무리 병신 같아도 우린 이 사람의 지시를 따를 수밖에 없는 처지다. 힘이 안 어울리는 사람의 권위를 믿어줘야 하는 건 괴롭다. 어떻게든 저 사람에게 엿을 먹이고 싶은데 자살 말고는 달리 방법이 생각나지 않는다.

분대장들은 우리에게 자주 소리를 지르고 화낸다. 그러지 않으면 우리가 정신을 안 차린다. 그래서 효과가 있다. 분대장들의 화는 잘 돌아가라고 기계에 칠하는 기름과도 같다. 하지만 기름칠도 과하면 문제다. 닦아내지 못하는 사람은 하수다. 화 잘 내는 사람은 화낼 땐 제대로 내고, 나중에 상한 마음을 꼭 풀어 준다. 이런 사람에게 혼나면 내가 뭘 잘못했는지 이해하고 앞으로 어떻게 행동해야 할지도 배울 수 있다. 기분이 그리 나쁘지도 않다. 오히려 나를 더 나은 사람으로 만들어 줘 고맙다는 생각까지 든다. 그러나 분대장 대부분은 교육이 아니라 자기 분노 표출 목적으로 화를 낸다. 이런 사람들도 상급자니 일단 말은 들을 수밖에 없다. 심지어 그들에게 잘 보이려 아첨하는 훈련병도 있다. 하지만 뒤에선 전부 그 분대장을 만만하게 보고 싫어한다. 자기가 힘을 휘두르고 있는 줄 알겠지만 실은 누구에게도 인정받지 못하는 것이다.

연병장에서 아침 점호를 하는데 우리 행동이 굼떴는지 중대장님이 양팔간격으로 벌렸다 반팔간격으로 좁혔다를 계속 시킨다. 제법 빨라졌지만 중대장님은 멈추지 않는다. 답답하다는 표정으로 이렇게 말한다.

"내 손에 지금 콩이 한 줌 있어. 이걸 탁 하고 던지면 어떻게 될까? 나는 지금 그 모습을 보고 싶어. 양팔간격으로 벌려!"

와다다다닥! 이런 명령에 길들여지는 건 치욕스럽다. 하지만 나는 중대장님의 통솔력을 높이 평가한다. 카리스마 있으면서도 재미있고, 우리의 말을 전부 들어주지만 쳐낼 것은 단호히 쳐낼 줄 아는 사람이다. 이른바 참 군인이다. 우리 중대 250명의 훈련병은 훈련소 기간 동안 거의 매일 강의장에서 중대장과의 대화 시간을 가졌다. 주제는 생활관 복도 화이트보드에 적힌 건의 사항과 질문이다. 중대장님은 이에 대한 조치나 답변을 일일이 적어와 읽어 준다. 심지어 거기서 직접 손 들고 하는 말에도 바로 답을 해 준다. 계급이 원사[8]인 만큼 군 생활 오래 했음에도 가장 아랫사람인 훈련병들의 의견을 들을 자세가 되어 있다는 게 너무 훌륭하다. 더 대단한 건 기분 상하지 않을 정도로 완곡하게 거절하는 솜씨다.

우리 훈련병들이 가장 많이 얘기하는 불만은 시설 문제다. 막사가 90년대에 지어진 것 치고도 꽤 안 좋다. 이에 중대장님은 시설이 열악한 건 어쩔 수 없다며 딱 잘라 말한다. 그 이유라고 이어지는 설명이 우리 불만을 싹 잠재운다.

"국방부에 예산이 생기면 훈련병들이 한 달 동안 생활하는 공간에 지원해 줄까, 아니면 최전방 자대에서 2년 동안 고생하는 장병들에게 지원해 줄까?"

예산이 생기면 당연히 더 고생하는 자대에 지원해 주는 게 맞다고 한다.

"어차피 너희 조금만 참고 기다리면 시설 좋은 자대에 가서 침대도 쓸 수 있지 않냐?"

근데 이에 질세라 어느 훈련병이 손 들고 병영 식당 자리가 너무 좁다는 불만을 제기한다. 병영 식당도 문제다. 비닐로 마감 처리한 취사장 입

---

8   부사관 중 최고 계급. 부사관은 병사보다 높고 장교보다 낮은 신분의 간부를 총칭한다.

구를 지나면 다닥다닥 붙어 앉는 식당이 나온다. 의자를 조금만 넉넉히 꺼내도 뒷사람과 의자가 닿아 버린다. 그래서 중간에 앉은 사람이 먼저 나가려 할 때면 테이블에 앉은 모두가 숨을 혹 참고 의자를 당겨 앉아야 한다. 중대장님은 기다렸다는 듯 쉬지 않고 대답한다.

"이게 지금까지 최선의 공간을 내 본 것이니 어디 더 나은 아이디어가 있으면 제안을 해 봐라."

당장 머리를 맞대고 고민하면 뾰족한 수가 나올 법도 하지만 아무도 입을 열지 못한다. 중대장님의 기세에 눌렸기 때문이다. 우리가 생활하며 느낀 문제를 이미 본인도 인식하고 있었고, 개선하려 애써도 보았다는 제스처 앞에 더 할 말이 뭐 있겠나.

중대장님의 정신교육은 개인주의를 버리라는 말로 요약된다. 이렇게까지 했는데도 계속 불만을 표한다면 "넌 개인주의"다. 개인주의가 어떤 이데올로기적 가치를 지니는지는 몰라도 이런 말을 들으면 낙인이 찍히는 느낌이다. 우린 자연스레 이런 생각을 하게 된다.

'문제는 어쩌면 우리 마음에 있는 게 아닐까?'

국방 예산이 넉넉했다면 일어나지 않았을 문제지만 우린 그 현실을 안 보게 된다. 단체 생활에서는 포기할 수밖에 없는 게 있으니 적응해 보기로 마음을 고쳐먹는다.

다른 분대에 모두가 싫어하는 훈련병이 있다. 뭘 잘못했길래 폐급[9]이라고 소대에 쫙 소문이 퍼진 걸까. 집합할 때 쓱 보았다. 등은 굽어 심하게 위축된 느낌이고 표정이 없어 무슨 생각을 하는지 모르겠다. 어떤 돌발행

---

9 폐기해야 할 등급이라는 의미. 모자란 사람이나 상태가 안 좋은 물건에 두루 쓰이는 멸칭이다. 반의어로는 'S급'이 있다.

동도 일으킬 수 있을 것만 같다. 하도 조용해서 목소리를 들어보지도 못했다. 그동안 내가 이 사람 때문에 피해를 본 건 없다. 모두가 샤워장에서 샤워를 마치고 오와 열을 맞춰 기다리는데 이 사람이 늦게 나와 복귀가 지연된 적은 있다. 모두가 빈정거렸지만, 이 사람이 그 정도로 욕먹을 만큼 큰 잘못을 했다고는 생각하지 않았다. 다른 훈련병들과 두루두루 친한 사람이 똑같이 늦게 나왔다면 그렇게 욕먹지는 않았을 거다. 하지만 훈련병들이 이 사람을 왜 싫어하는지 대충은 알겠다. 행동이 느린데 이를 보완할 자기표현 능력마저 부족하기 때문이다. 나이가 20대 중반이라고 들었다. 바깥에서 대체 무슨 인생을 살다 온 걸까? 불쌍하기도 하다. 바깥이라면 이렇게 어린놈들에게 무시당하지 않아도 됐을 텐데. 하지만 그를 욕하는 사람들도 이해가 간다. 내가 안 겪어봐서 모르지만 그들도 충분히 참을만큼 참아왔을 것이다. 분대원 중 한 명이 잘못해도 분대장들은 꼭 분대원 전체에게 '연대책임'이라는 명목으로 싫은 소리를 한다. 그걸 가만히 앉아 들어야 하는 게 나였다면 언제까지나 덮어놓고 동정만 할 수는 없었을 거다. 증오를 부추기는 시스템이 문제긴 하지만 여기 이 구조를 고칠 수 있는 사람은 없다. 대신 그 사람을 까 내리며 조금은 분을 푼다.

개인 화기 사격 때 이 폐급 훈련병이 같이 가는 거면 자기는 안 가겠다는 사람들이 하나씩 나왔다. 사격 중 갑자기 총구를 돌려 사람을 쏠 수도 있기 때문이다. 그러나 그도 결국 사격장에 나타나고 말았다. 중대장님은 거기서 발생할 수 있는 온갖 위험한 일들을 이야기하며 우리에게 잔뜩 겁을 주었다. 자기는 남들에게 피해 주는 사람을 정말 싫어한다며 사수를 보조하는 부사수들에게 한가지 당부했다. 사수가 총구를 옆으로 돌리려는 기미만 보여도 바로 허튼짓 못 하게 냅다 걷어차 버리라고. 원래 그래도 되는 것이고 그래야만 한다. 누군가 나쁜 마음을 먹으면 사람의 목숨이 왔다 갔다 하는 엄중한 상황이기 때문이다. 그는 동료의 목숨을 앗아가려는 사람이 보이면 직접 자기 총으로 뼈 마디마디에 총알을 박아주겠다며 으름장을 놓았다. 문제의 훈련병이 사격할 때도 유심히 지켜보았지만 결국 아무 일 없이 끝났다. 나중에 들기론 소대장님과 중대장님도 이 훈련병 때문에 사격 내내 신경을 곤두세우고 있었다고 한다.

훈련이 끝나고 수료식까지 붕 뜬 기간 동안 대강당으로도 계속 불려 다닌다. 한 번은 중대장님이 다음날 있을 설문에 대해 설명하셨다.

"딱 한 가지만 기억해라. 좌좌좌 우좌좌! 복명복창한다 실시! 좌좌좌 우좌좌!"

노홍철의 저질댄스를 추듯 왼팔 오른팔을 퍼덕이는 꼴에 웃음이 터진다. 설문 내용은 중대장 평가다. 보통 귀찮다고 '매우 그렇다'로 한쪽으로만 찍는 사람들이 있는데, 중간에 함정이 있어서 절대로 그렇게 하면 안 된다고 한다. 좌좌좌 우좌좌! 단합이 잘 되는 기수는 훈련병들 전원이 좌좌좌 우좌좌를 찍어왔다고 한다. 이번 기수에도 전부 좌좌좌 우좌좌가 나오면 전화 통화를 5분씩 더 시켜주겠다고 한다. 좌좌좌 우좌좌를 안 찍으면 넌 개인주의다.

이건 강요다. 중대장의 상급자는 이 사람이 훈련병들 앞에서 좌좌좌 우좌좌 춤을 춘다는 걸 알까. 어이가 없지만 한편으로 고생한다는 생각도 든다. 난 여기 잠깐 있다 가지만 중대장님에겐 이게 직업이다. 평가가 잘 안 나오면 어디 불려 가 내내 싫은 소리를 들어야 한다. 그동안 중대장님을 괜찮게 생각했으니 좌좌좌 우좌좌 정도는 해 줄 수 있지 않을까. 근데 이 짓을 지금까지 수십 번도 더 했을 텐데 한 번도 걸리지 않은 것도 신기하다. 그 정도로 병사들 단합이 좋고 착했다니.

사람들은 폐급 훈련병이 '우우우 좌우우'를 고를 거라며 흉을 보았다. 설문 때 그를 가만히 지켜본 사람의 증언에 따르면, 다른 사람들은 금방 설문을 마치고 엎드려 자는데도 이 사람만 늦게까지 고민하고 있었다고 한다. 평가가 끝난 후로 중대장님은 한 번도 간담회를 열지 않았다. 통화 시간 5분 연장 공약이 어떻게 된 건지는 물을 기회조차 없었다. 우리 앞에 아예 나타나지를 않았기 때문이다. 약간 배신감을 느낀다. 전원 좌좌좌 우좌좌가 나오지 않아서 그런 걸 수도 있다. 근데 좌좌좌 우좌좌를 골라준 이들에게 고맙다는 한마디 정도는 할 수 있지 않나. 이걸로 우리에게 볼 일은 다 끝났나 보다.

수료식

매주 토요일마다 3분씩 수신자 부담 전화기를 사용할 기회가 주어진다. 나는 항상 요정에게 전화를 걸었다. 그녀는 늦잠에 빠지는 주말 아침인데도 반가운 목소리로 맞아 주었다. 오랜만에 듣는 애교에 가슴이 녹는다. 바깥에서 통화를 하면 기본 1시간은 했으니 여기서 허용된 3분은 너무 짧다. 목소리만 잠깐 들으면 끝날 정도다. 하지만 이것만으로도 난 행복하다.

요정은 매일 인터넷 편지를 써 주고 있다. 여자친구 있는 다른 훈련병들도 편지를 매일 받지는 못한다. 절대 쉬운 일이 아니다. 훈련소 초기에는 다들 편지를 받고는 한다. 그러나 수료가 가까워질 때까지 꾸준히 편지를 받는 사람은 드물다. 부모님들도 그렇게 많이는 안 써 주신다. 친구들은 시험 기간이기도 해서 슬슬 관심이 떨어진다. 요정은 시험 기간이면 공부에만 몰두하는 스타일이다. 그래서 공부 때문에 2주 가까이 안 만난 적도 있다. 하지만 고된 일과를 마치고 돌아오면 요정으로부터 온 편지가 하나씩은 꼭 있다. 편지를 읽으니 훈련 간 몸에 쌓인 흙먼지가 싹 씻겨 내려가는 기분이다. 심지어 아침에 일어나 한 통, 공부하다 한 통, 지하철 타면서 한 통씩 쓰는 식으로 하루 6통까지도 보내 준 적이 있다. 편지에는 언제나 내 생각을 하고 날 그리워하는 마음이 담겨 있다. 덕분에 큰 힘이 된다. 하루하루를 버티는 훈련병들에게 편지는 소중하다. 무슨 내용이라도 괜찮고 길이도 상관없다. 안 친한 사람이 써 줘도 좋다.

하루빨리 요정을 보고 싶다. 자대 배치 후 첫 휴가 때 만난다고 치면 훈련소 기간이 거의 끝나가는 지금부터 족히 두 달은 더 기다려야 본다. 그럴 수는 없다. 수료식 때 와줄 수 있는지 물었다. 그녀는 흔쾌히 오겠다고 말해 주었다. 그런데 그날 가족들이 온다는 사실을 뒤늦게 인터넷 편지로 알게 되었다. 난 그동안 수료식 때 꼭 가족들이 와야 한다는 생각을 못하고 있었다. 가능하면 요정과 단둘이 있고 싶었다. 그렇지만 가족들이 온다는 걸 무슨 수로 막나. '수료식 때 여자친구가 온다고 하니까 우린 다음에 봬요?' 그런 말은 할 수 없다. 결국 요정을 엄마, 아빠, 형과 함께 보게 되었다.

1분 30초는 요정과 통화하고 남은 1분 30초를 형과 통화하는 데 쓴다. 그들에게 서로의 전화번호를 알려준다. 우리 가족들은 요정을 본 적이 없고, 요정도 우리 가족들을 본 적이 없다. 더구나 나는 평소에 여자친구 얘기를 하지도 않았다. 너무 어색할 것 같다. 요정에게도 남자친구의 부모님과 형을 만나는 자리는 상당한 부담일 것이다.

분대원이 인터넷 편지를 읽고 머리를 감싸 쥐었다. 장난기 많던 애인데 말도 걸기 무서울 정도로 돌변했다. 무슨 일인지 궁금했지만 온종일 아무 말도 하지 않아 물어볼 수 없었다. 나중에 전해 듣기로는 손 편지를 10장씩이나 써 주던 여자친구가 '시간을 갖자'라고 했다고 한다.

이곳저곳 다 가 보았지만, 마지막 종교 행사는 역시 불교다. 스님이 틀어 주는 노래가 마음에 들어서다. 언제나 직접 고른 노래를 한 곡씩 들려주며 말씀을 시작하신다. 오늘의 노래는 언니네 이발관의 마지막 앨범 6집 수록곡 '마음이란'이다. 사랑을 할 때의 설렘, 그리고 헤어진 후 과거를 돌아보는 내용을 담담하게 써내려간 가사다. 스님은 여자친구 있는 사람들에게 손을 한 번 들어 보라고 하신다. 당당하게 손을 드니까 여러분도 곧 이별을 겪게 될 거라는 지독한 농담을 꺼낸다.

여태 써 오던 생활관보다도 깨끗한 화장실 앞에서 대기 중이다. 잠시 후 이 건물에서 수료식이 열린다. '어머니 아버님들! 우리 아이들이 이렇게 좋은 곳에서 생활하고 있었습니다.' 언젠가는 우리처럼 군대에 올 중학생 남자아이가 돌아다닌다. 머리 긴 사람을 보는 게 오랜만이라 되게 어색하다. 어느 아주머니 일행이 화장실이 어디냐고 묻는다. 알려줘도 길을 못 찾고 버벅거리는 모습에 우리는 '얼탄다'며 키득거린다.

식이 시작되었다. 제식에 맞춰 입장하고, 경례도 하고, 애국가도 부르고 국기에 대한 경례도 하고 그런다. 이어서 그동안 우리가 훈련한 모습을 담은 슬라이드쇼, 몇몇 말 잘하는 훈련병 인터뷰가 지나가고 끝이 난다.

뒤를 보니 아빠, 엄마, 형이 객석에서 걸어 나온다. 아빠는 내 가슴팍에 직접 이등병[10] 약장을 달아 주신다.

행사장을 빠져나온 우리는 택시를 잡으러 육군훈련소 바깥으로 한참 걷는다. 훈련병 수의 곱절이나 되는 외부인들이 종교행사 가던 길목에 가득 차 있다. 형은 미리 연락해 훈련소 입구에서 요정과 만나기로 했다고 한다. 으 어색하다. 한 달만에 보는 요정은 길게 나풀거리는 수수한 치마를 입고 왔다. 우리 부모님을 보는 자리라 신경 많이 썼을 거다. 우린 수줍게 눈인사를 나눈다. 그녀 어머니가 여기까지 차를 타고 데려다주셨다고 한다.

피자집으로 향하는 택시 안에서 아빠가 요정에게 말을 건다. 내게 쓰인 편지 목록 중에서 요정 씨가 쓴 편지가 제일 많았다고 한다.

"아, 네. 하하."

남이 쓴 편지 목록까지 다 뜨는 줄 몰랐다.

피자를 먹으면서도 우린 말이 없다. 군인들 상대로 장사하는 곳이라 그런지 맛도 별로다. 오랜만에 먹는 건데도 사이드 메뉴인 스파게티보다 맛이 없게 느껴진다.

자대 배치 결과가 휴대폰으로 전송되었다. OO사단이고 지역은 강원도라고 한다. 우리 분대 사람들은 각자 자기가 얼마나 편한 지역으로 배치될까 하는 꿈에 부풀곤 했다. 난 무보직으로 들어왔지만 나머지 분대원들은 모두 보직을 지원해서 왔다. 그중 영어영문학과 전공으로 항공 정비 관

---

10 최하위 병사 계급. 이병이라고도 한다. 복무 기간에 따라 일병, 상병, 병장 순으로 진급한다.

련 보직을 찾아 들어온 사람이 있다. 어째서 육군에 그런 게 있는지도 모르겠다. 그는 자기 전공으로 발령받는 지역이 단 두 군데뿐이라는 사실까지 이미 알고 있었다. 두 지역 모두 후방이다. 그는 지금쯤 승리를 만끽하고 있을 거다. 이게 다 미리 잘 알아보고 왔기 때문이다. 나 같은 무보직 훈련병 중 일부는 입영 심사대에서 특정 주특기 면접 대상으로 뽑히기도 했다. 하지만 나는 아무도 불러 주지 않았다. 토익 점수를 제출하고 싶었는데 그 씨발놈들이 YBM 아이디와 패스워드를 찾을 시간을 주지 않았다. 아무래도 난 무보직의 6~70%가 하게 된다는 소총수가 될 것 같다.

다행히도 아빠는 이제 자리를 비켜줄 테니 여자친구와 시간을 보내라고 하신다. 그들이 알아서 떠났으면 좋겠다고 생각한 철없는 내가 부끄러워진다. 여기까지 시간 내 와 준 가족들에게 미안하다. 그들을 보낸 뒤 우리는 편하게 있자고 주위 모텔을 찾아 들어간다. 복귀까지 3시간 남았다.

그다지 좋은 모텔은 아니다. 하지만 기분이 좋다. 내게 매일 편지를 써 주던 요정과 이렇게 오랜만에 만났다. 근데 내가 쓴 손 편지는 아직 한 통밖에 도착하지 않았다고 한다. 네 번은 보냈는데 말이다. 일들 더럽게 안 한다. 우린 입대 이전처럼 대화하며 시간을 보낸다. 키스하고 싶다. 근데 입병이 났다며 막는다. 나는 풀이 죽는다. 섹스하고 싶다. 그러나 역시 요정은 할 수 없다고 답한다. 원래도 자주 이랬다. 그래도 한동안 못 만나다가 보는 오늘은 뭔가 다를 줄 알았다. 허탈하다. 속 살결을 만지지도 못하게 한다. 나의 그곳을 만져 달라고 한다.

훈련소에 들어간 사이 발매된 트와이스의 신곡 'What is Love?'도 이제야 제대로 듣는다. 딱 한 번 운 좋게 들을 기회는 있었다. 원불교 행사 때 진행자가 휴대폰으로 몰래 노래를 찾아 마이크에 대고 들려주었기 때문이다. 그때 들은 노래를 전부 머리에 새기진 못해도 후렴구만은 확실히 들었다. 사탕처럼 달콤하다는 사랑이 도대체 뭔지 궁금해하는 소녀 관점에서 쓰인 가사였다. 그때 노래 후반부 고음 파트에선 음질이 깨져 스피커에서 찢어지는 소리가 났다. 가슴이 벅차서 눈물이 찔끔 나왔다.

우리가 즐겨 듣던 The Carpenters의 곡들을 틀어놓고 있으니 금방 나갈 시간이 되었다. 요정은 무릎이 아프다던 날 위해 약국에서 파스를 사준다. 택시를 잡아 도착하니 군인 가족들 차량을 통제하는 소대장님이 보인다.

"어? 충성!"

그는 내 이름을 불러 주며 잘 놀고 왔냐고 빨리 들어가라 한다. 행사장 앞에서 우린 급한 작별 인사를 하고 헤어진다. 들어가고 나서야 우리가 사진 한 장을 안 찍었단 걸 알았다. 꿈만 같은 시간이었다. 사랑을 느끼고 와서 너무 좋다. 밤에는 기억이 흐릿해지기 전 아까 모텔에서 있었던 일을 떠올리며 자위를 한다.

자대 배치

강의장에 모여 자대 배치 결과를 다시 한 번씩 확인한다. OO사단이나 말고도 꽤 많다. 중대원 200명 중 15명은 된다. 소대장님께 어떤 곳이냐고 물어도 잘 모르는 것 같다. 중대장님 말에 따르면 예산이 나오면 가장 먼저 지원해주는 곳이 전방이라 했으니 시설만큼은 좋지 않을까 기대해 본다.

훈련소에서 보내는 마지막 밤이다. 분대장도 이제는 우릴 친구처럼 대해 준다. 그동안 안 알려주던 자기 나이도 알려준다. 무슨 여자와 술 마시고 하룻밤 동안 섹스를 8번씩이나 한 썰도 풀어 준다. 그가 나가자 우리 분대원들은 차례로 서로에게 한마디씩 덕담을 해 주기로 한다. 보직 얘기를 하다가 내 전공이 철학과라 쓸모가 없다는 얘기를 한 적이 있는데 그걸 기억한 분대원이 내게 쓸모없는 사람이 아니라며 위로를 해준다. 나도 무슨 말을 하려는데 갑자기 바깥에서 소리가 들려온다. 시끄럽다고 얼른 자라는 간부의 외침이다. 일순간에 말이 끊긴다. 그 간부는 우리 기억에 평생 남을 훈련소 시절의 마침표를 원치 않았나 보다. 이 정도도 못 해 줄까 싶었지만 어쩔 수가 없다.

5월이다. 이젠 아침에도 안 춥다. 처음 보는 햇살이 우릴 비춘다. 강원도 쪽 배출병들은 군인 전세 열차를 타러 가야 한다. 입영 심사대에서 훈련소로 갈 때처럼 개인 짐을 전부 욱여넣은 더플백을 메고 걷는다. 높아 보이는 간부가 어디로 가냐고 묻는다.

"○○사단입니다."

"○○사단? 거기 시설이 좀 안 좋을 텐데?"

논산에서 춘천으로 향하는 열차는 서울을 경유한다. 노량진 쪽 기찻길이 보인다. 내겐 너무 익숙한 장소. 신길동에 있는 할머니 댁을 오갈 때 항상 지나던 곳이기 때문이다. 여기서 15분만 차 타고 가면 바로 우리 집인데. 춘천역 광장에 집합한 우리는 또 각자 가야 할 길로 찢어진다. 버스를 타고 산길로, 들어간다.

"안녕하십니까 여러분. 젖과 꿀이 흐르는 ○○사단에 오신 것을 환영합니다."

안내하는 사람 웃음이 음흉하다. 대체 누구 말이 맞는 거지. 산속으로 그만 좀 들어갔으면 좋겠다. 도착한 곳은 자대가 아닌 OO사단 신병 교육대다. 여기서 하루 머물며 주특기 번호를 부여받고 진짜 군 생활을 하게 될 장소를 배정한다고 한다. 시설은 전체적으로 깔끔하다. 논산훈련소의 비닐 벽처럼 손으로 만든 티가 나는 꾀죄죄한 구조물들이 없다. 식당 앞에서 손 씻는 곳조차도 정성 들여 지었다. 다만 좀 횅한 느낌이다. 모든 게 깔끔해서 오히려 이상하다. 논산엔 사람이 바글바글했는데 여긴 무슨 일이라도 났나 싶은 정도로 훈련병이 너무 없다.

우리를 인솔하는 분대장에겐 표정이 없다. 넋이 나가 축 처져 있다. 말투도 어눌하다. 그는 밥을 먹으려고 대기하다가 훈련병 한 명과 시비가 붙었다. 근데 훈련병이 겁도 없이 발로 흙바닥을 팍 차버리더니 작게 "씨발" 하고 욕하며 횅 가 버린다. 이래도 되는 건가. 논산에서 쌓은 내 상식으로는 있을 수 없는 일이다. 분대장은 어이없게 그걸 또 보고만 있다. 눈빛을 보면 화가 난 것 같기는 하다. 간부가 와서 조치를 하는가 싶었는데 그러지도 않는다. 왜 이러지. 여긴 분대장들이 만만한가? 저 멀리 집합한 OO사단 훈련병 무리도 논산과는 다르다. 허리에 힘도 안 들어가 있고 분대장 말에 대답하는 목소리는 들리지도 않는다. 사면이 산으로 둘러싸인 이곳은 논산에 비해 공기가 싸하다. 곳곳에는 OO사단 마크가 붙어 있다. 이 낯선 그림들이 우리 에너지를 빨아먹는 상징물처럼 느껴진다.

강의장에 모여 본격적으로 주특기[11] 분류 신청을 한다. 여러 종류의 주특기 번호와 명칭이 적힌 쪽지를 받았다. 3지망까지 적을 수 있다고 한

---

11 군인들 각자의 주된 역할. (OOO, OOO)와 같은 주특기 번호로 관리된다. 한 번 정해지고 나면 좀처럼 바꾸기 어렵다.

다. 일단 1지망과 2지망은 몸 안 쓰는 행정 쪽으로 적어 본다. 그러나 하필 행정 주특기가 두 개밖에 없다. 나머지 3지망은 다른 쪽으로 골라야 한다. 아는 게 하나도 없는데 빨리 적어서 내라고 한다. 소총수를 적고 싶지는 않다. 남들과 똑같은 그저 그런 군 생활은 피하고 싶기 때문이다. 특이하게 주특기들마다 요구되는 최소 신체 조건들이 적혀 있다. 그중 가장 큰 키를 요구하는 쪽이 170cm다. 키 작은 사람들보다는 키 큰 사람들과 군 생활을 하는 편이 나을 거라고 판단해버린다. 왠지 그들이 대체로 더 잘나가는 삶을 살아와서 풍부한 세상 경험을 해봤을 거란 생각이 든다. 그런 사람들과의 대화를 통해 인생 간접 경험을 쌓고 싶다. 제출하고 나니 역시 행정 주특기가 아닌 3지망에 걸려버렸다.

주특기 번호 (131, 102) 포수. 생활관으로 돌아와 다른 배출병들 얘기를 듣는데 아차 싶다. 내가 다루게 될 장비가 155mm 견인포다. 155mm? 그 수치가 뭘 뜻하는지도 모르겠는데 왠지 그 이상의 수치가 들리지 않는다. 아 제발. 두 사람이 커다란 포탄 하나를 들고 산을 오르내리는 이미지가 그려진다.

베개가 없어 다른 생활관에 가 베개를 받는다. 군복을 입긴 입었는데 진한 갈색의 긴 머리를 한 남자가 관물대에 멍한 표정으로 기대어 있다. 말로만 듣던 예비군인가 보다. 생각이란 게 없는 얼굴이다. 마치 얼마나 하기 싫은지를 온몸으로 드러내는 1인 시위를 보는 것 같다. 여기 하루라도 더 있다간 이 우울함에 잡아먹힐지 모른다.

여기서까지 누군가는 불침번을 서게 생겼다. 그 불쌍한 사람을 정하기 위해 가위바위보를 하는데 아까 낮에 봤던 분대장이 소리 없이 나타난다.

하던 걸 멈추고 눈치를 보는데 이렇게 말한다.

"아니야, 아니야. 계속해."

반어적 표현인가? 아닌 것 같다. 우린 눈치를 보다가 어물쩍 마저 이어 간다. 이긴 사람들이 환호하니까 가만히 보던 분대장이 나지막이 말한다.

"작은 것에도 감사할 줄 아네. 그래야지. 그래야지 남은 군 생활을 버틸 수 있지."

그 무게에 우린 차마 대답하지 못한다.

다음날 강의장에 모여 본격적인 자대 배치를 받는다. 공정성을 위해 '난수'라는 것도 입력하고 테스트를 두 번 거친 뒤에 진짜 결과가 나왔다. 여기 모인 배출병이 수백 명인데도 불구하고 나와 같은 부대에 걸린 사람이 몇 없다. 생활관으로 복귀하자 병 배출이 바로 진행된다. 대충 풀어놓았던 더플백을 다시 메고 침상에 걸터앉아 대기한다. 배출병들은 이곳 분대장에게 자기가 배정받은 부대가 어떤지를 묻고 있다. 근데 우리 부대를 묻는 사람이 아무도 없다. 직접 물어보니까 그는 이렇게 대답한다.

"아 거기. 불쌍하다. 나도 잘은 모르는데 딱 여기까지만 말할게. 거긴 대대장실이 컨테이너야."

훈련병들이 와- 하고 웃어제낀다.

평행 우주 |

S#1. 공익 몽타주 (봄)

빠른 템포의 피아노 연주곡 흘러나온다.

정형외과에서 발 엑스레이 사진을 찍는 은일

병무청 신체 검사장에 서류를 제출하는 은일

아침에 집에서 긴 머리를 말리는 은일

차분한 분위기의 사무실에서 업무 보는 은일

해가 지고, 은일 근무지에서 퇴근한다.

2부

아침 먹고 침대에 누워
유튜브 보는 조 이병

○○포병대대 대대장	
하나포	**둘, 삼, 넷포**
김이병	정상병
조이병	최이병

은일

알파의 문화

그 열악하던 훈련소마저 이렇진 않았다. 정말 컨테이너를 대대장실로 쓰고 있다. 신병 교육대와 마찬가지로 사면이 전부 산인데 훨씬 좁고 경사가 가파르다. 9명의 전입병은 주임원사실에서 잠시 대기해야 한다. 여기도 마찬가지로 컨테이너다. 주임원사는 자연스럽게 실내에서 선글라스를 끼고 담배를 피운다. 피부는 까무잡잡하다 못해 붉다. 군데군데 흰 머리가 보인다. 누구랑 전화 통화를 하는데 목에서는 쉿소리가 난다.

자대배치가 아직도 안 끝났다. ○○포병대대엔 본부 포대[12], 1포대, 2

---

12 말단 포병 부대를 칭하는 말. 중대 단위와 규모가 유사하다.

포대, 3포대가 있다. 그중 1포대는 알파, 2포대는 브라보, 3포대는 차리라고 부른다. 컴퓨터 프로그램에 난수를 입력하니 바로 결과가 뜬다. 나는 1포대다. 나 말고도 세 명이 더 알파 포대로 가게 됐다. 어째 인상 나쁜 사람들만 걸린 것 같다.

대대장실 앞에서 전입신고가 있다.

"부대- 차렷, 대대장님께 대하여- 경례!"

"충! 성!"

대대장님이 지나다니면 한 명씩 손을 내밀어 악수한다. 우린 관등성명[13]과 함께 앞으로의 군 생활에 대한 짧은 각오를 말해야 한다. 열심히 하겠습니다, 최선을 다하겠습니다 같은 식상한 말은 싫다. 내 다짐은 이거다.

"긍정적인 마인드로 임하겠습니다."

벌써부터 부정적인 감정이 들어서다. 대대장님이 웬 명함을 하나씩 나눠 주신다. 신병들은 선임병과 비교하면 힘이 없다, 잘 가지고 있다가 정말 힘든 일이 있으면 한 달 이내로 꼭 전화해라, 아니면 얼마 뒤에 대대장 간담회가 있을 텐데 그때 말을 해줘도 좋다.

간부 차량에 낑겨 타 모래바람을 날리며 오르락내리락 하니 1포대다. 1층짜리 붉은 벽돌 건물인데 옆으로 길다란 형태다. 연병장도 가로로 홀쭉하다. 그동안 보아 온 시설들에 비해 너무 작다. 건물 문은 상식적인 문처럼 생기지 않았다. 입구에 맞게 각파이프를 잘라다 방충망을 달아 경첩에 붙여 놓은 게 끝이다. 행정반은 더럽고 지저분하다. 벽에 누런 페인트

---

13 계급과 성명.

가 덕지덕지 발려 있는데 세월의 흔적인지 칠이 떨어진 곳이 많다. 천장이 낮아 숨이 콱 막힌다. 행정반 한쪽에 철근을 잘라다 만든 총기함들이 흉하게 자리를 차지하고 있다. 녹이 슨 겉을 까만 타르 도색으로 감춘 티가 역력하다. 손톱으로 꾹 누르면 끈적한 물감이 묻어나올 것 같다. 간부인 줄로만 알았던 사람이 커피를 타 오며 말한다.

"너희는 병장이 타 주는 커피도 마셔보고 좋겠다"

아 불편하다.

"너희 정말 좋을 때 왔다. 왜냐면 오늘 동원 훈련이 끝났거든."

간부님은 중요한 게 담겨서 앉으면 안 될 것 같이 생긴 보관함을 가리키며, 앉아서 편하게 기다리라고 한다.

포대장님과 개별 면담을 한다. 뭐라도 잘하는 사람처럼 보이고 싶었다. 바깥에서 영화를 만들었다는 얘기를 한다. 혹시라도 나중에 여건을 보장받을 수도 있을 거란 생각에 편집이 아직 덜 끝났다는 말을 덧붙인다. 특이 케이스라며 놀란다. 나중에 잘 되면 시사회 티켓을 보내 달라고 하신다. 가족관계를 묻길래 어머니가 치매라는 얘기를 한다. 그러니 자기도 어머니가 아프셨었다며 슬픈 눈으로 내게 악수를 건넨다.

"긍정적인 마인드로 임하겠습니다."

1 생활관 문을 여니 말도 안 되는 광경이 펼쳐진다. 두 사람 서면 꽉 찰 정도로 좁은 복도를 두고 양쪽 벽에 관물대가 징그럽게 다닥다닥 붙은 채 반대편을 마주 보고 있다. 여기서, 산다고? 자대에 오면 동기 생활관을 쓰는 줄 알았는데 여기가 한 생활관이라니. 40명은 족히 수용할 것 같다. 생활관은 훈련소 건물보다도 오래된 티가 난다. 한쪽 벽에 관물대 일고여덟 개 간격으로 하나씩 뚫린, 해묵은 창문을 투과한 햇빛이 공기 중의 섬유

먼지를 비춘다. 과물대 위쪽에는 포수의 결기를 다지자는 문구가 적힌 누런 플래카드가 달려 있다. 근데 내 더플백에 담아 온 활동화와 슬리퍼가 사라진 것 같다. 아까 오자마자 무섭게 생긴 선임이 내 더플백을 옮겨 주겠다며 가져갔다. 그때 내 신발도 빼갔나 보다.

나는 하나포 소속이다. 우리 부대에는 하나포, 둘포, 삼포, 넷포 해서 총 4개의 포가 있다. 세 번째 포를 셋포가 아닌 삼포로 읽는 건 '포수 숫자'를 쓰기 때문이다. 숫자를 하나, 둘, 삼, 넷, 오, 여섯, 칠, 팔, 아홉, 공으로 읽는다. 하나포엔 나보다 3주 먼저 온 동기가 있다. 김 이병. 키 작은 이 친구가 날 데리고 부대 시설과 문화를 하나씩 알려 주기로 했다.

막사 옆에 바로 취사장이 있다. 마침 저녁 식사 때라 식사 예절을 알려 준다. 여기서 '쇼' 자를 쓸 수 있는 경우가 딱 셋 있다. 식사할 때가 그중 하나다. "식사 맛있게 하십쇼"가 허용된다. 밥 먹을 때 주위에 선임이 있으면 "식사 맛있게 하십쇼", 선임이 밥 다 먹고 일어나면 "식사 맛있게 하셨습니까", 설거지하다 마주쳐도 "식사 맛있게 하셨습니까." 여긴 당번들이 대신 식판을 닦아주지 않는다. 직접 설거지해야 한다. 식기 보관함 앞에는 담당하는 사람이 식판을 꼼꼼히 검사하고 있다.

야외에서 선임을 보면 무조건 경례해야 한다.

"충! 성!"

눈짓으로 받아주기 전까지는 부동 자세를 풀 수 없다. 걸어가며 경례하면 절대 안 된다. 가만히 서서 해야 한다. 선임이 나를 본 것 같기도 하고 안 본 것 같기도 하면 나를 똑바로 보고 받아줄 때까지 기다려야 된다.

김 이병의 소개로 포가 있는 '포상'에도 들어가 본다. 그 안에는 7톤 무게의 커다란 포가 다리를 쫙 벌린 채 땅에 박혀 있다. 포는 항상 북한 표적지점을 지향한다. 여기서 탄을 발사하면 바로 적군 막사에 공격이 간다. 내가 지금 진짜 사람을 죽일 수 있는 대량 살상 무기 앞에 서 있는 것이다.

샤워장은 따로 없고 화장실에 딸려 있다. 세면대가 세 개, 샤워기가 여섯 대, 소변기 4대에 변기 3칸. 40명 정도 되는 사람들이 변기 3칸을 돌려 쓴다. 들어가 앉으니 조명이 나갔는지 어두컴컴하다. 바닥엔 축축이 젖은 두루마리 휴지 조각들이 나뒹군다. 여긴 대체 몇 년도에 지어진 걸까.

일과 이후 저녁 점호 전까지를 여기서는 '개인 정비' 시간이라 부른다. 쉬는 시간이라 하지 않는 이유는 미비된 점이 있으면 정비를 하라는 명목으로 주어지는 시간이기 때문이다. 1 생활관엔 TV가 양 끝에 두 대, 가운데에 하나 해서 총 세 대 있다. 하지만 TV로 고개를 향하는 것조차 눈치가 보인다. 머리는 공부해야 할 종이를 향한 채 눈동자만 돌려 쓱 훔쳐본다. 멀리서 내가 그토록 보고 싶어 하던 트와이스의 뮤직비디오가 나오고 있다.

내 활동화와 슬리퍼는 역시 선임들이 신고 있었다. 여기 문화라고 한다. 바닥엔 40여 명의 슬리퍼와 활동화, 전투화, 그리고 전역자가 버리고 간 쓰레기 같은 신발이 나뒹군다. 사람들은 필요할 때마다 아무거나 신는다. 사이즈가 다 다르다 보니 활동화는 전부 뒤쪽이 꺾여 있다. 내 활동화도 지금 딱 저 상태다.

저녁 점호는 1 생활관 침상에 앉아 실시한다. 흩어져 있던 사람들이 분과별로 모여 앉으니 60명은 되는 것 같다. 단독군장을 찬 당직사관[14]이

---

14 저녁부터 아침까지 부대에 남아서 자지 않고 인원 통제 및 행정 업무를 담당하는 자. 대부분의 간부가 날마다 돌아가며 당직을 서고 아침에 퇴근한다.

들어온다. 떠들썩하던 사람들이 싹 조용해진다. '당직사관'은 저녁부터 아침까지 부대에 남아 병력을 관리하는 간부의 역할이다. 그는 오늘 훈련 수고했다며 'TV 연등[15]' 얘기를 꺼낸다. TV 연등은 당직사관이 밤에 TV를 볼 수 있게 해 주는 특혜다. 원래는 금지되어 있다. 몰래 하는 것이기 때문에 절대로 대대장님에게 들키면 안 된다.

점호가 끝나고 자리로 돌아가 잘 준비해야 하는데 또 신발이 사라졌다. 찾아다니다 생활관 불을 끈다 하여 어쩔 수 없이 매트리스를 펴고 눕는다. 옆자리에 엎드린 분대장 이 상병님이 말을 건다. 내게 전포에 대해 알려 주겠다고 한다. '전포'는 포를 관리하는 사람들이고 '비전포'는 그렇지 않은 사람들이다.

"어때 쉽지."

어느새 옆에 다른 분과 선임도 와서 TV를 보며 엿듣고 있다. 이 상병님이 대뜸 비전포는 사람 새끼도 아니라고 한다.

"맞아 아니야."

"맞습니다."

"뭐? 사람 새끼도 아니라고?

야! 얘가 비전포는 사람 새끼도 아니라는데?"

분위기를 잡지만 재미있는 사람 같다. 긴장이 풀린다.

"야 똑바로 말해. 비전포는 사람 새끼도 아니야?"

"아. 아닙니다."

"뭐? 그럼 뭐야. 사람 새끼가 아닌 게 아닙니다. 그러면 사람 새끼야?"

---

15 취침 시간 이후에 자지 않고 본인 의지로 특정 활동을 하는 행위. TV를 시청하면 TV 연등, 공부를 하면 공부 연등, 라면을 먹으면 라면 연등이라는 표현을 쓴다.

"아. 맞습니다."

"뭐? 비전포는 사람 새끼라고? 뭐 인마 새끼?"

그는 이어서 전포의 주특기를 설명해 준다.

"곡함마삽. 곡함마삽이 뭐냐 하면 곡괭이, 함마, 그리고 삽이야. 함마는 그 영화 「타짜」에 나오는 오함마고."

포수라면 이 '곡함마삽'을 꼭 다룰 줄 알아야 한다니. 심상치 않다.

다음날 아침점호를 하는데 갑자기 '사단가'란 걸 부르라고 한다. 사단가? 육군가는 아는데 사단가는 아예 모르겠다. 사람들이 부르는 노래를 반 박자 늦게 따라해 보지만 전혀 모르겠다. 점호가 끝나고 키 작고 딴딴하게 생긴 사람이 와서 날 똑바로 보고 말한다.

"야, 너 사단가 모르냐?"

날 정확히 감시하고 있었다.

"예 그렇습니다. 제가 논산 훈련소를 나와서 사단가를 처음 들어봤습니다."

"모르면 군 생활 끝나냐? 모르면 물어봐서라도 외워야지."

김 이병에게 가 사단가 가사를 물어본다. 애초에 난 사단가라는 게 있는 줄도 몰랐는데.

이 사람 이름을 모르면 나중에 존나게 갈굼당할 게 분명하다. 그렇다고 직접 이름을 물어보는 것은 예의에 어긋난다. 선임들 관등성명을 받아 외우고는 있다. 하지만 별 효과가 없다. 휴일이라 모두가 활동복을 입고 있기 때문이다. 활동복에는 이름표가 없다. 취사장에서 "식사 맛있게 하셨습니까" 하거나 야외 휴게실 흡연장에서 "충성!" 하고 경례하면 뒷짐 진

66

채 고개를 까딱하며 위엄 부리는 이상한 사람이다. 기다렸다가 김 이병에게 물어보니 나보다 5개월 선임이라고 한다. 오래 있진 않았지만 여긴 분노 조절 못 하는 사람이 많은 것 같다. 말과 표정을 좆같이 하는 사람들도 많다. 입대 전에는 군대에서 딱 반만 가자는 목표를 세웠다. 근데 막상 오니까 열심히 안 하면 큰일 날 분위기다.

공부로 앞서 나가자

휴일에 종일 누워 자는 선임들이 신기하다. 어떻게 저렇게 아무것도 안 할 수가 있지? 자는 사람들이 90%라 아예 생활관 불을 끄고 지낸다. 관물대 올리는 나무 틀을 책상으로 간신히 공부 중이다. 너무 하기 싫다. 토씨 하나 틀리지 않고 외우라니. 무식한 방법이다. 하지만 반항할 수 없다. 주위엔 나보다 높은 사람들뿐이다. 제일 먼저 외우라는 '화포의 13가지 특성' 앞 글자를 따 되뇐다.

"발제비계 기자유분개 사온직엠. 발제비계 기자유분개 사온직엠. 발사 작키에 의한 삼점 중심. 제퇴기에 의한, 제퇴기에 의한…"

나와 같이 온 동기 최 이병은 이미 당직병에게 가 구두 시험까지 한 번 보고 왔다고 한다. 적당히 좀 했으면 좋겠다. 뒤처지면 안 될 것 같다.

포대장님과 면담할 때도, 선임들 앞에서 자기소개할 때도 ○○대학교 나왔다는 사실을 안 알렸다. 기대치를 높이고 싶지 않았다. 그렇다고 거짓말까지 할 필요는 못 느낀다. 할 일 없는 선임들이 호구 조사 중에 출신 대학을 묻는다. 솔직히 답하니 "야 이 새끼 ○○대 나왔대!" 하고 여기저기 말을 퍼뜨린다.

"와- 어쩌다가 여길 왔냐?"

그러게 말이다. 내가 여기까지 올 줄 몰랐다. 입대 전에는 내가 어떻게든 학력발로 중간에 차출돼 고위급 간부 자녀 과외병이라도 할 줄 알았다.

공부할 게 하도 많아 화가 난다. 밖에서 공부 좀 하던 나조차도 못 외우는 걸 이 사람들은 다 해 왔단 말인가. 다 때려치우고 싶은데 OOO대학교를 나왔다는 최 이병보다 못 하면 이상한 취급 받을 것 같다. 그게 싫어서라도 억지로 억지로 한다. 하루빨리 자살해야 된다. 군 생활 특별하게 하고 싶다 이 지랄 말고 그냥 소총수로 가 버릴 걸 그랬다. 포를 다루다 보니 새롭게 배울 게 너무 많다. 자살 방법을 생각한다. 군화 끈을 이용해야 하나. 아니면 그냥 바닥에 널린 돌들로 머리를 찍어 버릴까. 휴가 나가서 죽어 버릴까. 난 지금 미련이 없다. 살아봤자 군 생활을 600일 가까이 더 해야 하기 때문이다. 빠른 탈출을 위해서라면 자살밖에 답이 없다.

'주특기 집체교육' 때문에 대대 내 후임급 병사들이 전부 브라보 포대로 모인다. 드디어 제대로 된 교육을 받는구나. 공부를 하다 모르는 게 있어 선임들에게 물어보면 "간부들도 그건 모를 거야"라며 말을 돌리는 경우가 많았다. 가끔 대답해 주더라도 선임들마다 말이 달라 골치였다. 토씨 하나 틀리지 말고 달달 외우라던 화포의 특성 13가지가 각각 뭘 의미하는지 상병급조차 잘 모르는 게 현실이다.

타 포대 간부님이 나와서 탄의 뾰족한 머리에 해당하는 '신관'을 가르친다. 마침 우리 포대 인원들은 '즉각 대기' 훈련 때문에 바로 어제 신관에 대한 설명을 들었다! 간부가 계속 한숨 쉬고 귀찮은 티 꽉꽉 내길래 우리 포대 차례 때 1개월 선임이 의기양양하게 나섰다.

"저희는 이건 안 해도 될 것 같습니다."

아랫사람으로서 윗사람의 수고를 덜어드리기 위한 착한 의도였다.

"왜?"

"저희는 부대에서 이걸 배웠습니다."

사람이 갑자기 정색을 한다.

"그럼 왜 왔어."

우리는 굳어버리고 만다.

"안 가르쳐줘도 다 아는데 왜 왔어. 나가 그러면."

진짜로 나가라는 말은 아닐 거다. 근데 계속 나가라고 하면 어쩌지. 만약 부대로 복귀하면 우리 쪽 간부님께 사유를 설명해야 하는 난감한 상황이 2차로 펼쳐질 거다.

간부들이 진행하는 교육인데도 체계가 없다. 유독 귀찮아하는 간부는 분대장급 포수를 불러다 대신 교육하게 두고 쉬러 간다. 시간 전파도 엉망이다. 당일 아침까지도 교육이 있는지 없는지 알 수가 없다. 지식 수준도 선임들과 별반 다르지 않다. 그러다 대대장님이 방문하셨다. 중간에 치고 들어와 직접 교육을 하시는데 확실히 전문가 티가 난다. 그중 이해가 안 가는 내용이 하나 있었다. 포 얘기 중 왜 엇각의 원리를 언급하셨을까. 언뜻 보면 관련이 있는 것 같은데 구체적으로는 모르겠다. 나중에 맞후임을 교육하게 됐을 때 "이건 엇각의 원리랑 관련이 있는 거야"까지만 말하고 싶지는 않다. 근데 이해되냐는 말에 우린 기계적으로 "예!"만 외치고 있다. 뜻도 모르는 문장을 달달 외우는 건 싫다. 이건 어떻게든 알고 넘어가야겠다. 부대로 돌아가 행정반에 앉아계신 전사관(전포 사격 통제관)님께 여쭤본다. 설명을 바로는 못 하신다. 잠시 뒤에 다시 불러 설명을 해 주시지만 역시 이해가 안 간다. 굳이 이해할 필요 없는 내용인가 보다. "아~ 아~" 하며 대충 이해하는 척만 한다. 괜한 데 호기심을 부린 것 같다. 더 알고 싶으면 읽어보라며 간부들이 볼 것 같이 생긴 두꺼운 책을 빌려주신다. 일단 받았지만 난 아직 기본 교재조차도 못 외운 상태다. 그래서 대충 읽어보는 척만 한다. 근데 다른 포반 분대장이 이 얘기를 들은 것 같다.

"야 얘가 뭘 질문했는지 알아? 엇각의 원리를 질문했어, 엇각의 원리를."

단순 암기를 싫어했던 공부 습관이 이렇게 군 생활에 도움을 주는 걸까? 기분이 좋다. 그는 내가 나중에 알파의 미래를 책임지게 될 거라며 자기가 쓰던 교재를 얹어 준다.

취침 갈갈이

그동안 1 생활관에서 생활한 건 동원 훈련 때문이었다. 이제 기존 동기 생활관으로 옮긴다고 한다. 3 생활관을 나, 동기 7명, 그리고 한 달 선임까지 총 9명이 쓴다. 취침 시간에 선임 한 명이 우리 생활관으로 들어왔다. 다들 베개 위치에 가부좌를 틀고 앉는다. 따라 해야 한단 걸 이번에도 본능으로 안다. 화가 난 선임을 제외하고 모두가 침묵을 지킨다. 여기선 선임이 후임을 갈구는 걸 '갈갈이[16]'라고 부른다. 갈갈이를 듣는 걸 '갈

---

16   윗사람이 아랫사람을 갈구는 행위. 타 부대에서는 갈갈이 먹는 상황을 '닦인다'라고도 표현한다.

같이 먹었다'라고 표현하고, 갈갈이를 하는 걸 '갈갈이 준다'고 표현한다. 웬만한 갈갈이엔 "예", "죄송합니다", "아닙니다"로 대답을 하는 것이 정석이다.

"너희 동기 생활관 왔는데 잘 해야 할 거다. 3월 군번 동기 8명에 2월 군번 1명이라 편할 텐데 선임들이 너희 다 보고 있다. 모를 줄 아냐. 지나 다닐 때 보면 솔직히 너희 관물대 상태 개판이다. 그런 건 짬 다 차고 나서 해."

"예!"

"목소리 깔아 이 씨발년아…."

"예."

밤이라 바깥이 조용하다. 조곤조곤 말하는 선임 목소리가 두 귀를 가득 채운다. 중학생 시절 수련회 가서 영문도 모른 채 새벽 4시에 끌려 나와 기합을 받았던 그때와 판박이다. 저 사람이 아무것도 아니란 걸 나는 안다. 하지만 분위기란 걸 무시 못 한다. 끝나는가 싶더니 또 다른 선임이 들어와 더 갈갈이를 준다. 화가 나지만 이 감정을 돌려줄 방법은 애석하게도 없다. 나 혼자 삭이는 수밖에 없다. 기분 나빠해봤자 나만 스트레스다.

선임이 나가면 뭐 저런 놈이 있냐고 욕할 줄 알았다. 근데 아니다. 모두 반성의 시간을 갖고 있다. 이걸 겪고도 앞으로 열심히 해봐야겠다니. 욕 한마디라도 했다가는 나중에 밀고당할 것 같다. 나만 동떨어진 세계에서 온 것 같다.

군대에서 이루고픈 목표가 생겼다. 화 제대로 내는 법 배우기다. 훈련병 때부터 분대장들을 보며 분노에 대한 관심을 키워 왔다. 화는 사람들을 굴리기 위해 꼭 필요한 것 같다. 화를 안 내면 아랫사람들이 말을 안 들기 때문이다. 사회에서 나는 화를 내기보다 주로 참는 편이었다. 남에게 싫은 소리를 하면 오히려 내 마음이 더 불편했다. 훈련소에서 허락도 없이 내 관물대를 열어 휴지를 가져간 훈련병 때문에 기분이 상했을 때도 뭐라고 말해야 하나 한참을 생각했다. 착하게 "내 휴지 가져다 썼어?" 하고 물어봐야 하나. "왜 아무 말도 안 하고 가져가냐?" 하면 내가 휴지 하나 못 빌려주는 쩨쩨한 사람으로 보일 것 같았다. 잘못한 건 갠데 고민에 빠진 건 왜 나였을까?

매일 밤 취침 시간이 갈갈이다. 미치겠다. 저녁 점호가 끝나고 침상에 매트리스를 펼칠 때 각자 오늘 하루 잘못한 건 없었는지 털어놓는 시간을 가진다. 취침 시간인 22시가 돼도 선임이 들어올까 봐 긴장돼 잠을 못 잔다. "야, 너희 이따가 밤에 앉아있어라." 예고해 주는 선임이 차라리 고맙게 느껴질 정도다.

보급관[17]님이 나를 부른다. 보급관님실 한쪽 벽에는 '1포대 생명 지킴이'라고 적힌 액자가 걸려 있다. 그는 자기가 1포대 용사들의 생명에 책임이 있다고 소개한다. 자살 시도 경험에 대해 묻는다. 나는 솔직히 답한다. 구체적으로 어떤 방법이었는지를 묻는다. 자살 생각은 많이 해 보았다, 그러나 약을 먹고 쓰러져 실려 가거나 높은 곳에서 떨어져 며칠간 못 일어나거나 했던 경험은 없다. 그러자 가장 정도가 심했던 때는 언제냐고 물어온다. 말하고 싶다. 군대 들어와서도 자살을 생각했다고. 하지만 그러면 부적응자로 낙인이 찍힐 것만 같다. 내가 제일 죽음에 가까웠던 때가 언제였

---

17 '행정 보급관'의 준말. 잡무부터 물자 관리, 행정 처리까지 부대 운영에 있어 거의 모든 것을 담당하는 부사관 직책이다. '행보관'이라고 부르는 부대도 있다. 걸어다닌다는 의미를 내포하지 않는다.

을까. 중학생 시절인 것 같다.

초등학생 때부터 학원을 몇 군데씩 다녔다. 제일 싫은 건 숙제하기였다. 숙제를 빼먹으면 학원 선생님은 날 때렸다. 다행히도 중학생이 되니 몸에 손을 대는 선생님은 많지 않았다. 그러나 난 선생님께 죄송하다고 말해야 하는 그 순간조차도 너무 두려웠다. 그래서 학원 가는 게 무서워졌다. 가끔 학원을 빠지기도 했다. 하지만 그것은 해결책이 되지 못했다. 피해 봤자 그다음 번 숙제에 더해져 양은 두 배로 불어난다. 원래도 안 하는데 두 배가 되었으니 할 리가 없다. 잠시 후면 학원 버스를 타러 나가야 하는데 숙제는 단 한 장도 풀지 않은 어느 날이었다. 숙제를 없애 버리고 싶었다. 17층 우리 집 베란다 난간에 두 발을 올리고 섰다. 하지만 바깥으로 몸을 던질 마음의 준비는 못 한 상황이었다. 그냥 저쪽 어딘가에서 빨래를 터는 아주머니가 나를 발견해 주기를, 아니면 베란다 난간이 무게를 못 이기고 알아서 무너져 주기를 바랐다.

얘기하니까 그 어렸을 내가 가여워 울음이 나온다. 근데 멈추지를 않는다. 살면서 이렇게 오래 울어본 적이 없다. 소리 없이 계속 운다. 일그러진 얼굴이 펴지지 않는다. 보급관님은 당황해 휴지를 뜯어 준다. 오렌지 주스 한 컵도 따라 주신다. 그래서 어떻게 됐냐고 말을 거신다. 눈물을 멈춰 주려는 것 같아 감사하다.

베란다에서 몇 분을 고민했다. 그러다 결국 퇴근한 엄마가 와서 아무 일 없는 척 학원에 갔다. 곧 엄마가 올 시간이란 걸 알고 얼른 구해주길 바라는 마음으로 기다렸던 것 같기도 하다. 이게 이 사건의 끝이다. 보급관님께 의미를 설명해야 할 것 같다. 나는 숙제를 하는 게 너무 싫었다. 공부도 싫었다. 여기서 가장 좋은 대학 나온 내가 이런 소리를 하니 웃기지만,

부대에서 새로운 지식을 외우는 게 너무 어렵다.

저녁 점호 시간 당직사관이 선임병들에게 전파 사항을 알린다. "암기 강요를 하지 말라." 대신 우리 후임병들이 외워야 할 것들을 못 외울 시에 징계를 주겠다고 한다. 무슨 말인가 싶다. 이게 '암기 강요'지 않나. 보급관 님께 했던 얘기 때문에 이렇게 된 것 같다.

"야, 우리가 암기 강요를 했냐? 훈련에 필요한 걸 외우라는데 그게 왜 암기 강요야? 그것도 안 외우면 어쩌자는 거야? 딱 필요한 것만 외우라는 데 그것도 외우기 싫으면, 우리 전쟁 나면 다 뒤지라는 거야? 포는 한 번 당겨 보겠어?"

이제 외울 게 생길 때마다 간부들이 한 번씩 묻는다.

"야, 이게 암기 강요야?"

"아닙니다!"

동기 한 명이 공개적인 자리에서 울었다. 그는 삼포 포수인데 얼굴을 찡그리며 골반 통증을 자주 호소해 왔다. '작키'를 띄우다 삼포반장 범 하사님 앞에서 울었다. 왜 그러냐 물으니 "더 잘하고 싶은데 바라는 만큼 결과가 안 나와 서러워서" 울었다 대답했다. 그러나 나중에 다른 간부님이 따로 불러 일대일 면담을 해 보니 말이 다르게 나왔다고 한다. "몸이 너무 아픈데 작키를 시켜서 울었다"고 말이다. 난 그 간부가 바로 보급관님이 었을 거라고 추측한다. 면담 내용은 어찌된 일인지 선임병들 귀에 들어갔다. 그러면 내가 공부하기 싫다고 질질 짰던 것도 이미 하나포 선임들 귀에 다 들어간 걸까. 하나, 둘, 삼, 넷포 분대장들이 전부 밤에 찾아왔다.

"간부님 있는 데서 울면 우리가 뭐가 되냐. 우리가 언제 강제로 시키기라도 했어? 네가 하기 싫다는데 우리가 억지로 시키고 그러냐고. 그리고 씨발 왜 울었는지 다시 물어보니까 우리 있을 때랑 왜 말이 달라."

한 사람도 아닌 네 사람에게, 그것도 짬도 먹을 대로 먹어서 포대를 휘어잡는 전포 분대장 전원으로부터 나의 동기는 돌아가며 갈갈이를 먹고 있다. 그 누구라도 빠져나갈 수 없는 상황이다. 동기들과 후임들이 보는 앞에서 사람이 만신창이가 돼 가고 있다. 분대장들이 덧붙인다. 요즘 마음의 편지다 뭐다 해서 말이 많은데 거기 뭘 적어도 하나도 나아지는 게 없다고, 여기가 너희 생각보다 되게 악랄한 집단이라고. 너희가 우리에 대해 뭘 적더라도 결국엔 거치고 거쳐서 너희에게 돌아간다. 내가 알파의 미래를 책임지게 될 사람이라며 교재를 주던 그 사람이 하는 말이라 더욱 충격이다.

대대장님께 건의한 세 가지

전입 신고식 때 받은 명함을 꺼내지는 않았다. 거기다 전화를 해 버리면 내 나약함을 인정하는 꼴이 될 것 같아서 그랬다. 하지만 그간 느껴온 문제들을 좌시할 수는 없다. 그래서 건의 사항을 말할 간담회 날만을 기다려 왔다. 나와 같은 날에 전입 온 브라보, 차리, 본부 사람들이 전부 대대장님실에 모인다. 통유리창 바깥으로 깎아지른 절벽이 내려다보인다. 대대장님이 말씀을 시작하신다.

군대에는 또라이가 많다. 그 또라이들 때문에 너희가 힘들 수도 있다. 하지만 군대만큼 심각한 또라이들과 함께 지내볼 수 있는 곳이 없다. 자기에게도 또라이 상급자가 있었다. 모두가 다 싫어했다. 그런데 미친 척하고 그 사람에게 딱 한 달 동안만 잘해줘 보았다. 자길 대하는 그 사람의 태도는 여전했다. 하지만 다른 사람들에게 자기 칭찬을 엄청나게 하고 다녔다고 한다. 사회에도 또라이들이 많다. 여기만큼 또라이 대하는 법을 연습하기 좋은 장소가 없다. 또 한 가지 좋은 점이 있다. 여기선 실력에 상관없이 누구나 때 되면 계급이 올라가고 후임들이 생겨서 왕고[18]가 될 수 있다. 이렇게 단기간에 어떤 집단의 밑바닥부터 가장 높은 곳까지 체험해볼 수 있는 곳은 군대가 유일하다. 사회에서는 이런 경험을 하고 싶어도 할 수가 없다.

「오즈의 마법사」 주인공 도로시는 집으로 돌아가게 해달라는 소원을 들어줄 마법사를 찾아 모험을 떠난다. 그러나 사실 그 마법사는 마법을 부릴 줄 모르는 순 겁쟁이에 불과했다. 하지만 도로시는 여행하는 길에서 배운 게 많았다. 이 얘기를 우리에게도 적용해볼 수 있다. 집으로 돌아간다는 것은 우리에게 전역이다. 이 전역을 목표로 하면 안 된다. 군 생활의 가장 큰 목표로 '무사 전역'을 말한다는 건, 이 긴 군 생활 동안 아무 노력도 하지 않겠다는 뜻이다. 그러니 우리에게 진짜 목표를 세우라고 당부한다.

각자 하고 싶은 얘기를 하는 차례가 되어 준비한 세 가지를 건의한다. 첫째는 취침 여건 보장이다. 이 말의 숨은 목적은 갈갈이의 존재를 대대장님께 알리는 것이다. 마치 우리 부대의 당연한 문화인 양 갈갈이를 소개해 대대장님을 놀라게 한다. 두 번째는 제대로 된 주특기 교육의 필요성이

---

18   왕 고참의 준말. 가장 계급이 높은 선임을 칭한다.

다. 항상 느낀 건 이 부대에 잘 가르치는 사람이 없다는 사실이다. 마지막 세 번째는 막사 방충망 보수다. 아무리 봐도 우리 부대 방충망은 제 기능을 못 하는 것 같다. 내가 입대 전에 가장 크게 걱정한 건 다름 아닌 모기였다. 난 모기에 물리면 그 부위가 심각하게 부어오르고 상태가 오래 지속되는 체질이다. 눈으로 보면 상태가 안 좋다는 걸 바로 알 수 있을 것이다. 하지만 물리기 전에는 아무도 몰라줄 게 뻔했다. 어차피 여름 내내 몇 방씩은 물릴 테지만 조금이라도 피해보고 싶었다.

이 말을 들은 대대장님은 모든 의견이 바로 수용되지는 않을 거라고 하신다. 우리가 의심받는 걸 막기 위해서다. 간담회에서 고충을 말했다고 그걸 바로 들어주면 제일 먼저 표적이 되는 건 그 간담회에 간 이등병들이다. 그러니 문제 해결까진 1~2주쯤 걸릴 거다.

그리고 오늘도 어김없이 갈갈이 시간이 찾아왔다. 메인 주제는 취식물 보관이다. 딱히 누가 걸려서 온 것 같지도 않다. 볼수록 그냥 자기네 짬과 권력을 과시하려고 오는 것만 같다. 어린 꼰대라는 말이 여기 딱 어울린다. 오늘도 '나는 되고 너넨 안 되고' 하는 식의 뻔한 얘기다. 저 말에 어떻게 반박해야 이길 수 있을까. 방법이 없다. 학교에서 배운 논리학은 하도 쓸데없다. 세상은 논리보다 힘이나 감정 같은, 논리학에서 전혀 고려치 않는 것들이 지배하는 곳이다. 그래도 일단 오늘은 간담회에서 말한 게 있으니 조금만 버티면 될 거다.

여자친구 가슴 크기를 묻는 선임과 아무런 저항도 안 한 나

위병소 근무 체제는 평일과 주말에 따라 다르다. 평일엔 일과 때 '말뚝 근무'를 돌린다. 말뚝 근무란 06시부터 18시까지 한 시간씩 2교대로 서는 위병소 근무를 일컫는다. 어떻게 위병소를 하루에 6시간이나 서지? 안 맞는 사수가 걸려도 종일 좁은 공간에 같이 있어야 한다. 난 말을 먼저 꺼내는 스타일이 못 된다. 하지만 선임들에게 재미없는 애로 낙인찍히고 싶지는 않았다. 나의 생존 전략은 사수의 말을 최대한 경청하고 맞장구를 쳐주는 거다. 그러면 사수는 신이 나 더 말하고 싶어질 거라고 생각했다. 하지만 실제 사수 대부분은 귀찮아서 그런지 부사수 혼자 떠들게 놔두고 가만히 있기를 더 좋아한다. 경계 근무 간에는 지켜야 할 수칙이 7가지 있다. 그런데 병사들 사이에는 암묵적으로 8번째, 9번째 수칙이 돈다. 8번째는 사수를 즐겁게 해줄 것이다. 그리고 9번째는 위병소에서 있었던 얘기를 위병소에 묻을 것이다. 그래서 선임들은 신병에게 경계 근무 수칙 8번째와 9번째를 아냐며 말문을 트곤 한다.

휴일에 종일 위병소에 있을 순 없으니 주말은 8개 조가 하루 두 번씩 선다. 오늘 사수는 정 상병님이다. 이 사람은 유난히 말수가 적다. 아까부터 가슴에 휴대해야 할 대검으로 모래주머니를 푹푹 찌르기만 한다. 나 보고 재밌는 얘기 좀 해 보라고 한다. 요전도 심심하면 내게 똑같이 묻곤 했다. 그럴 때면 난 이렇게 답했다.

"그렇게 물어보면 개그맨이 와도 못 웃겨~"

하지만 선임 앞에서 이딴 식으로 넘어갈 수는 없다. 저 사람이 무슨 얘기를 하든 경청할 각오가 되어 있지만 대화란 걸 할 마음이 전혀 없어 보인다. 그래서 더욱 뭐라 해야 할지 모르겠다. 잘 못 하겠다는 식으로 어정쩡하게 답하니까 정 상병은 한숨을 푹 쉰다.

"재미가 없다."

"어떤 게 말씀이십니까?"

"군 생활이 재미가 없다."

"혹시 상병 몇 호봉이십니까?"

"몰라. 그런 거 알아서 뭐 하게."

"크흠. 제가 아직 정 상병님 정도 짬이 안 돼 봐서 잘 모르겠지만, 군 생활에 오는 슬럼프가 저한테도 언젠가는 오겠구나 싶어서."

여기서 대화가 끊긴다.

대뜸 여자친구가 있는지 묻는다.

"얼마나 사귀었어."

"재작년 4월부터 사귀어서. 2년 좀 넘었습니다."

"오 그래. 그러면. 해 봤겠네."

"크흠."

"여자친구가 어느 포대야."

"잘못 들었습니다?"

"어느 포대냐고."

"그게 무슨 뜻인지 잘 모르겠습니다."

"알파야, 브라보야, 차리야."

알파와 브라보, 차리가 지칭하는 건 우리 대대의 A 포대, B 포대, C 포대. 이게 왜? 골똘히 생각해 보니 A, B, C는 가슴 크기를 가리키는 것 같다. 대체 누가 이런 식으로 가슴 사이즈 물어볼 생각을 처음 했을까.

"제가 여자친구가 그렇게. 슬림한 체형이어가지고."

"아이 그래서 알파야 브라보야 차리야."

"크흠."

"알파야?"

"예 뭐."

"꼭 알파야? 그냥 알파야?"

어떻게든 이 사람과 재미있는 위병소 근무 시간을 보내야겠다는 필사적인 일념으로 나는 서 있다. 어이가 없다. 내가 왜 여자친구 가슴 크기를 이 사람에게 말해줘야 하지? 생긴 것도 좆밥 같아서 저녁 점호 때 우리 포반 분대장에게 맞고 사는 사람인데. 왜 내가 이런 질문에 정색하지 않고 그대로 대답해 줬지? 나도 웃긴 사람이다. 나한테 하는 것도 아니고 내 여자친구를 향한 성희롱이다. 화가 안 나는 게 이상한 상황이다. 근데도 난 화를 내지 못했다. 화를 낼 수 없었던 건가, 계급 차이 때문에? 저 사람과 잘 지내보고 싶어서? 고작 저 사람한테? 저 사람한테 잘못 보이면 포대 전체에 안 좋은 얘기가 돌까 봐? 화내도 됐을 것 같다. "정 상병님. 그건 좀 아닌 것 같습니다"라고 했으면 좋았을까. 권위에 도전하는 게 무섭다면 "크흠. 그 질문은 조금." 하며 상황을 모면해도 됐을 일이다. 근데 이미 지나갔다. 이 정도로 내가 순발력이 떨어지는 사람이다. 아니면 내가 그렇게까지 화가 나지 않았던 걸까.

내가 너무 한심하다. 정말로 화가 났다면 뭐라도 해 보지 않았을까. 여자친구가 연예인 누구 닮았냐는 질문조차도 난 피하지 않았다. 사진은 없냐는 질문에 내 관물대에 여자친구 얼굴 사진이 걸려 있다고 술술 불었다. 근무가 끝났는데도 화가 풀리지 않는다. 이건 성희롱이라고. 근데 이걸 내가 고발한다고 해서 요정이 좋아할까. 그런 질문들에 다 답해 준 날 더 원망하지 않을까. 난 그녀에게 떳떳할 수 없다. 선임이랑 친해지려고 여친은 판 사람이니까. 이걸로 문제를 일으키면 우리 부대 선임들은 당연히 더 친한 정 상병 편을 들 거다. 나는 까다로운 새끼라고 낙인찍히고 말 것이다. 이런저런 생각 끝에 결론을 내린다. 7시간 뒤에 있을 오후 위병소를 서고 나서도 이 사람이 정말 싫다고 하면 그때 가서 보기로.

정말로 심한 일을 당하면 그 상황에 바로 대처할 수 있는가. 그렇지 않단 걸 깨닫는다. 어느 정치인의 비서가 위력에 의한 성폭행으로 정치인을 고소한 사건이 있었다. 나는 이해가 안 됐다. 성폭행을 인지하면서도 지속해서 관계했다는 사실이 말이다. 그런데 이렇게 내가 아무 힘도 발휘할 수 없는 상황에 놓이고 나니 심경이 복잡하다. 어떤 일을 고발했을 때의 자기 안위를 걱정한다면 그 사람은 약자다. 당장 어떠한 조치도 취하지 않는 내가 싫다.

오후 위병소를 서면서도 여전히 그 사람이 싫었다. 모든 말이 다 부정적인 사람이다. 그래서 친해지려는 농담은 한마디도 안 한다. 하극상이란건 이런 사람한테 해야 하는 건데. 하지만 역시 실행하지 못한다. 나는 화를 내려고 생각을 너무 많이 하다가 때를 놓쳐버린다. 대뜸 오전에 내게 했던 그 얘기를 다시 꺼내기도 좀 그랬다.

'정 상병님? 아까 낮에 그. 제 여자친구 알파냐 브라보냐 차리냐 물어보셨던 거.'

역시 부대 분위기상 이런 얘기는 꺼내는 것 자체가 말이 안 된다. 결국하지 못한다.

앞으로 정 상병과 말뚝 근무를 들어가면 어떡할지 걱정이 앞선다. 한번만 더 그런 심한 말을 한다면 그때는 진짜 들이받고 영창 가야지. 하지만 이런 다짐을 하면서도 내가 실제로 그럴 수 있을지 확신이 없다. 막상 위병소 안에 있으면 또 생각의 늪에 빠져 아무것도 하지 못할 거다. 저녁이 되어 요정과 통화를 한다. 아무 일 없던 것처럼.

군대에서 아프면 서럽다는 말의 이유

'6·25 전사자 유해 발굴' 작업 때문에 차량에 후탑해 산길을 오른다. 길이 제대로 나 있지 않아 굵은 나뭇가지와 잎이 푸다닥 하고 방탄모를 때린다. 브레이크 때문에 사람들 몸이 한쪽으로 쏠린다. 손가락이 시원하다. 확인해보니 길게 상처가 나 있다. 나무로 된 좌석을 잡은 채로 쏠려서 그런가 보다. 피가 새어 나온다. 어떡하지. 우리 부대엔 '무사고 마일리지'라는 제도가 있다. 사고 없이 무사히 한 달을 보내면 해당 분과는 300점을 받는다. 분과 마일리지를 1,000점 모으면 분과 전투 휴무를 받고, 2,000점으로는 분과 외출을, 3,000점으로는 분과 외박을 나갈 수 있다. 분과 외출과 분과 외박은 각각 특별 외출과 특별 외박으로 카운트된다. 특별 외출과 특별 외박은 개인당 한 달에 한 번으로 제한된 출타 횟수와 별개로 또 쓸 수 있다. 그러나 누군가 다치면 300점이 깎인다. 사고 없이 300점을 받은 분과에 비하면 600점이나 차이가 벌어지는 것이다. 이걸 들키면 틀림없이 분과 마일리지가 깎인다. 하지만 시간이 지날 때마다 벌어진 살 틈으로 피가 계속 흘러나온다. 피가 뚝뚝 떨어지는 지경에 이르렀다.

하차할 때가 되니 다들 내 손에 난 상처를 눈치챘다. 바로 포대장님이 날 확인하러 왔다. 아픈 것보다 분과 마일리지가 깎여서 좆될 거라는 두려움이 앞선다. 포대장님은 좀 쉬어야겠다고 말한다.

"아닙니다. 그냥 상처 살짝 난 거여서 작업해도 될 것 같습니다."

"그래?"

"예 그렇습니다."

"흠. 일단은 그러면 위에까지 같이 올라가서 상황을 좀 봐야겠다."

"예 알겠습니다."

산 위쪽에 도착하니 아니나 다를까 군의관님을 기다리라고 한다.

얼마 지나지 않아 선임 한 명이 삽질 중 손톱을 다쳐 이쪽으로 온다. 근데 자기가 다쳤다는 보고를 받은 포대장님이 이랬다고 한다.

"너 이거 하기 싫어서 일부러 다친 거 아니냐?"

내가 알던 모습과는 사뭇 다르다. 평소에는 인자한 웃음을 짓다가도 정신교육을 할 때면 강단 있는 리더십을 보여주던 사람이었다.

"지금 국군수도병원에 입실해 있는 애 알아? 얘가 지난번에 우리 훈련할 때 함마질을 하는데, 한 사람이 철주를 두 손으로 지지하고 한 사람은 그걸 함마로 치잖아. 그래서 철주를 잡을 때는 딱 쪼그려 앉아서 철주 머리가 아니라 몸통을 잡아야 하잖아. 근데 얘가 실수로 철주 머리에다 엄지손가락을 이렇게 올려놓은 거지. 그래서 철주를 치던 애가 함마로 걔 엄지손가락을 찍어 버린 거야. 걔가 움찔하고 함마 치던 애가 괜찮냐고 물어봤는데 괜찮다고 했대. 그러길래 계속하는데 애가 장갑이 빠알개지는 거야. 장갑을 벗겨 보니까 엄지손가락이 터져 있었어. 그걸 바로 보고했는데 포대장님이 보고 나서 얼굴 싹 바뀌는 거야. 그리고 어디로 바로 전화를 때리더니 차에 보급관이랑 같이 타서 대화를 나누는데 이러는 거야. '하. 지금 저희 좆된 것 같네요. 그 새끼 때문에.' 이게 원래 부대원이 다치면 포대장한테 책임을 묻는 거거든? 근데 결국에는 상급 부대에다가 보고를 안했어. 원래는 이런 일이 있으면 무조건 보고를 해야 해. 포대장이 어떻게 했는지는 몰라도 우리 선에서 묻은 거야. 이 사람이 원래 진급에 미쳐 있는 사람이라서, 포대장 하는 도중에 자기 부대원이 훈련받다 손가락이 터졌다 하면은 바로 나가리잖아. 그래서 그냥 조용히 입실시켜놨어. 그래서 연대에서도 애가 다쳤는지 어쨌는지를 모른대."

대대 의무대[19]에서 만난 군의관님은 내 상처가 그리 심각한 건 아니라고 한다. 대신 내일 다시 가서 몇 바늘 꿰매야 된다. 부대로 복귀하니 포대장님은 병사들을 모아놓고 오늘 있었던 나의 부주의에 관해 얘기하고 계셨다. 부주의로 인해 일어난 사고. 왜 차에 탈 때 다들 장갑을 안 끼냐며 혼을 낸다. 그 누구도 하지 않던 생각을 당연하단 듯 말한다. 이제부턴 모두 장갑을 끼고 탑승하라. 내가 사람들 귀찮은 일을 만들었다. 운전병 선임의 급정차도, 후탑자 좌석 설계 문제도 아닌 나의 부주의가 말이다.

분과 선임들은 내 상처를 보며 한숨을 쉰다. 내 탓을 하지는 않는다.

"네가 다치고 싶어서 다쳤겠니."

나는 이제 환자로 보고되어 다시는 유해 발굴 작업에 가지 못한다. 하루가 채 안 지나 최신 분과 마일리지 표가 게시되었다. 간부들은 내 안부를 묻지 않았지만 내가 손가락을 다쳤다는 사실은 정말 잘 알고 있었다. 1분대 마일리지 300점이 깎여 있었다.

---

19 군대 내 의료 기관. 군인들은 일반적으로 아픈 곳이 있을 때 민간 병원이 아닌 의무대에서 진료를 받아야 한다. 대대 내에도 의무대가 있지만, 정확한 진단이나 치료가 불가능한 경우 상급 부대에 있는 더 큰 규모의 의무대나 국군 병원에 내원한다. 의료 목적으로 병사가 부대 바깥 의무대나 국군 병원에 방문하거나 군의관이 타 부대를 방문하는 행위를 '외진'이라 부른다.

-300(조은일).

다음 날이 아닌 다음 주가 돼서 겨우 대대 의무대에 올라가 손가락을 꿰맸다. 군의관님은 손가락을 심장보다 높게 든 상태를 유지하라고 하셨다. 복귀해 밥을 먹는데 선임이 핀잔을 준다. 꼭 그렇게 하고 먹어야 하냐고.

"예. 군의관님이 심장보다 높게 하라고 하셔서."

"그래? 근데 꼭 그렇게 먹어야 하냐고."

"아닙니다."

"그렇게 안 해도 다 나아."

"예 맞습니다."

군의관님은 손가락 소독을 해야 되니 매주 올라오라고 하셨다. 하지만 혼자 올라갈 수는 없다. 군대에선 항상 전우조[20]라는 규칙을 지켜야 하기 때문이다. 이동할 때 최소 2인 1개 조로 움직여야 한다. 처음에는 "군의관님이 상태 보러 오라고 하셨습니다" 하면 일과 분류 때 의무대에 볼일 있는 다른 병사 한 명을 붙여 주었다. 그러나 나중에 가니 보고해도 알겠다고만 하고 아무도 신경 써주지 않는다. 전우조 없이는 못 올라가지만 전우조를 구할 책임은 오로지 내게 있다. 또 전우조로 같이 올라가 주는 사람은 다른 일과를 제쳐둬야 한다. 그러니 내가 편하게 부탁할 수 있는 사람은 이등병들뿐이다. 그러나 이등병 둘끼리는 보내주지 않는다. 무슨 일을 일으킬지 모르기 때문이다. 다쳐서 일손도 못 보태고 분과 마일리지까지 깎은 마당에 분과 선임들에게 부탁할 수도 없다. 군의관님이 오라고 하

---

20 병사가 혼자 있는 상황에서 각종 사고나 위급 상황 대처에 취약해지기 때문에 군대에서는 전우조를 시행 중이다.

신 날에 말뚝 근무가 잡혀 있기도 했다. 손가락은 여간 낮지 않는다. 볼 때마다 이걸 굳이 꿰매야 했나 싶다.

병영 생활 상담 I & II

주기적으로 '신인성 검사'를 실시한다. 부대 생활 적응도, 관계 유형, 알코올 중독, 사이버 중독 등을 종합적으로 평가하는 체크리스트다. '나는 주 5회 이상 인터넷을 이용한다', '나는 휴대전화기가 없으면 불안하다', '나는 인터넷을 하느라 제때 해야 할 일을 마치지 못한 적이 있다.' 다 나한테 해당하는 말이다. 그러나 여기 체크하면 나는 인터넷 중독자가 되고 만다. 인터넷 중독자에게는 부대에서 무슨 조치를 취할 것인가. 내가 지금 스마트폰을 사용하지 못해 스트레스가 심하다고 하면 스마트폰을 손에 쥐여 줄까. 절대 아니다. 여기까지 솔직하게 답해서는 안 될 것 같다. 최대한 정상인처럼 보이기 위해 노력한다.

부대 생활 적응도 검사에선 군 생활에 대한 전반적인 만족도를 묻는다. 수백 개의 문항을 읽다 보면 지난 1년간 자살을 생각해본 적이 있는지 조금씩 단어를 바꾸어 여러 번 묻고 있다는 사실을 알아차릴 수 있다. 나는 여기에 솔직하게 체크한다. 불쌍해 보이려고 애를 쓰고 있다. 그래야 힘든 일을 덜 시키지 않을까. 근데 신인성 검사 결과가 바로 부대 간부들에게 전달되는 줄은 몰랐다. 포대장님이 병영 생활 상담관과 상담해 보지 않겠냐고 권유한다. 딱히 거절할 이유는 없다. 어쩌면 나를 좀 더 잘 알 기회가 될 것 같기도 하다. 상담을 통해서 기분이 좀 나아진다면 더욱 좋겠다.

보급관실에서 일대일로 하는 면담이다. 파마머리에 목소리가 꼬부라진 중년 여성이 들어왔다. 사복을 입고 있다. 이 사람 민간인인가? 말투를 어떻게 해야 할지 모르겠다. '요' 자를 써야 하나? 아닌 것 같다. 간부들에게 하는 것처럼 똑같이 존대해야겠다. 상담관이 자기 얘기를 줄줄이 늘어놓는다. 군대에 여자가 얼마 없는데, 자기가 무슨 부조리를 고발해서, 남자 간부들도 자기를 무서워한다, 자기는 그래서 일부러 목소리도 크게 하고 다닌다, 고발하고 싶은 게 있으면 얼마든 내게 말해라, 어디 사냐, 나도 그 동네 안다, 너는 내가 자주 갔던 약국 약사 선생님을 닮았다….

가족들과 사이는 좋냐는 질문에 아니라고 답한다. 아버지가 화를 너무 많이 내시기 때문이다. 무엇 때문에 화를 내시냐? 지금 잘 기억은 안 나는데 평소에 그냥 화를 자주 내신다. 폭력은 쓰시냐? 그렇진 않다. 이 말에 상담관이 내 문제를 별것 아닌 일로 치부하는 것 같다. 아버지가 어머니에게도 그러시냐. 예. 얼마 전에는 자는데 아버지가 어머니에게 소리를 막 지르셔서 깼다. 어머니가 치매가 있으시다. 우리 가족은 밥을 그렇게 많이 먹지 않는다. 그래서 아버지는 밥을 조금씩 그때그때 지어 먹자고 하셨다. 하지만 어머니는 그 말을 무시하고 항상 양을 많이 지으셨다. 그래서 아버지는 화를 냈다. 같은 말을 아무리 반복해도 들어먹질 않는 어머니 때문에 슬프고 답답해서 그러셨던 것 같다. 어머니는 그 자리에서 두 발로 바닥을 쿵쿵쿵쿵쿵 찧으며 날카롭게 우셨다.

"으흐흐흐흑. 왜 나한테 그래."

안 들을 수가 없었다. 그대로 거실은 조용해졌다. 혹시라도 무슨 일이 생긴 거면 어떡하지? 잠은 다 깼지만, 방 밖으로 나가기가 무서웠다.

"음. 어머니랑 아버지 사이가 안 좋으시구나. 자주 싸우시는구나."

상담관은 자기만의 비법을 소개하기 시작한다.

"은일이가 형제는 있나?"

"예, 위로 형 있습니다."

"형은 그럴 때 어떻게 해."

"아. 형이 지금 대전 내려가 살아서."

"에이. 그러면 딸도 없고 네가 이제 하나밖에 안 남은 아들인데 잘 좀 해 줘야지~ 그러면, 봐 봐. 아버지가 어머니한테 그만 소리 지르셨으면 하는 거지. 그런데 아버지랑 대화는 많이 없고. 그러면 편지를 쓰는 거야. 왜, 편지를 쓰면 평소에는 못 하던 말도 전달할 수가 있잖아. '아빠~ 다 좋은데 어머니랑 대화하실 땐 화내지 말아주세요~' 이렇게 있잖아. 그리고 거기다가 우리 부대에 풀이나 나무, 꽃 같은 거 많이 자라지. 거기서 꽃 같은 거 이쁜 거 하나 주워서 책에다가 껴 봐. 그러면 이쁘게 마를 거야. 그걸 편지에다가 붙여서 드리는 거지. 그러면 얼마나 좋아하시겠어~"

말로만 알겠다 하지 말고 꼭 해 보라며 나중에 또 보자 한다. 지 말만 하는 사람이다. 그래도 풀 뽑기 작업보단 도움 되는 시간이었던 것 같다. 그런데 나가 보니 내가 상담관과 상담했단 걸 모르는 이가 없다. 어느 정도는 원했던 것이기도 하다. 내가 힘들어한다는 사실을 이렇게라도 사람들이 알아줬으면 했다. 자살 고위험군으로 분류되어 지금이라도 집에 가는 꿈을 꾼다. 선임들은 이런 나를 안 좋게 보고 있다. 나는 무릎도 아프고 손가락도 다친 데다 상담까지 한, 이것저것 다 빼는 사람이기 때문이다.

포대장님이 이전보다 더 나를 측은하게 여기는 것 같다. 이걸 최대한 이용해야 한다. 힘든 걸 애써 숨기지 않는다. 그렇다고 또 너무 드러내서는 안 된다. 괜찮냐는 질문에 괜찮다고 하면서도 어떻게든 여지를 남기려 애쓴다. 어려운 게 있으면 자기한테 말하라고 한다. 어려움. 나는 군 생활에 어려움이 많다. 다른 부대로 가고 싶다는 생각을 자주 한다. 하지만 반대로 이 시련에서 꼭 돌파구를 찾아내 극복하고 싶은 마음도 있다. 여기서 도망치면 왠지 앞으로도 계속 도망만 치며 살 것 같다. 포대장님은 또 한 번 병영 생활 상담관과의 상담을 제안한다. 바깥에서 하면 돈도 많이 나가는데 여긴 공짜니 좋지.

그런데 막상 자리에 앉으니 할 말이 없다. 포대장이 권해서 들어온 건데 상담관은 내가 할 말이 있어서 왔다고 착각하는 것 같다. 나의 어린 시절을 묻길래 성실히 답한다. 하지만 이 얘기가 나의 군 생활에 구체적으로 어떤 도움이 되는지 모르겠다. 뜬금없이 내게 테스트지를 건넨다. 문항들은 내가 억누르던 안 좋은 감정들을 꼬치꼬치 캐묻고 있다. 종이를 받아든 상담관은 자살 생각을 했냐고 심각하게 묻는다. 무엇 때문에? 생각해 둔 방법은 있는지? 실제 시도는 했는지?

견딜 수 없는 뭔가가 있을 때 자살을 떠올렸던 것 같다. 군대에서는 화가 나는데 그 대상이 다 나보다 높은 사람들이다 보니 화를 낼 수 없는 현실이 참기 어려웠다. 그러니 가장 만만한 나한테 푸는 수밖에 없다. 물론 전역까지 기다리면 다시 행복한 날이 올지도 모른다. 하지만 하루 이틀도 아닌 500일이다. 지금이 이렇게 힘든데 무슨 수로 버티나. 어디서부터 얘기해야 될지 고민하는데 상담관은 타이른답시고 또 지 말만 한다.

"진짜 자살은, 안 된다."

앵무새 같다. 가족들을 생각하라는 공감 안 되는 말 따위를 들으며 "예. 예." 해야 하는 나도 앵무새다. 자살 얘기는 지휘관에게 보고할 수밖에 없다고 한다. 이렇게 자살 얘기가 전해진다면 나는 다른 부대로 갈 수 있을까. 대놓고 다른 부대로 보내달라는 말은 못 하겠다. 근데 간부들이 날 다른 부대로 옮겨 준다고 하면 덥석 물 거다. 하지만 다른 부대로 넘어가지 못하면? 나중에 분대장을 달 수 없을 거다. 자살 얘기하는 사람은 리더가 되지 못한다. 분대장이 되고 싶은 이유는 '분대장 위로 휴가' 때문이다. 하루라도 더 나가야 살 수 있는 내게 분대장이 되지 못한다는 건 큰 타격이다. 어떻게 될까.

평행 우주 II

S#2. 은일의 방 (실내 / 아침 / 여름)

2배속으로 재생되는 인터넷 게임 방송 소리.

책상에는 깔끔하게 비운 라면 그릇 놓여 있고.

긴 머리의 은일이 침대를 가로질러 누운 채 휴대폰을

만지작거리고 있다.

졸음이 몰려와 휴대폰을 그대로 가슴에 올려두고 낮잠을 청한다.

선풍기가 탈탈탈 돌아간다.

3부

신관과 함께 폭발한 조 일병

등장인물

요정

1포대
포대장

하나포	**둘, 삼, 넷포**	**비전포**	은일
석하사	최 일병	손 병장	조사관
이병장		공일병	조수
민 상병			병사
김 일병			
조 일병			

출타자 보고 갈갈이

첫 휴가 복귀 버스를 타고 산속으로 들어가니 갑자기 뭐가 후드득 하고 차량 상면을 강타한다. 방금까지만 해도 빗방울 하나 안 떨어졌는데 지금 보니 바깥은 물바다다. 빠르게 진입한 차가 이미 내리던 비를 만났나 보다. 돌아왔단 걸 몸으로 실감한다. 행정반에 들어오니 몸이 움츠러들고 억 소리가 절로 나온다.

생활관에서 만난 김 이병은 우리가 이제 일병이 되었으니 주기[21]를 전부 다시 해야 한다고 한다.

"아. 알겠어."

"주기는 내가 지난번에 하는 방법 알려줬지?"

"어."

휴가 복귀를 하면 보고체계에 따라 분과 선임들에게 차례대로 보고해야 된다. 11개월 차이나는 맞선임 민 상병을 싸지방[22]에서 찾았다. 말을 거니 떨떠름해한다.

"아. 이거 사 왔습니다."

심부름시킨 여드름 패치를 전한다.

"어. 고마워."

다음은 이 병장이다.

"저. 이 병장님?"

"어. 왜."

"방금 막 휴가 복귀했습니다."

"그래."

"지난번에 말씀하신 텀블러를 제가 사려고 했는데 다이소에도 없고 여기 GS에도 없어서 못 사 왔습니다."

---

21 군대 내 보급품에 자신의 이름이나 관등성명을 써넣는 행위. 계급을 기입할 경우 진급 때마다 최신화를 해야 한다.

22 사이버 지식 정보방의 준말. 병사들이 컴퓨터로 인터넷을 이용할 수 있는 공간이다. 이용 시간이 제한되어 있으며 접속 가능한 사이트도 정해져 있다. 행정반 내에도 PC가 있지만 대부분의 업무용 PC는 인터넷이 아닌 국방 인트라넷에만 연결되어 있다.

"어. 알겠어."

저녁 점호 직전 분과 간담회 시간인데 하나포 분위기가 안 좋다. 민 상병님이 씩씩대며 나타나 뜬금없이 나한테 화를 낸다. 왜 출타자 보고를 안 했냐는 이유다. 나는 분명 보고를 한 거 같은데. 배운 대로 출타자 카톡방에 휴가 간 특이사항이 없다고 매일 보고했다. 민 상병님은 그것 말고 왜 석 하사님께 보고를 안 했냐고 묻는다. 아. 나는 석 하사님께 보고를 안 했다. 해야 되나 말아야 되나 고민은 했었다. 하지만 결국 하지 않았다. 이유를 생각해 내야 한다. 휴가 시 매일 단톡방에, 그리고 하나포반장[23] 석 하사님께 카톡으로 보고를 남겨야 된다고 배웠다. 빠져나갈 구멍은 안 보인다. 변명할 시간이 줄어들고 있다. 머릿속이 새하얘진다. 큰일 났다. 첫날 내가 보고를 안 해도 아무런 반응이 없어서 나머지 날도 아예 안 했다. 근데 이 말을 한다고 나아질 것 같지는 않다. 그래서 최대한 겸손하고 조심스럽게 잘못을 뉘우치는 말투로 말한다.

"까먹은 것 같습니다…."

민 상병님이 화내는 걸 자주 봤지만 나한테 이렇게까지 눈을 부라리는 건 처음이다. 시간도 얼마 안 걸리는 거 난 왜 보고를 안 했지. 했으면 되는 건데. 내 탓을 해야 한다. 죄송하다는 말은 심기를 건드릴 수 있다. 그러니 말 한마디 한마디 신중히 골라서 해야 된다. 민 상병은 김 일병을 혼낸다. 옆에서 묵묵히 보던 이 병장님은 이 일에 관심 없어 보이는 듯했으나 그게 아니었다. 자기 차례를 기다리고 있었다. 그도 똑같이 내게 갈갈

---

23 포반마다 한 명씩 있는 대표자 직책. 포반장은 간부가 맡는 경우도 있고 병사가 맡는 경우도 있다.

이를 준다. 생활관으로 돌아가는 길에 김 일병도 내게 한마디 했다.

충격이 가시질 않는다. 민 상병님, 이 병장님이 죽일 듯한 눈빛으로 화내고 욕하는 게 너무 무서웠다. 근데 내가 잘못했으면 석 하사님은 나한테 바로 알려 줄 생각을 해야지 왜 그 둘을 조졌을까. 이 병장님이 내게 따졌다. 내가 니새끼 때문에 이 짬에 분대장 달고 석 하사님한테 욕 처먹어야 하냐고 말이다. 석 하사는 내가 첫날만 개인 톡으로 보고하고 나머지 날에는 개인 톡을 하지 않아 기분이 나빴을 거다. 근데 애초에 내가 단톡방에 올린 것과 똑같은 내용을 그에게 따로 보내는 과정이 왜 필요할까. 출타자 보고의 목적은 휴가 간 내게 특이사항이 있는지 없는지를 알리기 위해서다. 석 하사는 내 안위가 아니라 오로지 규칙을 어긴 나를 조지는 데만 관심이 있었다. 그 보고하는 일을 어긴 게 정 문제였다면, 왜 자기한테 따로 보고를 안 하냐고 내게 연락하면 그만이었다. 근데도 그러지 않고 4일 내내 이 병장과 민 상병에게 갈갈이를 준다는 어렵디 어려운 선택을 하셨다. 그 둘은 조은일이 잘못을 했다는 사실에 한 번, 남의 잘못으로 갈갈이를 먹어서 또 한 번 빡쳤을 거다. 하지만 이들도 문제를 바로잡는 데는 그다지 관심이 없었다. 매일 싸지방에서 접속하는 페이스북에 우린 친구 추가가 되어 있다. 근데 이들도 똑같이 4일 내내 메시지 한 번 안 보내고 김 일병에게 갈갈이를 주었다. 김 일병도 내게 메시지를 보내지 않았다. 당장 내일 석 하사님을 보면 또 이 껄끄러운 주제를 가지고 갈갈이를 들을 생각에 괴롭다.

다음날 행정반에서 석 하사님을 마주치니 역시 이 얘기를 꺼내신다. 내가 얼른 변명을 늘어놓는다.

"첫날 개인 톡으로도 보고를 드렸는데 아무 반응을 안 하서서 필요가 없나 보다 하고 못 했습니다. 죄송합니다."

그가 사람 좋은 말투로 말한다.

"왜 그것도 모르냐 은일아…."

그 중요하디 중요한 보고를 왜 씹었는지는 설명을 안 해 준다. 갈갈이라고 부를 수준도 안 되는 이 타이름은 1분도 안 되어 끝이 났다. 내 휴가가 얼마나 즐거웠는지는 아무도 묻지 않았다.

수신용 전화기와 마음의 편지

우리 부대 수신용 전화기는 3 생활관에 한 대, 2 생활관에 한 대, 그리고 인원이 가장 많은 1 생활관에 다섯 대 해서 총 일곱 대다. 그런데 2, 3 생활관에서 아무도 안 쓰는데도 보관함을 열면 2, 3 생활관 전화기가 없는 경우가 많다. 생활관 구분을 안 지키고 막 쓰는 선임들 때문이다. 하지만 우리가 어쩌다 1 생활관 전화기를 가져가서 걸리기라도 한다면 분명 개 뭐라 할 거다. 오늘은 선임 한 분이 우리 생활관에서 충전 중이던 전화기를 가져갔다. 시간이 지나도 안 돌려주길래 찾아가 보니, 쓰고 나서 그냥 자기 생활관 바닥에 아무렇게나 던져 놓고 사라져 있었다. 선임들이 짬을 구실로 우리 것을 빼앗아 간다는 사실이 싫다. 다짜고짜 우리 생활관에 들어와 수신용 전화기를 들고 "야 너희 이거 안 쓰지?" 하고 물어볼 때도 기분이 나빴다. 하나 마나 한 질문 아닌가. 거기서 "아. 저 이따가 수신용 전화기 써야 합니다."라고 할 수 있는 사람은 없으니까.

그래서 전입 후 처음으로 마음의 편지를 적었다. 1 생활관에서 2, 3 생활과 후임들 수신용 전화기를 가져가지 않았으면 좋겠다는 내용이다. 이에 간부들은 가장 좆같은 방법으로 조치를 취해 주었다. 이제부터 수신용 전화기는 행정반 바깥으로 들고 나갈 수가 없다. 행정반 내 보급관실, 포대장실에서만 사용이 가능하다. 내가 원했던 방법이 전혀 아니다. 그냥 전화기를 생활관에 맞게 가져가는지, 가끔 누가 뺏어 가진 않았는지 당직사관이 감시하면 되는 일이었다.

간부님들은 왜 이딴 걸 마음의 편지에 적냐고 어이없다는 반응을 보인다. 조금만 참으면 되는 걸 왜 굳이 이렇게 마음의 편지를 적어 서로가 얼굴 붉히게 만드느냐. 선임들도 욕을 한다. 이 병장님은 날 추궁한다. 당연히 아닌 척을 한다. 마음의 편지를 쓴 사람이 나란 걸 모두가 알고 있다는 듯 말한다. 하지만 끝까지 오리발을 내민다. 선임들은 내가 안 넘어간다며 아쉬워한다. 나를 콕 집은 건 그런 마음의 편지를 쓸 만한 사람이 나밖에 없기 때문일 거다. 선임급 병사가 쓸 만한 내용은 절대 아니다. 2, 3 생활관 후임병 16명 중 수신용 전화기를 자주 쓰는 사람은 얼마 되지 않는다. 그중 생각 많아 보이는 사람을 추려 보면 금방 답 나온다. 이걸 예상못 했다.

나의 동기들도 비슷한 반응을 보인다.

"아니 왜 씨발, 나중에 짬 차고 실컷 쓰면 되지. 왜 모두가 불편한 상황을 만드는 거야?"

미안하다. 나도 내 불만을 이런 식으로 들어줄 줄은 몰랐다. 잠깐 참으면 되는 걸 가지고 괜한 유난을 떨었구나.

폐급

선임병의 감시 아래 나와 김 일병, 그리고 후임 둘이 보조 포상에 자란 풀을 뜯고 있다. 무더위에 땀이 푹푹 쏟아진다. 하나포 잡초도 뽑고 둘포 잡초도 뽑으니 드디어 휴식 시간이다. 고개를 푹 숙인 채 그늘에 앉는다. 잠이 솔솔 온다. 아무도 나를 깨우지 않는다.

일과가 끝나고 민 상병이 날 취사장 뒤편으로 부른다. 내가 잘 때 아무 터치 없던 선임이 다른 사람들에게 얘기하고 다닌 거다. 석 하사도 그렇고, 사람들은 남의 잘못을 보면 찍어누를 기회를 잡았다고 생각하는 것 같다. 김 일병도, 후임들도 풀 뽑으며 속으로 내 욕 했겠지만 깨우지는 않았다. 왜 그랬을까? 사람들에겐 욕할 대상이 필요한 것 같다. 남의 잘못을 굳이 바로잡지 않고 일을 키워 나중에 그걸 핑계 삼아 갈갈이 주기를 즐긴다. 선임은 내게 직접 갈갈이를 주지도 않고 굳이 다른 사람들에게 소문을 냈다. 좁은 사회에선 떠도는 말이 가장 무서운 법이다. 취사장 뒤편에는 빠져나갈 구멍이 없다. 그런데 웬일로 민 상병이 평소처럼 분노에 차 죽일 듯 화내지 않는다. 오히려 날 포기한 듯 한숨을 쉰다.

개인 정비 시간이 되어 전화기를 사용하러 행정반 내 보급관실로 간다. 요정과의 통화가 한 시간이 넘게 지속된다. 근데 누군가 보급관실 문을 벌컥 연다. 민 상병이 화가 머리끝까지 차오른 눈으로 서 있다. 악문 입술이 보인다. 부모님과 통화하고 있는 거냐고 묻는다. 난 여자친구라고 답한다.

"너 나와."

영문을 알 수 없는 불안감에 급히 전화를 끊는다. 그가 내게 방송 못 들었냐고 묻는다. 못 들었다 하니 그게 말이 되냐고 바로 욕이 날아온다. 당직사관도 있는 행정반에서 말이다. 나는 진짜 못 들었다고 다시 말한다. 옆에서 듣던 당직병이 "저기 보급관실은 방송이 안 나올 텐데" 하고 거들어 준다. 민 상병은 날 행정반 바깥으로 끌고 나간다. 전화 통화를 하는 사이 비가 내리기 시작한 것이다. 그래서 젖지 않게 포 커버를 씌우라는 방송이 나왔다. 하지만 보급관실에는 방송이 나오지 않았다. 원래대로라면 나와 김 일병이 하는 일이다. 하지만 김 일병은 근무를 서러 가 없고, 나는 생활관이나 화장실 어디에도 없었다. 민 상병은 할 수 없이 혼자 가서 포 커버를 쳤다. 그러면서 나에 대한 분노가 터져 버리고 말았다. 이 쌈 먹고 포 커버 치는 게 얼마나 좆같은지 아냐고 묻는다.

"죄송합니다."

내 잘못인지는 모르겠지만 어찌 됐든 문제는 일어났다. 내게 포반 공부는 했냐고 묻는다. 난 자신이 없다. 전입 초기에는 열심히 공부했는데 요즘은 아니었던 것 같다. 공부하라는 터치가 들어오지 않았기 때문이다. 나는 얼마간 여유가 생겼다 착각하고 있었다. 하지만 여기서 또 죄송하다고 말할 수는 없다. 그는 관물대 앞으로 날 끌고 가 공부 자료들을 꺼내게 한다. 생활관 동기들이 다 지켜보고 있다. 전투 카페로 오라고 하고는 휙 나가 버렸다. 난 주섬주섬 자료를 꺼내며 조금이라도 상황을 늦춰 보려 한다. 근데 창문으로 나타난 민 상병이 빨리 안 오냐고 눈을 부라린다. 후다닥 나가는 내 뒤로 누군가 불쌍하다며 혀를 쯧쯧 찬다.

민 상병은 내 뚝배기를 깨 버릴 거라고 겁준다. 뚝배기를 깬다는 표현은 원래 농담으로 쓰이지만, 왠지 그 말이 너무 무섭게 들린다. 진짜로 내 대가리, 머리통, 두개골이 박살나는 상상을 한다. 전투 카페 책상에 마주

보고 앉은 그는 내 노트를 샅샅이 뒤진다. 내게 전포 제원을 묻는다. 생각나는 대로 답하니 금세 밑천이 드러난다. 제일 외우기 힘들었던 DODIC 번호와 포상 내 준비선상탄 개수를 묻는다. 정답을 모르지만 머리를 쥐어짜 본다. 그가 싫어하는 죄송하다는 말 대신 근접한 오답이라도 내놓을 수 있기를. 근데 분명 틀린 답일 텐데도 별 반응이 없다. 그도 정답을 잘 모르는 눈치다. 종이를 넘기면서도 무슨 문제를 내야 할지 모르는 것 같다. 승부수를 던질 차례다. 그동안 공부를 하면서 몰랐던 것이 있는데 여쭤봐도 되겠냐고 묻는다. 그는 그러라고 한다. 역시 내 질문에, 제대로 답을 하지 못한다. 그러면서 "아니 씨발 여긴 왜 이렇게 덥냐?"고 얼렁뚱땅 말을 돌린다. 무안하지 않게 맞장구를 쳐 준다.

"맞습니다. 진짜 더운 것 같습니다. 아까 보급관실도 되게 더웠습니다. 습해서 더 그런 것 같습니다."

앞으로 모르는 게 있으면 이렇게 질문을 하라고 한다.

"예 알겠습니다."

계획대로 풀리지 않아 찜찜한 표정으로 민 상병이 먼저 나간다. 하지만 뒤따라 나가기가 무섭다. 공부하랬더니 바로 나온 나를 본다면 뒷일을 보장할 수 없다.

저녁 점호 때 당직사관이 마지막으로 하는 단골 멘트가 있다.

"연등 할 사람?"

내가 여기 손을 든다. 무슨 연등이냐고 묻는다. 나 같은 후임급 병사가 손을 드는 경우는 원래 딱 한 가지다. 선임급 병사가 장난으로 아무것도 모르는 후임에게 TV 연등을 건의하라고 시킨다. 그래 놓고 진짜 하면 어디 이등병이 TV 연등을 건의하냐고 내놓고 꼽을 주는 문화가 있다. 그래서 선임들은 재밌는 일이 벌어지려나 보다 하고 기대 중이다. 하지만 난 공부 연등을 건의한다. 당직사관이 네가 무슨 공부냐고 묻는다. 민 상병에게 이런 노력하는 모습이라도 보여줘야 한다. 나는 그냥 전포 공부를 하겠다고 말한다. 그러자 당직사관은 낮에 공부 안 하냐고 돌변해 묻는다. 당황스럽다. 낮에도 공부하는데 좀 더 하고 싶어서 건의했다고 답한다. 그는 내게 선임들이 시킨 거 아니냐고 묻는다. 이 병장, 민 상병을 포함해 포대 인원 모두가 날 보고 있다. 돌발 행동을 멈추라는 뜻인 것 같다. 내가 또 잘못한 것 같다.

군 생활이 힘들다는 티를 내 본 적도 있다. 분과 간담회 때 말 없이 심각한 표정으로 앉아 있는 식이다. 하지만 아무도 관심을 주지 않았다. 어쩌다 포대장님이 힘든 건 없냐고 따로 물어볼 때는 대답을 일부러 얼버무렸다. 힘들게 하는 사람이 있으면 말해 주라고 했다. 하지만 난 말할 수가 없었다. 수신용 전화기 문제로 마음의 편지를 쓰고 난 뒤 간부들을 불신하게 됐다. 어떤 고충을 토로하더라도 내가 원치 않는 방향으로 흘러갈 것만 같다. 모든 간부가 마음의 편지에 원색적인 거부감을 표하고 있다. 부대 평가에 영향을 미치기 때문일 거다. 일부러 좆같은 방법으로 처리해 주는 것은 아닐까. 앞으로 마음의 편지 쓸 생각은 하지도 말라는, 나 같은 반동분자에게 보내는 메시지다. 포대장님은 나중에라도 얘기해 달라고 하셨다. 돌아서니 두 명의 이름이 떠오른다. 민 상병, 그리고 공 일병….

공 일병은 나와 5개월 차이 나는 선임이다. 이 사람은 '시설관리병'이라 매일 밤 막사 문을 잠그러 다니며 꼭 우리 생활관을 지나간다. 사소한 것 하나도 절대 넘어가는 법 없이 내키는 대로 갈갈이를 준다. 그가 생활관 문을 열고 들어오면 모두가 긴장한다. 무사히 넘어가는 날에는 나가는 타이밍에 맞춰 이렇게 말해야 한다.

"편안한 밤 되십쇼."

"그래."

뒷짐을 지고 고개를 끄덕이는 모습을 보면 자기 권력에 심취한 듯하다. 이 사람은 꼭 취침 시간 직후 22시가 아닌 애매한 22시 반에 온다. 부대 내 모든 시설물 문을 잠그고 담배 한 개비 피우고 오는 시간이다. "오늘 2, 3 생 대기하고 있어라." 하고 갈갈이 예고가 있는 날에는 22시부터 침상 끝에 가부좌로 앉아 반성하고 있어야 한다. 이 사람 한 명 때문에 생활관 사람 전체가 잠도 못 잔다. 짜증 나지만 그가 너무 무섭다. 어떤 방법으로도 그를 이길 수 없을 것 같다. 일부 선임들까지도 그를 가리키며 "얘 건들면 좆된다"고 농담을 한다.

서러운 일들을 토로할 상대가 없다. 그럴수록 점점 요정에게 의지하게 된다. 하지만 시험 기간이라 요즘 바쁘다. 내 연락을 자주 쳐낸다.

'비사격 훈련'[24]을 할 때 이 병장은 주로 김 일병을 1번 포수, 나를 2번 포수로 임명한다. 번호마다 역할이 정해져 있다. 1번 포수 경험은 아직 부족하다. 한 번은 나도 모르게 탄과 장약이 들어가는 폐쇄기를 두 손이 아

---

24 적 도발에 즉각 대응 사격이 필요한 상황을 가정한 모의 훈련. 실제 사격이 이루어지지 않기 때문에 비사격 훈련이라 부른다. 부대 내에 사이렌이 울리면 전 병력 일제히 "훈련 번개"를 외치며 방탄 헬멧을 착용한 뒤 각자 임무 수행 포상 혹은 상황실로 뛰어가야 한다. 훈련 기간을 가리지 않고 평시에도 간부 재량껏 실시할 수 있다. 따라서 거품을 내며 샤워 중이더라도 참여하지 않으면 갈갈이를 면할 수 없다.

닌 한 손으로 닫으려 하는 실수를 저질렀다. 그 후로 아침저녁 방렬[25] 점검을 갈 때마다 폐쇄기 앞에서 동작을 취하며 외우고 있다.

'폐쇄기는, 두 손으로.'

어떨 때는 포반장에게 기폭장치인 '뇌관'의 점화제 확인을 받아야 하는데 거꾸로 보여줘 갈갈이를 먹은 적도 있다. 이후 계속 되뇌었다.

'점화제, 점화제, 빨간 점화제.'

일련의 동작이 어설프다는 지적도 받아 연습하고 또 연습했다. 자세가 몸에 익을 즈음 사이렌이 울렸다.

"훈련 번개!!!"

그동안 비사격 훈련을 할 때 한 번도 참여하지 않았던 석 하사가 처음으로 포반장 역할을 맡았다. 나를 1번 포수로 지명한다. 오른발을 축으로 해 장약을 받고, 뒤돌아 확인하고, 다시 뒤돌아 넣는다. 폐쇄기를 잠글 땐 두 손으로 닫는다. 뇌관을 꺼내 붉은색 점화제 부분이 보이도록 확인받고, 조심조심 넣는다. 그런데 방아 끈이 안 보인다. 등 뒤에 멘 소총에 방아 끈이 걸린 것이다. 당황해 빨리 방아 끈을 풀어서 "사격 준비 끝"을 외치려는데 이번엔 방아 끈 연결 고리가 빠져 버렸다. 재빨리 집어 다시 포에 건다.

"하나포 사격 준비 끝!"

석 하사가 한숨을 푹 쉰다. 이어서 비사격 명령이 또 내려온다. 두 번다시 총에 방아 끈이 걸려선 안 된다…. 우렁찬 목소리로, 조심스럽게 동작을 진행한다.

---

25 포가 표적지를 겨냥하도록 조작하는 행위. 기상 환경에 따라 탄 움직임이 달라지기 때문에 야전 진지가 아니라 포를 고정해 둔 주둔지 내에서라도 아침, 저녁으로 한 번씩 사격 제원을 하달받아 포 각도를 조정해야 한다.

비사격 훈련이 종료되고 석 하사는 비전포 인원들에게 나가라고 한다. 그리곤 우리에게 엎드리라 한다. 정말 엎드려야 하나 고민하는 사이 이 병장과 민 상병이 빠르게 엎드려서 따라한다. 조은일 내 이름 석 자를 부르며 개판이라고 소리 지른다.

그동안 내가 해 온 노력이 하나도 인정받지 못한다는 생각에 억울하다. 이번 비사격 훈련은 확실히 엉망이었다. 근데 예상할 수 없는 부분이었다. 총을 메고 비사격 훈련을 한 건 오늘이 처음이기 때문이다. 그리고 총기 끈을 등에 딱 붙게 조이는 사람도 없다. 그동안 차례차례 나아지는 내 모습을 자랑스러워했지만 아무도 그걸 칭찬해 주지 않았다. 인정받고 싶었다.

석 하사가 나가자 이 병장이 바톤을 이어받는다. 그는 내게 "비사격 좆 폐급"이라 못 박고 나가 버린다. 내게 와서 총기 끈을 조여 주는 김 일병은 날 더욱 비참하게 만든다. 분명 이 병장과 민 상병은 야외휴게실로 가 담배를 피우며 "조은일 그 쓰벌 새끼 때문에 얼차려[26]를 받았다"고 말할 거다. 이제는 더 잘해야겠다는 생각보단, 그냥 여기를 떠나고 싶어진다. 어째 한 발 한 발 내딛을수록 더 깊은 펄 아래로 침잠하는 것 같다. 입대 전의 난 뭔가를 잘하는 사람이었다. 어쩌다 이렇게 됐지. 갈갈이를 듣다 보면 '아, 내가 정말 문제가 있는 건가?' 싶은 생각이 자주 든다. 여기 사람들은 욕하고 화내는 건 쉽게 하면서 칭찬이나 따뜻한 말에는 어쩜 그리 인색할까.

26　임무 수행 실패, 군 기강 해이 등을 이유로 상급자가 하급자에게 직접적인 접촉 없이 신체적 고통을 가하는 행위. "엎드려" 하면 눈치껏 신속하게 엎드려야 한다. 병사가 후임병에게 얼차려를 주는 경우는 극히 드물다. 정해진 규정에 의거해 보고 절차를 거쳐 실시해야 하나 좀처럼 지켜지지 않는다.

조여 온다. 전부 내 얘기를 들었을 거다. 핑계를 대고 싶다. 듣는 사람이 "네가 운이 나빴네" 하고 맞장구를 쳐 주었으면 한다. 하지만 들어 줄 사람이 없다. 자대 생활을 두 달 했는데도 이런 얘기 할 사람이 없다. 아무나 붙잡고 말하면 내가 아직도 정신 못 차리고 있다는 얘기가 또 누군가의 귀에 들어갈 것 같다. 서럽지만 내 속의 누군가 이런 말을 한다.

'야, 잘해야 하는 게 당연한 거지. 그걸 가지고 칭찬을 해 주냐?'

동기 갈갈이

포수들의 주특기 경연대회 '최정예 포반' 날짜가 다가온다. 분위기가 말이 아니다. 갈갈이는 매일 밤 끊기지 않고 계속된다. 최장 기록 연속 일주일을 경신했다. 왜 이렇게 선임들은 우릴 못살게 굴어 안달일까. 위병소 근무를 서는데 평소 쓰지 않던 전화기로 전화가 왔다. 상황실 근무 중 심심해하던 선임이 건 거다. 내게 오늘의 암구호를 물어본다.

"오늘의 암구호를 알려 드리겠"

그가 갑자기 내 말을 막는다. 아뿔싸. 원래 통신 장비로 암구호를 전파하면 안 된다. 이전에 그것 때문에 징계를 받은 사람도 있다고 한다. "오늘의 암구호를 알려 드리겠 수 없습니다."로 겨우 말을 바로잡아 보지만 "개 폐급 새끼"라는 비웃음과 함께 전화가 끊긴다. 그날 밤 22시 초번 야간 근무 덕분에 갈갈이를 피할 수 있어 다행이라고 생각했다. 근무가 끝나고 23시 30분 생활관으로 복귀하니 아직 깨어 있는 동기 최 일병과 수송 동기가 얘기 중이다. 환복을 하는데 최 일병이 화 난 목소리로 말한다.

"너 나중에 나랑 얘기 좀 하자."

분위기로 보니 좋은 얘긴 아니겠다. 근데 무슨 얘기를? 내일까지 기다리기 싫다. 그냥 지금 하라고 한다. 그러니 아까 낮에 위병소에서 선임과 했던 전화를 들먹인다. 야간 근무 서는 동안 무슨 일이 있었을지 상상이 간다. 그 선임 혹은 그 얘기를 들은 다른 선임이 와 내게 갈갈이를 주려 했다. 근데 내가 없어서 내 동기들에게 동기 관리 똑바로 하라고 갈갈이를 주었다. 아무 잘못이 없는 동기들은 대신 욕을 먹어서 빡쳤다. 다행히도 선임들이 갈갈이를 주러 오면 어떻게 대답할지 미리 시뮬레이션을 돌려 놓았다.

"아 그거 잘못 말하신 거야. 아까 낮에 나한테 암구호를 물어봐서 내가 '오늘의 암구호를 알려드릴 수 없습니다' 하고 장난을 쳤는데 그걸 잘못 이해한 것 같아."

씨발 새끼. 뭐라고 할 거면 직접 나한테 말하든가. 여기저기 소문을 퍼뜨려 나를 이렇게 옥죈다. 동기에게 질책당하고 변명해야 하는 이 순간이 너무 싫다.

나와 최 일병 사이에 위계가 생기고 있다. 아니 원래부터 있었던가. 수송 동기가 옆에서 멀뚱히 지켜본다. 최 일병은 아무리 그래도 선임이랑 그런 장난을 치는 게 말이 되냐고 한다. 이미 잠든 동기들도 나를 욕 했을까. 그동안 나도 다른 사람 잘못 때문에 갈갈이를 들은 적이 많다. 그래도 난 단 한 번도 이렇게 화풀이 하지 않았다. 최 일병이라면 나도 쌓인 게 있다. 지난번에 얘가 몰래 숨긴 과자를 내 옆자리에 펼쳐 놓고 다른 생활관으로 갔는데, 지나가던 선임이 그걸 발견했다. 누구 좋자고 내가 그 죄를 덮어썼나? 왜 내가 아닌 최 일병이 한 짓이었다고 밝히지 않았나? 왜 난 며칠간 갈갈이의 공포에 떨면서도 병신같이 뿌듯해 했는가? 최 일병은 지금 내게 갈갈이를 주는 선임처럼 굴고 있다.

여기서 끝나지 않는다. 이것만 있었으면 너한테 이런 얘기 안 했다며 그동안 나를 지켜보며 느낀 점들을 모조리 쏟아낸다. 내가 대대장 간담회 때 갈갈이 얘기할 때부터 알아봤다고 한다. 큰맘 먹고 얘기했으나 아무런 효과가 없었던 대대장 간담회. 내게 "넌 왜 그렇게 못 참냐?" 묻는다. 나는 내 발언이 우리 동기들까지도 편하게 해 주리라 기대했다. 멍청한 생각이었다. 최 일병은 그동안 이 얘기를 선임들에게도 했을 거다. 조은일 얘가 대대장님한테 우릴 찔렀다고. 그래서 선임들이 벼르고 있었을 거다. 이렇게 동기들 사이에서 미끄러지고 만다. 탈탈 털리고 있다. 지난번 낮에 포상에서 졸아서 민 상병에게 갈갈이 먹은 일까지 다 알고 있다. 뭐라도 말은 해야겠는데 기세가 완전히 눌려 버렸다. 최 일병은 그대로 돌아누워 버린다. 자존심이 매우 상하지만 무슨 말을 해야 할지 모르겠다. 동기에게 먹혔다.

잠이 안 와 물을 마시러 가는데 수송 동기가 날 불러 세워 또 한마디 한다.

"이 상황에 그건 좀 아니지 않냐?"

내가 활동복 상의 없이 국방색 셔츠만 입고 있었다. 선임들이 본다면 꼬투리를 잡을 수 있을 만한 복장이다. 변명을 해봤자 말싸움에서 질 것 같았다. 알겠다며 자리로 돌아가 활동복 상의를 챙겨 입고 다시 물을 마시러 간다. 비참하다. 당장 내일부터 얘들 얼굴을 어떻게 보나 모르겠다.

보직 변경

저녁 점호 때 당직사관님이 사단 '그린캠프' 분대장 얘기를 꺼냈다. 마음이 아픈 병사들이 가서 힐링하고 돌아오는 곳이라고 한다. 훈련소에 훈련병들을 통솔하는 분대장이 필요하듯 그린캠프에도 입소자들을 통솔할 분대장이 필요하다. 그 자리를 선발하는 순번이 이번에 우리 대대로 넘어왔다. 지원할 마음이 있으면 따로 찾아오라고 하신다.

내가 여기서 쭉 군 생활을 하면 분대장 달아 볼 수나 있을까. 난 분대장 위로 휴가가 필요하다. 그린캠프 분대장이 되면 다양한 사람들도 만날 수 있다. 여기서 남은 17개월 그저 그런 사람들 사이에서 썩느니, 파란만장한 인간 군상을 구경하는 쪽이 앞으로 쓸 영화 시나리오에도 도움 될 것 같다.

근데 만약 떨어진다면? 내가 그린캠프 분대장 자리에 지원했다는 사실을 모두가 알게 된다. 그러면 난 포수 하기 싫어서 도망가려다 실패한 사람 취급을 받을 것이다. 그동안 괜찮은 포수가 되고자 했던 나의 노력은 물거품이 된다. 설령 뽑히더라도 분대장 임무가 끝나고 부대로 복귀한 이후에는? 나보다 부대 짬 높은 후임들 앞에서 선임 노릇을 할 수나 있을까. 동기들 사이에서도 할 줄 아는 거 하나 없는 병신 대우를 받을 거다. 도망치는 게 과연 맞나. 수능 공부 때 들었던 말이 있다. '도망친 곳에 천국은 없다.' 군대에서 기껏 배워 가는 게 고난 앞에서 물러서는 법이라니. 자존심이 허락하질 않는다.

행정반 앞에서 담배를 피우는 포대장님은 날 보면 꼭 애틋한 표정으로 안부를 묻는다. 이제 이 사람을 신뢰할 수가 없다. 진급에 목숨 거는 사람? 나의 치매 걸린 어머니 때문에 자기 가족이 생각나 편의를 봐주려는 사람? 내가 마음을 열어도 되는 사람? 아니면 간부들 사이에서 내 얘길 꺼내며 조리돌림을 할 사람? 날 괴롭히는 선임이 있는지 묻는다. 이름이 하나씩 생각난다. 하지만 말해선 안 될 것 같다. 오히려 역효과가 일어날 거란 확신이 든다.

"그 정도로 심각한 건 없고 그냥 제가 좀 생각이 많아서 힘들어하는 것 같습니다."

포대장님은 내가 힘든 게 폭력적인 선임들 때문이라기보다는, 나의 예민한 성격 때문이라고 확인받는다. 어쩌다 보니 날 힘들게 하는 사람들을 변호해 주는 꼴이 되어 버렸다. 내 뚝배기를 깨 버리겠다던 민 상병도, 1생활관으로 올라간 선임 한 명을 2생활관으로 데려와 우리 후임들 보는 앞에서 걸쭉하게 갈갈이 준 공 일병도 그럴 만한 이유가 있어서 그렇게 행동한 걸까.

무서운 건 나만큼 못 견디는 사람이 아무도 없다는 사실이다. 날 이해해 주는 사람도 없다. 아버지와 전화 통화를 해 봐도 똑같다. "그래도 국방부 시계는 돌아간다"라는 말로 그저 버텨 보라고만 하신다. 요정은 시험 때문에 아직 바쁘다. 동기들에게도 말 한마디 하기가 겁난다. 언제 또 최일병처럼 돌변해 날 공격할지 모른다. 그래도 정말 힘든 상황이라면 누구에게든 아픔을 토로했겠지. 상대방의 반응을 계산하고 있는 나는 덜 힘든 건 아닐까. 조금만 힘들어도 바로 티 내던 사람들이 떠오른다. 얼마 전 들어온 맞후임은 작키를 띄우는 게 힘들어서 못 하겠다고 눈 똑바로 뜨고 말했다. 또 옆 포대 아저씨[27]를 생각하면 기가 찬다. 외진 갔다가 잠깐 얘기

---

27 군대에서는 타 부대 병사들 간에 아저씨 혹은 전우님이라 부른다. 아저씨들끼리는 계급 관계가 성립하지 않아서 말 끝에 '요' 자를 붙인다.

나눈 사람이다. 그는 부담감을 들먹이며 정신병으로 빠질 생각을 하고 있었다. 포수 했으면 얼마나 해 봤다고. 왜 난 저렇게 못 했을까. 억울하다. 그리고 왜 난 그렇게 안 하고 있을까. 또 자살 생각이 난다. 포대장님께 그린캠프 분대장에 지원하고 싶다고 말한다. 그러자 난처한 반응이다. 이미 우리 포대에서 지원자가 나왔다고. 내가 도피니 떳떳함이니 고민하던 사이에 채 간 것이다.

훈련 시즌이라 부대 분위기가 뒤숭숭하다. 갈갈이 빈도가 늘고 강도는 세졌다. 밤에 안 오던 선임들도 이제는 하나둘 얼굴을 비춘다. '화스트 페이스'라는 훈련 내용이 빼곡하게 적힌 종이를 받았다. 근데 며칠 되지도 않아서 그걸 못 외웠다고 갈갈이를 주고 있다.

"내가 앞에서 이러면, 이 인간 왜 저러나 싶지? 이러다 얼마 안 있어서 집 갈 거 같지? 근데 나는 이제 잃을 게 없어. 포상도 다 차서 더 받을 휴가도 없어. 찌르려면 찔러 봐. 전역하는 전날까지 하루하루 그냥 죽여버릴 테니까."

나는 이 선임을 간부들 앞에서 아양이나 떨던 모습으로 기억한다. 그런 사람이 누굴 죽이니 마니 하고 있다. 이런 상대에게조차 복종해야 하는 현실이 너무 답답하다.

또다시 만난 포대장님이 나를 따로 불러 그린캠프 건에 대해 추가로 설명한다. 지원하려는 걸 들어주지 못해 미안하다. 그래서 새로운 선택지를 하나 주겠다. 보직 변경 의사가 있다고 판단하여 행정 분과에서 작전서 기병 자리를 제안하고자 한다. 그동안 너에게 너무 무심했다. 그동안 동기인 김 일병은 먼저 와서 선임이나 간부들한테 이쁨도 많이 받는데 내무 생활이나 주특기 면에서 비교도 많이 되고. 그래서 석 하사가 관심도 많이 못 줬을 거다. 진작 했어야 하는 건데. 인제야 제안해 미안하다. 네가 머리도 좀 되니까 임무 수행엔 차질이 없을 것이다.

작전서기병은 주로 위병소, 야간 근무를 짜고 그 외에 병사들 휴가나 외박, 외출을 관리하는 일을 한다. 여기서 당장 하고 싶다고 말하면 속 보일 것 같다. 침착하게 묻는다.

"그러면 저는 앞으로 포수는 어떻게 되는 건지 여쭤봐도 되겠습니까?"

작전 서기를 맡으면 분과가 바뀌니 일과 때는 행정반에서 행정 업무를 보게 된다고 하신다.

"제가 만약 하게 되면 원래 있던 작전 서기는 어떻게 됩니까?"

현재 작전 서기는 원래 포수에 있었던 사람이다. 그러니 포수로 돌아 갈 것이다. 일단 현재 작전서기병 생각은 말고 일단 네 의견을 들려 달라. 그러면 그대로 최대한 조처를 해 줄 것이다. 나는 며칠만 생각해 봐도 되겠냐며 양해를 구한다.

아무리 생각해도 거절할 이유가 없다. 거절하면 더는 기회가 오지 않을 것이다. 도망치지 않겠다는 고집을 부릴 필요가 전혀 없다. 그동안 포수로서 고생한 시간이 떠오른다. 하나도 아깝지 않다. 헛수고가 되어 버려도 괜찮다. 행정이 될 수 있다면야. 사실 난 행정이 되고 싶었고 난 나약한 게 맞다. 평균의 한국 남자들 사이에 섞일 수 없다. 못 하는 걸 잘해 보려다 실패했다. 전부 인정할 테니 최대한 몸 덜 쓰고 다칠 일 없는 보직으로 가겠다.

이후 포대장님께 행정으로 가고 싶다고 말했다. 현재 작전 서기도 다시 포수로 가는 데 동의했다고 한다. 진짜인지는 모른다. 나라면 포수에서 한 번 행정으로 가고 나면 다시 포수로 돌아가기는 싫을 것 같다. 난 원래 희망한 그린캠프 분대장으로 누가 선발되었는지 조심스레 묻는다. 나와 제일 잘 맞던 동기 한 명이다. 곧 파견 갈 예정이다. 이렇게 가 버리다니.

마침 생활관에서 행정 분과 강 일병님이 건강 관련 책자를 만들고 있다. 조만간 있을 응급처치 경연대회 때문에 의무대에서 내려 준 자료라고 한다. 그런데 진행이 잘 안되는 듯하다. 뒤죽박죽 인쇄된 종이들을 어떻게 접어야 책 모양이 나올지 궁리하고 있다. 내가 받아서 이리저리 겹쳐 보니 그럴싸한 모양이 나왔다. 이어서 칼로 자르고 코팅까지 하니 책자 두 권이 탄생한다. 군대 와서 내 손으로 처음 성취감을 느껴 본다. 포수 생활하며 이런 적이 없었다. 행정에 간다면 앞으로도 성취감 있는 일들을 많이 하게 될까.

스마일 배지

지난번 대대 감찰 때문에 사단 헌병대 사람들이 마음의 편지를 받아 간 적이 있다. 그때 포대장님이 했던 말이 기억난다.

"너희들이 부대 생활하면서 힘든 게 있지. 있을 수 있어. 근데 주의해야 할 게 있어. 너무 터무니없는 거나, 우리 부대에서 충분히 조치해 줄 수 있는 건 적지 마. 거기 마음의 편지를 적으면 어차피 그쪽에서 우리 대대장님한테 조치를 취하라고 할 수밖에 없고, 대대장님은 또 우리 포대에 조치를 취하라고 할 수밖에 없는 거야. 그런 번거로운 과정을 거치면서 서로 얼굴 붉힐 필요가 있을까? 여기 말해 봐. 그럴 필요가 있을까? 없겠지. 진짜 필요한 일이면 우리한테 보고하면 다 조치해 주잖아. 우리가 조치를 안 해 준 적이 있어? 굳이 그런 과정을 거칠 필요가 있는 건지 포대장은 잘 모르겠어. 그리고 터무니없는 거 적지 마세요. 지난번에는 이런 일도 있었어. 어디 뭐였나. '119를 불러서 말벌 집 제거를 해 주세요.' 나 참. 이런 말도 안 되는 거 적지 말라고. 진짜 꼭 필요한 게 있다, 그러면 우리 부대 내 마음의 편지에다가 적으면 되잖아? 근데 그게 포대에서도 대대에서도 해결할 수 없는 일이다, 그때 되면 상급 부대에다가 건의하면 돼. 알겠지?"

지나고 나서야 때를 놓쳤단 사실을 깨달았다. 그 상급 부대 마음의 편지가 간부들에겐 엄청난 부담이었던 것이다. 간부들이 그것 때문에 쫄아서 당시 우리에게 살살 대해 주고 있었다. 사단 마음의 편지가 지나가자 선임들의 갈갈이도 다시 시작됐다. 거기 나를 괴롭게 하는 선임들 이름을 적었다면 뭐가 좀 나아졌을까? 우리 부대 선임들에게 징계를 내릴 수 있었을까? 모르겠다. 헌병대에서 우리 선임들의 부조리를 심각하지 않다고 판단했을 수 있다. 단순 휴가 제한 조치로 끝나면 그들이 나를 찾아내는 건 시간문제였다. 영창에 갔더라도 복귀하면 나는 끝장이었을 것이다.

포대 내 정기 마음의 편지 작성 시간이 왔다. 여긴 올바른 언어 사용을 하는 병사와 간부, 폭력적 언어 사용이나 부조리를 저지르는 병사와 간부의 이름을 적는 칸이 있다.

지난번 포대장님이 말씀하신, 포대 차원에서 가능한 조치를 가늠해 본다. 아무래도 선임들을 전출 보내는 게 내게는 최고의 경우다. 하지만 그릴 수는 없다. 대체로 갈갈이를 빡세게 주는 사람들은 우리 부대에서 핵심 역할을 맡고 있기 때문이다. 그들이 사라지면 제일 손해 보는 건 작업 부담을 떠안을 우리 간부들이다. 날 가만두지 않을 거다. 그뿐이겠나. 간부들은 병사 관리 못 한 죄까지 책임지게 된다. 그들이 받는 스트레스는 고스란히 병사들에게로 이어질 것이다. 그러면 병사들 사이에서마저도 나는 끝이다. 학교폭력 피해자가 가해자를 신고하지 못하는 이유를 이제야 알겠다. 차라리 날 전출 보내줬으면 좋겠다.

한편으로 그런 것까지 바라도 되는 걸까 싶다. 이미 나는 다른 행정병 한 명을 포수로 옮기면서까지 행정병 자리를 꿰차는 조치를 받았다. 이제 조용히 살면 포수 선임들 마주칠 일이 줄지 않을까? 하지만 여기서 마음 약해져서는 안 된다. 도저히 용서할 수 없는 사람들이 있었기 때문이다. 날 힘들게 한 사람들을 이해해 주려 하고 있었다니. 뭐라고 적어야 할까. 이름만 적어서는 안 된다. 그 사람이 언제 누구에게 무슨 발언을 했는지를 적어야 한다.

그동안 우리 알파 부대에서 지켜 오던 암묵적인 규칙이 있다. 단순 욕설만으로는 처벌할 수 없다는 것이다. 욕은 간부들도 많이 한다. 처벌하는 주체가 간부란 걸 명심해야 한다. 어떠한 변명으로도 벌을 피할 수 없는 발언을 적어야 한다.

최근 거슬리기 시작한 사람이 있다. '죽여 버린다', '군 생활 끝날 때까지 하루하루 괴롭혀 주겠다'라는 발언을 한 손 병장이다. 찌를 거면 찔러 보라던 그의 말이 너무 싫었다. 한 번 찔리면 얘가 어떻게 반응하려나 궁금하다. 또 민 상병. 내게 저지른 게 많았지만, '뚝배기를 깨 버리겠다'는 표현이 충격이었다. 머리를 깨 버리겠다는 뜻이다. 읽는 사람에 따라서 죽여버리겠다는 협박으로 보일 수도 있겠다. 손 병장이 한 말을 적는다. 근데 민 상병이 한 말은 차마 적을 수가 없다. 나와 단둘이 있는 자리에서 한 발언이기 때문이다. 바로 날 찾아낼 수 있다. 어쩔 수 없이 민 상병은 관등성명만 적는다. 생각해 보면 그 누구보다도 제일 좆같았던 사람은 바로 공 일병인데. 그의 이름을 적을 수가 없다. 포대 내 권력자인 행정보급관님이 그의 편이기 때문이다. 보급관님은 평소 공 일병의 시설관리 작업 능력에 꽤나 의존하고 있다. 그런 충실한 똘마니에게 엄벌을 내릴 리 없다.

뭣 모르던 때에 내 여자친구의 가슴 크기를 갖고 성희롱했던 정 상병을 적는다면 바로 헌병대 출동 감이다. 왜냐면 성 관련 사건은 일반적인 폭언 욕설보다 심각한 문제 취급을 받기 때문이다. 하지만 현재 나를 가장 힘들게 하는 건 밤에 갈갈이를 주러 오는 선임들이다. 한 번에 한 가지 목적만 가지고 행동하자. 내 군 생활을 힘들게 한 악질들은 못 잡는 게 매우 아쉽다. 그래도 곧 부대 측에서 조치할 것이다. 그게 시원찮으면 그때 상급 부대 마음의 편지를 적으면 된다.

얼마 뒤 조치가 내려진다. 스마일 배지를 달고 다니는 거다. 손 병장은 빨간 스마일 배지, 민 상병은 노란 스마일 배지다. 이게 뭐지. 빨간 배지는 두 번째 경고이고, 노란 배지는 첫 번째 경고의 의미라고 한다. 경고가 두 번째까지 있다는 건, 고심 끝에 찌른 민 상병이 두 번은 더 찔려야 처벌받는다는 뜻이구나. 포대장 또한 고심 끝에 내린 결정임을 밝힌다. 추가로 둘은 각자 경고장을 받아 관물대에 게시해 둔다. 반성할까? 아니면 그냥 잘못 걸렸다는 생각만 할까? 누가 찔렀는지 찾고 다니겠지? 허탈하다. '필요한 게 있으면 말을 해라', '말을 했는데도 그걸 못 들어주면 그때 가서 위에다 말을 해라'. 상급 부대에 바로 보고하지 못하게 하는 '보고 체계'의 숨은 기능이 이거였다. 일을 크게 벌이지 않고 자기네들 선에서 처리하기 위함이었다. 두 사람 휴가 며칠 정도는 잘릴 거라 예상했는데. 이 좁은 사회에선 서로가 감싸고 도는구나.

후임에게 찔리다

민 상병은 여전하다. 이 사람은 도무지 뭘 안 하려고 한다. 원래 아침 방렬 점검이 나와 김 일병 둘이서만 하는 건 줄 알았다. 근데 아니다. 만날 방렬 점검 시간에 생활관에서 누워 자다 드디어 범 하사에게 걸렸다. 이제 포상에 얼굴 정도는 비춘다. 보조 포상에 들어가 몰래 담배만 피우긴 하지만 말이다. 근데 이마저도 다시 뜸해졌다. 그래도 간부들 눈치를 안 볼 수는 없는지 우릴 보고 방렬 점검 갈 때면 꼭 자길 깨우라고 당부한다. 그래서 찾아가면 지지리도 안 일어난다. 하필 우리 부대에선 선임을 깨울 때 몸을 터치하면 절대 안 된다. 그래서 귓가에 앉아 "민 상병님, 민 상병님" 하고 일어날 때까지 부르는 수밖에 없다. 뒤척이지도 않는다. 아예 안 들리나 보다.

나 같은 쨤찌들에게 깨워서 안 일어나는 건 죄악이다. 야간에 불침번 전번이 후번을 깨웠는데 실수로 다시 잠들어 개갈갈이를 처먹는 경우를 종종 봐서 안다. 부사수가 사수보다 늦게 일어나서도 안 된다. 후다닥 환복하고 단독군장을 챙겨 행정반으로 가 내 것, 사수 것 총기를 미리 꺼내놓고 대기해야 한다. 그래서 일부러 부사수에게 갈갈이 줄 거리를 만들려고 미친 듯이 빨리 준비해 나오는 선임들도 있다. 부사수 편하라고 일부러 느긋하게 옷 입는 선임들은 매너 있다는 소리를 듣는다. 잠자는 걸 좋아하던 나도 여기선 압박감에 깊이 못 잔다. 옆 사람 깨우는 소리가 들리면 무조건 같이 깬다.

똑같이 자는 잠, 누구는 이렇게 예민한데 민 상병은 들은 척도 안 하니 화가 난다. 이렇게 잘 거면 아예 깨워달라는 말을 하지 말지. 이 사람이 이등병 때도 이랬을까? 아닐 거다. 단지 짬이 찼다고 해서 깨우는 소리 자체를 못 듣게 되는 변화를 나는 받아들이고 싶지 않다. 나는 저런 선임이 되지 않을 거다.

훈련 점검이 나온대서 '임무 카드'를 최신화해야 한다. 민 상병은 대충하는 방법만 알려주고 내게 맡기고 떠났다. 일과 시간이라면 불만이 없겠지만 지금은 개인정비 시간이다. 요정과 전화 통화할 시간조차 뺏겨 가며 글씨를 쓰고 있자니 너무 억울하다. 마침 맞후임 현 이병과 그의 동기가 지나간다. 그들을 보니 갑자기 열이 오른다. 난 짬이 낮다는 이유로 이렇게 일을 떠맡았는데, 정작 우리 포반에서 제일 짬 낮은 현 이병은 뭘 하나? 어디 가냐고 물으니 전화 통화를 하러 간다고 한다. 나도 전화 통화를 해야 하는데 참고 있다. 임무 카드를 가리키며 이게 뭔지 아냐고 묻는다. 그는 아무 대답 않고 말똥말똥 바라만 본다. 나는 선임들이 내게 했던 것처럼 '개인정비 시간'의 의미를 설명한다.

"쉬는 시간이 아니라 개인정비 시간인 이유가 뭐냐면, 개인정비를 하라고 주어지는 시간이기 때문이야. 그래서 우리가 개인정비 시간에 전투화를 닦고, 주기를 하고, 총기 수입을 해야 하는 거지. 쉬는 건 개인정비가

다 끝나고 나서야."

임무 카드 최신화 일을 시키려는 걸 알아챈 현 이병은 핑계를 대며 여길 빠져나가려 한다. 옆에서 그의 동기도 거든다. 먼저 와서 '조은일 일병님, 같이 해도 되겠습니까?'는 못 할망정 시켜도 안 하려 하다니. 그럼 30분째 이러고 있던 나는 뭐가 되지? 그를 내 자리에 앉힌다. 다 끝내 놓으라 시키고 전화를 하러 간다.

또래 상담병이라는 제도가 있다. 또래 상담병은 병사들에게 의무적으로 상담을 해 주는 대신 휴가를 받는다. 한 번쯤은 나보다 선임인 누군가와 속 깊은 얘기를 나눠 보고 싶었다. 마침 또래 상담병이 나와 상담 일정을 잡았다. 다행히도 이 사람은 선임들로부터 갈갈이를 제일 많이 먹는 사람이라 내 약점을 얘기한다고 해서 날 공격할 것 같지 않다. 그동안 힘들었던 것들을 조금씩 털어놓는다. 그는 내 맞후임과의 관계에 대해 묻는다. 잘 해 주고 싶지만 사실 답답한 게 많다.

사실 그에게 얼마 전 제보가 하나 들어왔다고 한다. 내가 뭘 시키는 바람에 현 이병이 부모님에게 전화 통화를 못 했다는 내용이다. 아차 싶다. 내 딴에는 사소한 행동이었는데 그걸 누가 찔렀구나. 누구보다 부조리를 싫어했던 내가 이렇게 되고 말았다. 누가 찔렀을지 짐작 간다. 옆에 있던 그의 동기다. 전화를 해야 한다는 말만 들었지, 부모님에게 해야 한다는 사실은 몰랐다. 정말 중요한 거면 내게 한마디 정도 해도 되지 않았나? 하지만 그런 말을 꺼낸다는 것조차 후임으로선 얼마나 부담이었을지 공감이 간다. 되게 미안하다. 근데 이런 걸 찌른 맞후임의 동기에게 배신감도 든다. 이제 난 어떻게 되는 거지? 또래 상담병은 날 잘 아는 사람으로서 무슨 일인지 한번 들어보고 싶었다고 한다. 난 내가 한 짓을 부정하진 않는다. 근데 이 정도로 사소한 일마저 다른 사람 귀에 들어갈 정도라면, 나를 괴롭게 한 그 선임들은 대체 뭔가. 잘못 걸려서 나만 처벌받고 그 사람들은 처벌을 피한다면? 도저히 참을 수 없을 거다. 반성하는 마음은 든다. 근데 다른 사람들은 하나도 반성 안 하는 마당에 나만 혼자 반성한다는 게 웃기다. 그게 세상에 무슨 도움이 되지? 항상 남들에게 나쁘게 대하던 사람은 그냥 좆같은 사람이니까 무슨 지랄을 해도 넘어가지만, 나처럼 평범한 사람이 갑자기 이상하게 구니까 얘기가 나오는 거다. 내가 제일 나쁜 공 일병은 못 찌르고 갑자기 튀어나온 손 병장을 찌른 것과 같다. 어느새 나도 내가 싫어하던 부류의 사람들을 닮아가나 보다.

외로움

요정과 전화로 휴가 계획을 짠다. 그녀는 요즘 부쩍 말이 줄었다. 분위기가 안 좋을 땐 전화를 그만두고 싶다. 하지만 막상 전화를 끊고 싶은 티를 내니 그녀가 싫은 내색을 한다. 아마 생리 때문인 것 같다. 예전에도 이랬다. 그녀는 8월에 나와 함께 부산에 가고 싶어 한다. 그러나 나는 짧은 휴가 기간 동안 굳이 부산까지 멀리 가고 싶지 않다. 그녀가 사는 대전으로 가 2박 3일을 지내는 것만으로도 충분해 보인다.

나는 그동안 군대에서 힘든 것들을 말할 사람이 요정밖에 없었다. 하지만 그녀는 내 힘든 얘기를 들어주는 데에 지쳤나 보다. 자기가 사랑받는 느낌을 못 받고 있는 것 같다고 한다. 군 생활이 너무 힘들었다. 상황이 상황인지라 그녀에게 충분한 사랑을 주기가 어려웠다. 그녀는 내가 우울할 때면 풀릴 때까지 위로해 주곤 했다. 반대로 난 그녀가 힘들 때 위로 하나 못 해 주고 왜 그러냐며 도리어 짜증을 내는 속 좁은 놈이다. 나도 그걸 안다. 하지만 지금 내 마음은 그녀를 품기엔 벅차다. 받아들이고 싶지 않다. 아무 말 않는 그녀에게 왜 그러냐며 쏘아붙인다. 대답이 없다.

헤어져야 하나? 헤어지긴 싫다. 나는 요정을 좋아한다. 또한 정말 고마운 사람이다. 그녀는 내게 있어 다른 그 누구보다도 친한 베스트 프렌드다. 그녀를 잃는다는 건 너무 가혹하다. 근데 나는 그녀를 사랑하고 있는 걸까. 사랑은 뭘까. 친구 같은 연애를 사랑이라고 말할 수 있는 걸까. 단지 우리가 자주 못 봐서 잠시 휘청이는 걸까. 자주 외출을 나오는 의경에 갔으면 어땠을까. 그녀를 떠나보내고 싶지 않다. 그녀는 내 군 생활의 한 줄기 빛이기 때문이다. 하지만 이건 너무 이기적인 생각이다. 그녀도 나처럼 우울하고 힘든 감정을 느낄 수 있는 사람이란 걸 인정하지 않고 있다. 내가 더 이상 그녀를 사랑하지 않는 걸까. 아니면 내가 애초부터 그다지 좋은 남자친구가 아닌 건가.

우리 문제를 말로 풀어나가고 싶다. 하지만 며칠이 지나도 그녀는 내 말에 잘 대답하지 않는다. 답답한 나는 불만들을 막 늘어놓는다. 이번 휴가를 나가면 요정과 헤어질 수도 있겠다는 생각이 든다. 대전에 내려가자마자 첫날 바로 헤어지면 비참할 것 같다. 근데 그게 싫다고 셋째 날까지 기다렸다 헤어지는 건 너무 이상하다. 뭐라고 말을 해야 할까. 여자친구와 헤어져 본 적이 없어서 잘 모르겠다. 서글퍼진다. 내 가슴 속 커다란 자리를 차지한 사람과 이렇게 지내고 있다는 게 너무 안타깝다.

대전으로 가면서 생각한다. 어떻게 헤어지자는 말을 꺼내야 하나. 2박

3일 치 짐을 전부 싸 왔다. 그러나 오늘 바로 헤어지면 나는 집으로 가야 한다. 마지막이라면 그녀와의 추억이 담긴 장소들을 찾고 싶다. 요정을 만나면 무슨 표정을 지어야 하지? 그녀를 만난다는 사실 자체는 기쁘다. 그러니 당장 헤어지자고 말할 수는 없다. 다만 애정 표현만은 자제해야겠다. 요정은 쑥스러워하는 얼굴로 다가와 어딜 가고 싶냐고 묻는다.

한군데씩 들르다 보니 오늘 안에 다 돌겠지 싶다. 그러면 내일은? 그녀에게 가고 싶은 곳을 묻는다. 우물쭈물하더니 부산에 가고 싶었다고 한다. 이게 다 부산에 가니 마니 하는 문제에서 시작됐다. 나는 가고 싶지 않았다. 하지만 여기까지 와서 이렇게 말을 하니 부산에 얼마나 가고 싶었을지 짐작이 간다. 방학 동안 심심하게 지냈다는 그녀에게 미안한 마음이 든다. 우린 좌식 룸이 있는 칵테일 집으로 자리를 옮긴다. 오랜만에 그녀와 함께 마시는 술이다. 이제 진지한 이야기를 시작한다. 전화로 했던 대화에 관해 말한다. 심각한 내 표정을 보고 그녀도 무언가 직감한 눈빛이다. 어디까지 생각하고 왔냐는 질문에 난 이번에 헤어질 수도 있겠다는 생각을 하고 왔다고 한다. 그녀 얼굴에 적잖은 충격이 번진다.

"지난번에 통화할 때, 요정이 사랑을 받는 느낌이 아닌 것 같다고 말을 했잖아. 그래서 생각해 보니까 그동안 내가 정말로 요정에게 내 힘든 얘기만 많이 한 것 같아. 우리가 전화상으로 말고 직접 만나서 얼굴 보고 이야기한다면 정말 좋을 텐데 내가 부대에 있어서 그러지도 못하잖아. 평소라면 우리 사이에 안 좋은 게 있을 때 직접 만나서 얘기하다 보면 좀 풀리는 게 있는데, 직접 보지 못하니까 제때 풀지도 못 하고 쌓이는데."

그녀가 제일 힘든 게 뭐냐고 묻는다. 곰곰이 생각해 보다가 "사람들 사이에서 외로운 것"이라고 말문을 여는 순간 서러움이 밀려온다. 더 이상 말할 수 없게 수도꼭지를 튼 것처럼 눈물이 줄줄 나온다. 소리도 없이 입을 벌리고 찡그린 채로 고개 숙여 운다. 손등으로 아무리 닦아내도 멈추지 않는다. 그녀는 내 양쪽 볼을 두 손에 담아 준다. 이렇게 울고 싶었다. 멈추고 말을 계속하려 해도 그만둘 수 없다. 내 머릴 쓰다듬어 주고 있다. 추위 속에서 보드라운 담요에 안긴 것만 같다. 내 약한 모습을 받아줄 수 있는 사람 앞이라 정말 다행이다. 이것이 사랑일까. 이대로 요정과 헤어졌다면 어쩔 뻔했을까. 지난 휴가 때 부대에 두고 나왔던 편지를 이제야 겨우 전한다. 어쩌면 이 편지 속의 진심을 전달하지 못해 우리가 이렇게 됐던 것 같기도 하다.

여행을 마치고 집으로 돌아와 아버지, 어머니와 함께 식사한다. 전화 통화를 할 때도, 이렇게 직접 볼 때도 엄마는 항상 똑같은 질문을 한다.

"언제 끝나."

"15개월 남았어요."

잠시 후 또 묻는다.

"언제 끝나."

"내년 겨울에 끝나요."

또 묻는다.

"많~이 남았어요."

아버지에게 여쭤보니 어머니는 내가 군대에 간 사이 퇴직 처리가 완료되었다고 한다. 입대 전에 어머니는 병가 상태라서 긴 하루 내내 거실에 앉아 멍하니 TV만 보셨다. 그래도 요즘 달라진 게 있다. 매일 운동을 다니신다고 한다. 정해진 요일에 맞추어 요가를 다니고 뒷산을 산책하신다.

요가? 어머니가 거기서 동작을 제대로 따라 하긴 할까. 내 말도 이젠 이해를 잘 못 하시는데 사람들과 의사소통이 가능할까. 수강생들은 우리 어머니를 어떻게 취급할까? 앞으로도 어머니의 상태는 점점 더 악화할 것이다. 얘기를 하는 동안 옆에 가만히 앉은 어머니는 어색한 웃음만 짓고 계신다.

다음날 아버지는 새벽에 먼저 출근하시고, 어머니는 집에 계신다. 휴가 시에는 꼭 머리를 다듬고 와야 한다. 그래서 이발소에 다녀왔다. 근데 어머니가 똑같은 자리에 그대로 앉아 계신다. 전투복을 입고, 고무링을 차고, 휴가증을 챙기고 베레모를 쓴다. 출타 가방을 메고 방을 나와선 마지막으로 엄마에게 인사를 드린다. 뭘 타고 가냐고 물으신다. 이 대화도 한두 번 했던 얘기가 아니다.

"버스 타고 가요."

"바로 가는 게 있냐."

"지하철 타고 시외버스 타고 가면 있어요."

"다음에 언제 나오냐."

"아직 계획이 안 나와서요. 정해지면 전화로 알려 드릴게요."

현관 앞까지 나와 덜덜 떨리는 손으로 날 안아 주신다.

요정 앞에서 운 건 신비한 경험이었다. 다른 사람 앞에서 밑바닥까지 다 내보이더라도 위로받을 수 있구나. 살면서 이런 기분은 처음이다. 그동안 살면서 울었던 때가 하나둘 생각난다. 홀로 영화를 보다가 느낀 기쁨과 슬픔에 울어 봤고, 친구와 싸우다 분을 못 이겨 울어 봤고, 아버지에게 혼날 때 무서워서도 울어 봤다. 언제나 내 눈물은 나 혼자 추슬러야만 하는 티였다. 사람들 앞에서 가만히 두면 치욕스러운 공격을 받는다. 보급관 앞에서 울었던 때를 떠올리자면 그저 부끄럽다. 난 그 사람이 휴지도 주고 음료수도 주고 말도 거는 게 위로의 방식인 줄 알았다. 하지만 그게 아니었다. 보급관님은 사실 신병이 전입해 올 때마다 한 번씩 의무적으로 하는 면담을 귀찮게 여긴다. 그로선 내 말을 받아 적어야 하는데 갑자기 울어서 성가셨을 거다.

이전에 위병소에서 공 일병이 한 말이 있다.

"네가 한 가지 잘못 생각하고 있는 게 있다. 사람들이 널 싫어하는 게 아니라 그냥 너한테 관심이 없는 거야."

그동안 선임들에게 잘 보이려 애썼지만 좋게 봐주는 선임은 없었다. 관심도 없는 애니메이션 얘기하는 선임 말을 애써 궁금한 척 들어주는 게 선임에게 잘하는 게 아니다. 사람과 친해지는 데는 노력이 필요하지만, 노력만으로 사람을 사귈 수는 없다. 애초에 잘 맞는 사람이어야 끝까지 친할 수 있다. 그저 선임들 눈밖에 안 나려고 전전긍긍했기 때문에 나는 내가 어떤 사람인지를 보여주지 못했다. 잘 보이려고 해도 이렇게 욕먹는 게 현실이다. 차라리 욕먹는 걸 감수하고 나대로 행동하면 적어도 몇 명과는 친해질 수 있지 않을까? 항상 관물대가 지저분하다고, 전투화를 안 닦는다고 갈갈이를 먹던 동기가 막상 지금 선임들과 제일 잘 지내는 걸 보면 알 수 있다. 이제는 진짜로 부대에서 친하게 지낼 사람이 없다. 동기 한 명은 그린캠프 분대장으로 떠났고, 또다른 친한 동기 한 명도 곧 GP 투입으로 2달간은 부대에 없을 예정이다. 친해지고 싶은 선임은 이제 딱히 없다. 곧 들어올 후임들에게라도 솔직한 모습으로 다가가야겠다.

S#3. 하나포 포상 (야외 / 밤)

활동복 차림의 은일, 대형 해머로 포탄 점화 장치인 '신관'을 타격하는 동작을 반복한다.

그러다 힘을 실어 때리려 하지만 빗나간다.

울먹이며 다시 신관을 맞추는 연습을 반복한다.

S#4. 전투카페 컨테이너 (실내 / 낮)

도서관 용도로 개조된 컨테이너, 하룻밤을 새우느라 지친 조수(30대) 앉아있다.

낡은 책상에는 노트북과 은일의 유품이 너저분하게 놓여 있다.

커피를 든 조사관(40대) 들어와 앉는다.

조사관 고생한다.

조수   고생하십니다.

조사관 (커피를 한 모금 마시며) 그렇게 쓰면 될 것 같아 그지? 담당 간부
        면담 결과는 우울증. 복무 부적응이니 대인기피니 그런 거.

조수는 은일의 일기장 쪽으로 시선이 간다.

조사관 자네는 어떤 판단을 내리나?

조수   잘 모르겠습니다. 우울감이 없는 건 아닌데 정말 단순 우울증
        으로만 보고 끝내도 될지. 신관 키랑 해머 관리를 똑바로 하지
        않은 무기 관리 소홀 이외에 누군가의 잘못은 없을지.

조사관 그 일기장에 뭐라 나와 있는데?

조수는 일기장 펼쳐서 조사관에게 건넨다.
인서트[28]. 일기장 글귀 '자살하면 이 일기가 좀 도움이 될 것'
조사관 일기장을 넘기며 빠르게 훑는다.

조수   사망자가 두 달 전에 쓴 겁니다.
조사관 직접적인 폭행이나 구타가 있었던 거야?
조수   (뜸 들이다) 아닙니다.
조사관 그러면 성폭행이나 성추행?
조수   그것도 아닙니다.
조사관 그러면 뭔데. 그냥 상습적 자살 충동?

인서트. 일기장 글귀 '3월 30일', '자살하는 방법을 계속 생각한다'
'볼펜을 목에다가 푹?'

조사관 3월 30일이면 언제야 입대 5일 차네? 간부 면담 기록으로는 바
        깥에서부터 자살 생각을 자주 했다던데.
조수   아무래도 군대라는 환경이 그 성향을 더욱 부추긴 게 아닐까
        싶습니다.
조사관 군대 안 와도 자살했을 수 있고. 여자친구랑 사이도 안 좋았구

---

28 영화에서 장면과 장면 사이에 특정 의미를 강조하기 위해 삽입하는 컷.

나. (수첩에 메모) 애인 변심. 사망 전 일주일 동안에도 특별한 사건 같은 건 없었던 거잖아.

조수 일기 상으론 그렇습니다. 근데 여기 쓰인 게 전부가 맞을까 하는 생각이 들었습니다. 평소 자살 생각을 자주 해왔던 만큼, 어떤 일이 있고 나서 바로 극단적인 선택을 해버린 게 아닐까 하는. 어쩌면 일부러 안 적은 건 아닌지.

조사관 (고개 들며) 그걸 어떻게 밝혀낼 거야?

조수 전 인원에게 진술서를 받아내서.

조사관 (말 끊고) 증거도 없는 거를. 아니 오전 중으로 퇴근 안 할 거야? 지금 말은 일어났는지 안 일어났는지도 모르는 어떤 사건을 뚜렷한 근거도 없는 상태에서 밝혀내자는 거잖아.

인서트. 일기장 글귀 '밤에 갈갈이를 먹었다', '위에서 아래끼리 싸우게 만든다', '얼차려도 받고'

조사관 (일어서며 못 이기는 척) 일단 오늘은 두 명만 받아 보자 일기장 다 읽어봤으면 알 거 아냐. 누구한테 받는 게 좋겠어?

S#5. 하나포 포상 (야외 / 낮)

고무호스로 물을 쏴 은일의 잔해를 마지막으로 정리하는 조사관과 조수.

포상 바깥에 대기 중이던 두 병사 발치에 핏물과 살점이 쓸려온다.

한 병사가 구토하고, 소리를 들은 조사관과 조수 나가 본다.

구토하는 병사 명찰을 조수는 유심히 들여다본다.

조수   사망한 병사랑 잘 알았죠? 잠깐 얘기 좀 들어볼 수 있을까요?

4부

행정반 한가운데서 목 맨 조 일병

등장인물

○○포병대대

1포대(알파)
신 포대장 목 대위

행정	**전포**	**대대 의무대**
수 상병 ↔ 조 일병 & 오 이병	범 하사	군의관
강 상병 ↔ 신 일병	민 상병	
동 상병	공 상병	
	최 일병	

병영생활 상담관	은일	↔ : 대리업무 관계
	행정 사람들	
	목소리1	
	목소리2	

경작서 갈갈이 I

개인 정비 시간에 선임이 찾아와 날 경계작전명령서[29] 게시판 앞으로

---

29   병사들의 위병소 근무, 야간 근무 등이 시간 별로 적혀 있는 명령서. 줄여서 경작서라고도 부른다. 작전서기병에 의해 매일 최신화된다.

데려왔다. 누군가의 근무가 잘못 짜여 있으면 바로 이렇게 항의가 들어온다. 오늘 야간 위병소 말번 근무자가 내일 주간 위병소 초번 근무자와 동일한 게 문제다. 선임은 자기더러 2시간 동안 근무 서라는 거냐며 따진다. 근데 이건 내가 짠 경작서가 아니다. 내가 휴가를 나간 사이 대리업무자 수 상병이 한 실수다. 하지만 수 상병을 찾아가 고치라고 항의할 수는 없다. 내 일이기 때문이다. 바로 PC로 가 경계작전명령서와 근무 공정표를 열어 본다. 새로운 사실을 알아냈다. 수 상병의 근무가 싹 빠져 있다. 또 근무가 전 인원에게 고르게 분배되어 있지 않다. 딱 봐도 누구는 근무가 많은데 다른 누군가는 근무가 적다. 내 오늘 야간 근무도 마음에 들지 않는다. 불편한 사수와의 야간 위병소 근무다.

이 일을 잘 모르는 사람은 여기서 당장 잘못 짜인 선임 한 명의 근무만 수정하면 된다고 생각할 수 있다. 하지만 그러면 또 다른 불상사가 일어난다. 그의 근무 둘 중 하나를 넘겨받은 사람이 화를 낼 거다. 그래서 지금 이 시각 이후 근무를 전부 수정하기로 했다. 그런데 곧 저녁 점호 시간이다. 경작서 내일 분을 수정해 게시판에 걸어 놓기에는 시간이 빠듯하다. 시간을 벌기 위해 내 야간 위병소 근무를 취침 시간인 22시 CCTV 근무로 옮긴다.

결국 자정을 넘겨 경작서를 다 짠다. 너무 피곤하다. 휴가 동안 잠을 최대한 아꼈다. 몽롱하다. 그래도 내 할 일을 해냈다. 성취감이 든다. 주위를 둘러본다. 행정반에 있는 사람들 모두가 TV만 보고 있다. 당직사관에게 복귀해도 되겠냐고 말을 꺼내기가 무섭게 가라고 손짓한다. 고생했단 말을 듣고 싶었다. 자리로 가 매트리스를 펴고 눕는다. 이렇게까지 열심히 할 필요가 있었나.

근무를 짜다 보면 내게 유리한 근무를 짤 줄 알게 된다. 하지만 전임자는 '자기 근무를 자기도 모르게 짜라'고 했다. 그건 불가능하다. 자기도 그 원칙을 지켰다고 하는데 난 못 믿겠다. 우린 기계가 아니다. 당연히 자기 근무에 눈이 갈 수밖에 없다. 나는 이 특권을 이용하기로 했다. 사람들 눈에 밟히지 않는 선에서 조심조심 말이다. 그래서 당분간 위병소를 전임자와 자주 서기로 계획한다. 짧은 인수인계 시간을 보충하기 위해서다. 거기서 그의 노하우를 최대한 흡수한다.

그는 작전서기라는 보직의 단점에 관해서도 이야기해 준다. 근무를 짜다 보면 모두에게 공평하게 짤 수가 없다. 누구는 평균보다 조금 더 들어가고, 누구는 평균보다 조금 덜 들어갈 수밖에 없다. 근무를 0.8번이나 1.4번 세워서 산술적 평균을 맞출 수 없기 때문이다. 게다가 근무 종류에 따라 사람들의 만족도도 제각각이다. 근무 시간대가 언제냐도 마찬가지다. 누구는 저녁 점호 직후 22시 초번 근무를 좋아하는 한편 다른 누구는 05시 말번 근무를 더 좋아한다.

그가 강조하는 건, 근무를 덜 들어가는 사람이 작전서기 자신이 되어서는 안 된다는 거다. 조금만 꿀을 빨려고 해도 모두가 알아채는 자리라고 한다. 그래서 욕 안 먹기 위해서라도 남들보다 근무를 더 들어가는 편이 낫다. 결원이 생겨 급하게 땜빵이 필요할 때도 작전서기가 우선으로 들어가는 게 낫다. 왜냐면 근무가 짜이는 메커니즘을 모르는 사람에게 갑자기 근무를 주면 이해해줄 리가 없기 때문이다. 그렇게 원한 사느니 그냥 자기가 서는 게 마음 편하다.

개인정비 시간에 생활관에 앉아 있는데 동기 한 명이 부른다. 선임 한

분이 날 찾는다고. 난 어디 다른 데 가 있는 것도 아니고 가만히 내 자리에만 있었다. 날 찾는다면 내 자리부터 와 봐야 하는 게 아닌가, 싶지만 내가 바로 튀어 나가지 않으면 안 될 분위기다. 얼른 관물대에 박아둔 양말을 신고 활동화도 신고 선임을 찾아다닌다. 1 생활관에도, 싸지방에도 없다. 야외 휴게실에서 담배 피우는 그를 찾았다.

그는 근무표에 자기 이름을 넣은 게 불만이다. 이게 왜? 그는 예전에 '예초'를 해야 한다고 하여 근무를 거의 안 들어갔었다. 예초는 부대 곳곳에 무성히 자란 잡초를 예초기로 다듬는 작업이다. 예초 하는 사람들은 해가 뜨기 전 아침 일찍 일어나 일하고, 해가 뜨면 생활관에 누워 푹 쉰다. 위로 휴가도 받는다. 일찍 일어나야 한다고 야간 근무도 안 선다. 개인정비 근무는 세울 수 있겠다. 하지만 전임자는 그냥 예초병 근무는 안 넣는게 좋다고 말했다.

내가 이 선임에게 근무를 준 건 요즘 그가 예초를 안 하기 때문이다. 다른 사람들만 하는 걸 똑똑히 봤다. 답답한지 그가 다시 한번 말한다.

"그렇게 사람이 없어? 아니. 내가 꼭 들어가야 되냐고."

이제야 알아들었다. 자기 근무를 넣지 말라는 압박이다. 사람이야 있다. 아무리 출타 나간 사람이 많다 해도 근무 인원이 부족할 정도로 사람이 없지는 않다. 이 사람도 그걸 알 거다. 꽉꽉 채워 넣어도 정말 사람이 없다면 그 때 자기가 들어가겠다는 말이다. 어쩜 이렇게 당당하게 요구할까. 물론 전역 임박자는 전역 40일 전부터 예우 차원에서 근무 대상자에서 빼 주긴 한다. 근데 이 사람은 전역까지 시간도 많이 남았다. 이 사람 선임도 근무를 들어가고 이 사람 동기도 근무를 들어가는데 왜 이 사람만 빼 줘야 하나. 다른 선임들이 뭐라 하면 할 말이 없다. 하지만 난 고개를 빳빳이 듣지 못한다. 그의 말을 거역했다간 앞날이 어두워지기 때문이다. 그의 말을 이해한 척할 수밖에 없다.

업무 도중 행정 분과 선임인 강 상병이 바쁘냐고 묻는다. 잠시 밖에 나갔다 오자고 한다. 그래서 나가 보니 다짜고짜 도끼눈으로 쏘아붙인다. 내 근무를 빼면 누가 모를 줄 알았냐고 한다. 이게 무슨 일이지. 당황스럽다. 잠시 긴장 풀러 가는 줄 알았는데 정반대의 상황이 펼쳐진 것도 그렇고, 평소에 내게 잘해 주던 강 상병이 이렇게 인상 쓰고 몰아붙이는 모습도 충격이다. 무슨 말씀을 하시는지 모르겠다고 어버버 대니 그는 다 알고 왔으니 거짓말할 생각 하지 말라며 완강한 태도를 보인다. 대체 무슨 얘기를 하시는 건지 모르겠다는 말 대신 여기서 내가 내놓아야 할 정답은 뭐지? 뭔데 이렇게까지 화가 난 걸까? 내가 내 근무를 뺐었나? 아닌데? 그런 적이 없다. 내 말을 들을 생각도 안 한다. 답답하고 짜증이 난다. 평소 화를 안 내는 사람이 갑자기 화를 내니 이상해 보인다. 안 지고 싶다. 가짜로 죄송한 척도 하고 싶지 않다. 근데 막사 바로 앞 흡연 구역이라 후임들이 지나다니는 게 보인다. 한여름인데도 차가운 바람이 부는 듯하다. 행정병으로 자리를 옮겨서도 갈갈이 먹는 모습을 보이고 싶지는 않다. 일을 크게 만들면 안 된다. 빨리 해결하고 들어가야 할 것 같다. 하지만 깡마른 그의 악다구니 넘치는 눈빛에서 도저히 그냥 물러설 기미가 안 보인다. 내가 최근에 한 잘못. 내가 최근에 한, 잘못은 아닌데 잘못으로 보일 수도 있는 것. 머리를 굴리니 생각이 날 듯하다. 대리 업무자 수 상병이 짜 놓은 경작서에 손댄 일인 것 같다. 또 장면 하나가 머리를 스친다. 일과 시간에 전임자와 대리업무자 수 상병이 내 자리에 앉아 근무 공정표를 훔쳐보고 있었다. 그때 그들이 내 얘기를 했을 거다. 강 상병에게도 따로 얘기한 게 분명하다. 근데 다 알고 왔다니. 뭘 다 알고 왔는가? 자기가 알고 있는 게 전부라면 내게는 무슨 설명을 듣고자 온 건가? 설명하면 들을 생각은 있나? 앞으로 절대 그러지 않겠다는 사과를 듣기 전까지는 날 보내주지 않을 것 같다. 휴가 복귀 직후에 근무표를 수정했던 일을 얘기하니 강 상병은 거봐, 하는 눈빛으로 끄덕인다. 이게 맞나 보다. 어쩔 수 없이 죄송하다고 얼버무린다. 그러니 내게 더 화를 낸다. 아까 내가 아무것도 모르겠다는 식으로 서 있었던 걸 트집 잡고 군림한다.

"나중에 짬 차고 나서 근무 빼면 아무도 뭐라고 안 해. 근데 벌써부터 이러면 어쩌자는 거야?"

앞으로 지켜보겠다고, 한 번만 더 이런 일이 일어나면 그땐 여기서 안 끝난다고 한다.

"예 알겠습니다."

사정을 잘 알지도 못하는 사람이 찾아와 이렇게 강제로, 듣고 싶은 답을 내놓으라고 할 때마다 난 어떻게 해야 옳을까. 잘못으로 보일 수는 있지만 나는 잘못이라고 생각하지 않는 일을 끌고 와, 사과하고 반성하는 모습을 보이면 되는 걸까? 방금 내가 잘한 걸까? 며칠 전 휴가 때만 해도, 부대 내에 적이 생기더라도 솔직하게 할 말은 하고 살자며 다짐했다. 하지만 방금도 그렇게 하지 못했다.

경작서 갈갈이 II

평소처럼 연습 훈련 출동 준비를 한다. 탄과 장약을 적재해야 포차를 타고 출발할 수 있다. 포차 위에 놓인 개인 위장망을 내리려는데 그 안에 숨어있던 철주가 떨어진다. 아차 싶은 사이 못 피한다.

"악!"

오른발 위로 떨어진 1m짜리 철로 된 대못은 쩔그렁 소리를 내며 유유히 바닥을 굴러간다. 구석으로 가 전투화와 양말을 벗고 엄지발가락을 살핀다. 눈으로 봐서는 그냥 붉게 달아오른 게 전부다. 구부려 보니 아프다. 내가 다치는 걸 본 석 하사님이 바로 포대장님께 보고했다. 지난번 손가락 다쳤을 때처럼 분과 마일리지가 또 깎일 거다. 아 씨발. 분과 마일리지는 한 달 동안 사고가 일어나지 않으면 300점을 벌 수 있다. 나 때문에 300점이 깎이면 가만히 있던 무사고 분과와 무려 600점이나 차이가 나 버린다. 분과 마일리지는 벌 방법이 이것 말고 딱히 없다. 안 아픈 척해야 한다. 절뚝이면 안 된다. 내가 좀 더 순발력이 있었다면 발을 잽싸게 뺐을 수도 있을 텐데. 분과 마일리지 깎아서 죄송하다고 사과하고 다닐 생각에 벌써 분하다.

군의관님 말씀, 그냥 부은 것뿐이다. 이대로라면 다음 주 포탄 사격을 빠지긴 애매하다. 그냥 아픈 상태로 해야 한다. 분과 마일리지는 분과 마일리지대로 깎였다. 복귀해 행정 분과 담당 간부이신 보급관님께도 보고한다. 딱딱한 전투화를 신고 다니면 금방 안 나을 것 같다, 발가락이 너무 부어 작은 충격에도 통증이 심하다, 활동화를 신어도 전투화를 신어도 너무 아프다. 이왕 다쳤으니 최대한 티 내고 다녀야겠다고 생각했다. 그동안 부대 선임들이 간혹 한쪽 발에만 슬리퍼를 신고 다니는 걸 본 적이 있다. 습진 등의 이유였다. 나도 오른발에 슬리퍼를 신고 다녀도 되겠는지 여쭌다. 고민하던 보급관님은 그러라고 한다.

너는 뭔데 슬리퍼를 신냐고 뭐라 하는 선임들이 있다. 보급관님이 허락하셨다는 말은 단단한 방패가 된다. 보급관님에게 허락받아 좋은 점이 또 있다. 한쪽 발에 전투화를 못 신는 내게 나을 때까지는 위병소 근무를 들어가지 말라고 하셨다. 원래 손가락 다쳐서 붕대를 감은 사람도 위병소에 안 들어간다. 위병소 근무자는 부대의 얼굴이기 때문에 부상자를 세우지 않는 것 같다. 이건 개꿀이다. 대신 그만큼 양심껏 욕 안 먹을 정도로 불침번을 더 서야겠다.

민 상병이 나를 찾는다고 한다. 이제 같은 하나포도 아닌데 왜? 분과 이동 이후로 멀어져서 좋았다. 게다가 난 이제 내 근무를 직접 짜는 작전서기병이다. 그와 같은 근무는 절대 넣지 않는다. 혹시 스마일 배지를 받게 만든 게 나란 걸 알고 부르는 건가. 내가 찔렀단 사실을 알아내긴 어렵지 않았을 것이다. 감히 선임을 찌를 만한 후임이 우리 부대에 몇 없기 때문이다. 뭐라고 변명하고 빠져나가야 살 수 있을까. 두렵다. 부디 알고 부르는 게 아니면 좋겠다. 민 상병은 평소에 나 말고 다른 후임들에게도 개같이 하고 다녔다. 그러니 아니라고 끝까지 잡아떼기만 하면 그도 확신은 못 할거다.

자리에서 민 상병은 옷을 개고 있었다. 내 쪽은 보지도 않고 말을 시작한다.

"근무 넣는 건 다 좋은데, 좋아. 내가 그동안, 내가 너한테 근무 가지고 지랄한 적 없잖아. 근데 19시 근무가. 하 참. 내가 딴 건 안 바라고, 개인정비 근무를 왜 넣는 거야 나한테. 그럴 거면 차라리 말뚝 근무를 넣어."

근무 얘기였구나. 한시름 놓았다. 개인정비 근무를 넣지 말라는 뜻이었다. 얼마 전 자기 근무를 넣지 말라고 압박 줬던 선임이 생각난다. 그땐 아무런 반항을 못 했다. 지금도 그 사람 근무는 아예 안 넣고 있다. 이번에는 순순히 넘어가고 싶지 않다.

근데 민 상병과 군이 더 트러블을 만들 필요가 있을까. 3개월 반 동안 하나포에서 있었던 일들만으로도 충분하다고 생각한다. 그리고 민 상병 한 사람 근무를 엄격하게 짜 봤자 내가 특별히 이득을 보는 것도 아니다. 해코지나 안 당하면 다행이다. 못 이기는 척 "예 알겠습니다" 하고 자리를 뜬다. 대신에 말뚝 근무 자주 넣으면 되겠지. 월, 수, 금 고정으로 넣어도 개인정비 근무는 안 주니까 불만 없이 조용히 지내겠지.

이후 민 상병보다 더 높은 선임도 내게 불만을 호소하게 된다. 자기 야간 근무가 자꾸 23시 반에만 걸린다고 한다. 그는 지금 우리 부대에서 최고선임 축에 속한다. 근무자 사수 순번은 짬 순으로 결정된다. 그래서 원래대로라면 그가 22시 근무에 자주 걸려야 한다. 하지만 22시 근무는 다른 근무들에 비해 티 나게 좋은 근무다. 따라서 22시 근무에는 누구나 다 한 번씩 균등하게 들어가도록 근무를 짠다. 그리하여 최고선임은 23시 30분 근무에 자주 걸릴 수밖에 없다.

23시 30분은 야간 근무 시간대 중 가장 불편한 시간대다. 만약 22시 취침 시간에 바로 잠들면 1시간 만에 기상해 근무를 서러 가야 한다. 사실상 근무가 끝나는 1시까지는 사실상 제대로 잘 수가 없는 거다. 그래도 나는 나름 공평하다 판단했었다. 왜냐면 최고선임들에겐 후임병보다 야간 근무를 덜 주는 편이기 때문이다. 또 그 정도 짬 되는 사람들은 대개 근무 때 아무것도 안 한다. 부사수한테 다 맡기고 서서 잔다. 내가 직접 겪어봐서 안다.

내가 여기서 이런 불만까지 받아줘야 하나. 근데 이번에도 역시, 이 사람 근무 힘들게 짜 봐야 내가 얻는 게 뭐가 있나 하는 생각이 든다. 어쩔 수 없다. 요구를 들어줘야겠다. 대신 효과를 극대화해야 한다. 이제 이런 강요는 마지막이었으면 좋겠다. 보기 민망할 정도로 최고선임들에게 혜택을 몰아 준다. 계속 22시 야간 근무만 넣어 보려 한다. 그러면 자기네들도 특혜를 받는다는 걸 아니까 알아서 조용해질 거다. 후임 병사들도 나를 욕하기보다는 얼른 짬이 차서 본인이 그 수혜자가 되기를 기다리지 않을까.

그리고 2주 뒤 싸지방에서 컴퓨터를 하는데 바깥에서 내 얘기 하는 걸 들었다. 평소엔 나와 대화도 잘 하지 않는 사람들이 담배를 피우며 다 같이 내 험담을 한다. 네 명쯤 되는 것 같다. 목소리만 들어도 누가 누군지 다 알겠다. 공 상병이 말한다. 경작서가 나오면 자기 이름 보기 전에 제일 먼저 눈 부릅뜨고 조은일 이름부터 찾아본다고. 다들 공감된다며 껵껵 웃는다. 절망적이다. 직접 말은 안 해도 다들 날 감시하고 있었다. 숨이 턱 막힌다. 또 다른 선임은 얼마 전 CCTV 근무 서면서 근무 공정표 훔쳐본 일을 얘기한다. 이 사람은 운전병이고 당직도 안 들어간다. 그러니 평소 행정반 PC에 접근할 권한도 없다. 행정병도 아닌 사람이 일부러 내 업무용 PC를 뒤졌다니. 그가 충격적인 사실을 들려준다. 위병소 근무 횟수를 세 보니까, 자기는 이번 한 달 동안 20번이 넘게 들어갔는데 조은일은 10번도 안 들어갔다!

얼마간 선임병들에 대한 예우 차원에서 그들에게 22시 근무를 자주 넣어주고 있었다. 이 사람이 가장 혜택을 많이 본 사람 중 한 명이다. 바보가 아니라면 자기가 이상할 정도로 22시 근무에 자주 들어가고 있었다는 걸 알 거다. 근데 내게 고마운 마음은 하나도 없다. 경작서 보는 사람들은 자기 근무가 좋게 짜이면 근무 잘 짜준 사람에게 고마워하지 않는다. "앙 개꿀!" 하고 그저 자기 운이 좋은 줄로만 안다.

자기 위병소 20번 들어갈 동안 조은일이 10번 들어갔다는 말은 틀린 말이 아니다. 이유가 있다. 발가락을 다쳤기 때문이다. 보급관님으로부터 위병소 근무를 들어가지 말라고 지시받았다. 내게 물었다면 언제고 상세히 답했을 거다. 게다가 나는 위병소 근무를 안 들어가는 대신 불침번, CCTV 근무를 더 자주 섰다. 이건 아무도 몰라 준다. 지금 나가서 해명해야 하나. 아니면 그냥 나가서 지나가기라도 할까. 그러면 선임들은 하던 얘기를 멈출까. 아니면 날 불러 세울까. 난 쫄지 않고 해야 할 말을 정확히 할 수 있을까. 아무것도 못 하겠다. 두렵다.

처음에는 근무 짜는 작업이 재미있었다. 마치 타이쿤 게임을 하는 듯했다. 60명의 병사 캐릭터가 있다. 이들을 적절히 굴려 근무를 세우는 턴제 전략 시뮬레이션이다. 다만 화려한 이펙트가 없고, 하기 싫어도 멈출 수 없다. 병사 캐릭터들에겐 제각기 다른 특징이 있다. 아예 근무에서 제외되는 보직도 있고, 2주대기 신병, 전역을 40일 내로 앞둔 전역 임박자, 그리고 '포반장 교육대' 파견을 위해 공부하는 인원들도 근무를 안 선다. 출타자에게는 나가기 직전과 복귀한 이후에 제일 힘든 근무를 준다. 부대에 갇혀만 있는 다른 사람들에 비해 더 잘 견디기 때문이다. 아파서 위병소 같은 특정 근무에만 제외되는 사람도 있다. 또 자기 근무가 안 좋게 나오면 유독 지랄하는 사람도 있는가 하면 불만 없이 그대로 서는 사람도 있다. 같이 근무를 세우면 싸움이 날 것 같은 조합도 있다. 이러한 개개인의 특성을 반영해 병사들의 불만을 최저치로 유지하는 게 이 게임의 핵심 전략이다.

날 싫어하는 사람이 있을 거라는 건 짐작했다. 근데 뒷담화를 바로 벽 너머에서 들으니 얼얼하다. 내 편이 아무도 없나. 나도 남 욕을 하고 싶다. 나를 욕한 그 사람을 똑같이 욕해주고 싶다. 하지만 그 욕을 들어줄 사람이 없다. 누군가 들어주더라도 바로 그 당사자한테 가서 말할 것 같다. 그래서 혼자 끙끙 앓을 수밖에 없다. 아무도 믿을 수 없다. 사람들과 멀어질 수밖에 없다.

그리고 바로 밤, 저녁 점호 직전 공 상병이 사람을 시켜 날 야외휴게실로 부른다. 올 게 왔구나. 난 떳떳하다. 나의 경작서 편성에는 언제나 나름의 논리와 이유가 있었기 때문이다. 그는 불도 켜져 있지 않은 어둠 속에 앉아 깊게 담배를 빨고 있다.

"공 상병님. 아까 부르셨다고 들었습니다."

그는 바닥을 보며 곧장 대답하지 않고 깊게 두세 번 더 담배를 빤다. 난 그대로 앞에 굳은 채 서서 갈갈이가 시작되기를 기다린다. 아까 그 목소리. 굵직한 사투리와 굵은 점이 난 얼굴로 그가 묻는다. 사람들이 너의 근무에 대해 요즘 말이 많다는 걸 아냐고 묻는다. 바로 쌍욕이 날아오지 않는다. 차분한 분위기다. 그러나 묵직하다. 담배 끝부분이 빛을 내며 타들어 간다. 기세 싸움에서 눌리면 안 된다.

"오류 없이 최대한 공정하게 짜려고 바쁜 훈련 시기에 개인정비까지 투자해가며 노력하고 있는데 이런 식으로 사람들이 의심을 하니 솔직히 힘이 좀 빠집니다."

오면서 생각해 둔 나의 견해를 늘어놓는다. 그동안 나도 참은 게 많았
나 보다. 말이 술술 나온다. 아무리 나를 싫어하더라도 논리적으로 반박
할 여지는 없을 거다. 억울한 티를 일부러 더 낸다. 그래야 날 굳이 건드리
려 하지 않을 거다.

그는 내 목덜미를 서서히 조여 오다 벗어날 틈이 없을 때, 그때 가서 콱
하고 거침없는 말발로 날 죽일 계획이었을 거다. 근데 나는 그동안 나 자
신과 항상 싸워 오고 있었다. 사리사욕을 챙기고 싶어도 그걸 가지고 욕할
사람들을 떠올렸다. 그들에게 어떻게 반박할지 고민하고 마땅치 않으면
접었다. 논리가 있으면 밀고 나갔다. 공 상병은 달리 할 말이 없어 보인다.
좆같을 거다. 여전히 내 눈은 보지 않고 담배를 두세 번 더 빤다. 들어가라
고 한다.

"예 알겠습니다."

다음날 다른 선임이 또 날 따로 부른다. 위병소에서 요정의 가슴 사이
즈를 물었던 정 상병이다. 이번에도 준비한 변명을 늘어놓으려 하는데 내
말을 끊더니 조곤조곤 자기 할 말을 시작한다. 짬 차고 그러면 아무도 뭐
라 안 한다. 원래 작전서기가 그런 보직이다. 이전까지는 항상 짬이 좀 되
는 사람들을 작전서기로 데려다 썼는데 네가 좀 특수한 케이스다. 그래서
뭐 하나만 잘못해도 여기저기서 까이니까 힘들 거다. 그래도 참으면 나중
에 네 세상 온다. 날 이해하는 듯하면서도 날 죄인으로 여기는 묘한 말투
다. 내가 다친 발가락 얘기를 하려는데 들으려고도 안 하는 눈치다. 그냥
알겠다고 하고 나온다.

대리업무자 수 상병과 전임자가 내 자리에서 대기하고 있다. 나에 대한 안 좋은 얘기가 돌고 있다고 경고한다. 그리고 몇몇 선임들로부터 대가를 받고 편한 근무를 세운다는 의혹이 있다며 해명을 요구한다. 얼토당토 않다. 미치고 팔짝 뛰겠다. 대가를 받다니. 대가를 받았으면 억울하지라도 않지. 강요당하는 상황에서 난 어쩔 수가 없었다. 전역까지 시간도 많이 남았는데 자기 근무 빼라던 선임에게 반발심에 근무 하나 넣어 본 적이 있다. 그때 어떻게 됐는지 이 사람들은 모를 거다. 밤에 1 생활관 끝 최고 선임 자리까지 끌려가 그에게 갈갈이를 받았다. 누워서 TV 보는 선임에게 갈갈이를 듣는 건 매우 치욕스러웠다. 이 얘기를 하니 수 상병은 뜻밖의 얘기를 꺼낸다. 내가 행정으로 온다는 소리가 있을 때 그가 반대했다고 한다. 작전서기병이 짬이 낮으면 선임들에게 휘둘려 다닐 거라고 예상했기 때문이다. 내가 지금 딱 그러고 있다.

　동기들도 날 만만하게 본다. 최 일병은 동기들, 후임들 다 있는 데서 나한테 지랄을 한다. 그는 이제부터 밤마다 막사 문을 잠그고 아침에 막사 문을 여는 시설관리병 역할을 맡게 되었다. 사수인 공 상병님이 없을 때 자기 근무를 넣어버리면 문은 누가 열고 잠그냐고 따진다. 좋게 할 수 있는 말인데 얘는 꼭 기분을 더럽게 한다. 좋은 관계까지는 못 되더라도 그와 나 사이에 얼굴 붉힐 일은 없었으면 했다.
　경작서도 그렇고, 최 일병을 향해서도 오래 참았다. 답답한 마음에 나도 처음으로 맞붙어 언성을 높여 본다. 내 목소리가 벌벌 떨리고 있다. 안 돼. 최 일병도 지지 않는다. 주위에서 노가리 까던 동기들, 후임들, 가까운 선임들이 우리를 보기 시작한다. 이렇게 다 있는 데서 그동안의 설움을 표출하면 사람들이 날 이해해 줄까? 아니면 최 일병의 편을 들까. 어쩌면 사람이 그렇게 이기적이냐. 너같이 자기 근무 어떻게 해달라 요구하는 사람들이 한둘이 아니다. 근데도 내가 다 필요해 보이길래 들어주고 있었다. 원래 이런 거 안 들어줘도 된다. 난 대충 짜고 다 직접 바꾸게 해도 된다. 사람들 편하라고 내가 더 시간 쓰는 거다. 어떻게 하면 근무를 더 잘 짤 수 있을까 계속 고민한다. 근데 이런 식으로 나오면 짜증이 나서 하기가 싫어진다. 간부님이 들어오는 바람에 결국 입장을 좁히지 못한 채 중단되고 만다. 최 일병이, 그리고 사람들이 내 입장을 얼마나 생각해 줄지는 모르겠다.

자기 근무에 대해 편의를 봐 달라고 요구하는 사람들은 이뿐이 아니다. 농담이든 진담이든 자기를 되도록 누구와 넣어달라, 폐급 새끼들이랑 붙이지 마라, 시도 때도 없이 태클이 들어온다. 그때마다 이런 생각을 해왔다. 내가 귀찮아질 수도 있겠지만 요구를 들어주어 이를 이용해야겠다고 말이다. 근데 다 의미 없는 짓이었다. 이용은 무슨 이용. 뭘 이용하겠다고. 이용당하는 건 나였다. 나도 권력을 행사하고 싶다. 내 결정에 아무도 반박 못하는, 그런 사람이 되고 싶다. 언제쯤 내가 그렇게 될 수 있을까.

근무를 짜는데 옆에 앉은 당직병이 내 모니터를 슬쩍 본다. 이 사람과 친해지면 좋을까? 원하시는 부사수가 있으시냐고 비굴하게 물어본다. 이게 내 최선이다.

새로운 시대가 오는가

이번에 행정 분과에 새로 들어온 후임 신 이병이 공 상병을 찔렀다는 소문이 돈다. 신 이병의 친척 중에 군 간부가 있다고 한다. 일반적인 경로를 통하지 않고 그쪽에다 찔러서 문제가 간단하지 않은 상황인 것 같다. 그는 비범하다. 행정병 자리가 하나 났을 때 간부님들이 6월 군번 신병 5명을 행정반으로 불렀다. 탄약병 하고 싶은 사람은 손을 들라고 했다. 신 이병이 그 기회를 바로 낚아챘다. 난 그동안 공 상병을 찌를 만한 확실한 구실이 있는데도 주저했었다. 내 행동이 일으킬 나비효과를 걱정하고나 있었다.

　징계위원회에서 다루는 사건은 단 하룻밤 일이다. 밤에 후임들 찾아가서 갈갈이를 줬다고 한다. 평소와 다를 바 없는 사건이다. 난 제대로 된 건수 하나만 노리고 있었는데 그냥 찔러도 되는 거였구나. 밤에 항상 공 상병과 전우조로 다니던 PX병도 징계를 면할 수 없게 됐다. 운 참 나쁘다. 그동안 갈갈이 타임에 그가 직접 끼어든 적은 없었기 때문이다. PX병은 행정 분과 소속이다. 정말로 신 이병이 찔렀을까. 같은 분과 선임이라 앞으로 많이 어색해질 텐데. 나라면 못 찔렀다. 대단하다. 이전에도 난 앞날이 두려워 하나포 선임 민 상병을 제대로 못 찔렀다.

　근데 이대로 정말 진행을 한다니 의외다. 보급관님은 공 상병을 아낀다. 그가 시설관리병 임무를 맡고 있기 때문이다. 보급관님이 부대에서 하는 시설 관리 일에 항상 그가 붙는다. 작업도 잘한다. 보급관님이 그 덕을 아주 톡톡히 보고 있다. 그런 충견에게 징계를 내린다니.

　며칠 뒤 포대장 교체식 일정 공지가 인트라넷에 올라온다. 평소 포대장님을 좋게 생각했다. 그러나 포대장님은 임기 종료 전 훈련 평가를 잘 받기 위해 우리를 굴리고 또 굴렸다. 그 과정에서 선임급 병사들은 간부의 목적이 곧 자기네들의 목적이라고 세뇌당했다. 그래서 후임들을 갈궜다. 나를 비롯해 겁에 질린 후임들은 열심히 할 수밖에 없었다. 간부들은 편했다. 덜떨어진 후임급 병사들을 직접 갈구지 않아도 알아서 해주니 말이다. 간부님들 전부 우리 부대의 갈갈이 문화를 알고 있었다. 밤에 찾아가는 것도 당연히 알고 있었을 거다. 밤에 1 생활관에서 우리 2, 3 생활관으로 오려면 행정반을 통해야 했기 때문이다. 몰랐을 수가 없다. 간부들은 갈갈이를 마치고 돌아온 선임급 병사와 함께 담배 한 대씩을 피웠을 거다. 모두가 자야 하는 시각 당직사관과 사열대 앞에서 맞담배 피우는 그 기분이 어땠을까. 권력자가 된 느낌이었겠지. 그러면서 생각했을 거다. 내가 간부님들의 고민을 해결해 준다면 더 큰 특권 의식을 누릴 수 있을 거라고. 그래서 선임병들이 더욱 갈갈이에 몰두했을 거다. 양치기 개가 된 선임들은 고맙게도 제한 없이 날뛰어 주었다. 밤에 병사가 아닌 간부들이 찾아와 똑같이 갈갈이를 줬다면 사건은 더 심각해졌을 거다. 간부들은 똑똑했다. 일부 선임만 구슬려서 귀찮은 감정과 시간 소모를 줄이는 법을 잘알고 있었다. 근데 왜 이번에 가장 충실한 양치기 개였던 공 상병을 잡는가? 아쉽게도 건드려선 안 될 높으신 분 소유의 신 이병이라는 양을 물었기 때문이다. 읍참마속의 심정이란 게 바로 이거구나.

보급관실에서 징계위원회가 열렸다. 간부님들이 공 상병의 진술서를 팔락팔락 넘기며 대충 훑는다. 내가 여기 있는 이유는 징계 처리가 내 업무 중 하나이기 때문이다. 곧 공 상병이 들어오고 보급관님이 징계 절차를 읊으신다. 공 상병은 순순히 자신의 잘못을 인정한다. 신문 절차도 있고 변론 기회도 있지만 법정 영화처럼 논박이 오가지는 않는다. 이미 사건에 연루된 모든 병사로부터 진술서를 받아 놓은 상태다. 거기 적힌 내용이 통일되지 않으면 진술서를 다시 쓰기도 했다. 보급관님은 징계 대상인 공 상병에게도 진술서를 여러 번 받았다. 최대한 뉘우치는 투로 적어야 강한 처벌을 면한다면서.

종합된 내용은 명확하다. 공 상병으로부터 새롭게 밝힐 사실도 없고 공 상병이 변명할 거리도 없다. 간부님들에게 도저히 거스를 수 없는 분위기가 형성되었다. 이제 자유롭게 훈계를 시작한다. 아무리 간부님들과 친했더라도 여기서는 선이 그어진다. 넌 병사고 우린 간부다. 운이 나빠서 걸린 거로 생각할 수 있겠지만 분명히 포대장님으로부터 후임들에게 암기 강요를 하지 말라는 지시가 있었다. 그걸 어긴 건 잘못이니 처벌을 달게 받으라. 공 상병이 나가고 간부님들은 투표용지에 어떤 처벌을 받을지 적는다. 보급관님이 말씀하신다. 각자 다 다르게 적으면 골치아프니 통일하자고. 결국 결과는 휴가 제한 3일 만장일치다. 난 그가 영창에 가길 바랐다. 하지만 보급관님 말씀하시기를, 영창에 보내는 절차는 너무 복잡하다고 한다. PX병도 휴가 제한 3일이다. 그 사람만 억울하게 됐다.

포대장 교체식이 진행된다. 그동안 한없이 높아 보이던 포대장님이 아무런 박수도 받지 못하고 떠난다. 권력이라는 단지의 뚜껑을 열어보니 아무것도 없다. 이제 그는 우리의 지휘관이 아니다. 원칙상 저 사람의 명령을 더는 듣지 않아도 된다. 앞으로 다른 생판 모르는 사람이 지휘관 자리에 앉는다. 그가 어떤 사람이든 간에 내가 전역할 때까지는 그의 권위를 인정해야 할 거다.

새로운 포대장 목 대위님은 인접 부대에서 인사장교를 하다 왔다고 한다. 정신교육을 위해 1 생활관에 모였다. 하는 말을 들어 보니 착한 사람 같다. 평소처럼 침상에 두 줄로 앉아 정자세로 교육을 들으려는데 왜 그렇게 불편하게 있냐며 관물대에 기대라고 하신다.

"아닙니다!"

안 불편한 척하지만 실은 그동안 너무 불편했다. 관물대에 등을 기대앉고 다리를 쭉 펴 본다. 어색해서 다들 맞은편 사람 눈만 쳐다본다. 훨씬 편해졌다. 이 사람 뭐지?

새로운 병영생활 상담관

주기적으로 신인성 검사니 관계유형 검사니 시킨다. 신인성 검사는 부대에 적응을 잘하고 있는지 묻는다. 관계유형 검사는 부대에서 같이 밥을 먹고 싶은 병사나 먹고 싶지 않은 병사를 묻는다. 대부분 대충대충 답한다. 나는 솔직하게 임한다. 그러니 포대장님이 따로 부르신다. 자기가 이런 걸 오자마자 알아봤어야 하는데 미안하다고. 최근 자살 생각이나 자살 기도를 한 적이 있냐는 질문에 예라고 답한 이유가 무엇인지 묻는다. 음. 체크 하나로 날 포대장님과 직방으로 연결해준 걸 보니 자살 위험군 병사를 식별하는 게 검사의 주목적이었나 보다. 얼마 전까지만 해도 날 괴롭히는 문제들은 많았다. 그런데 내가 제일 힘들 때는 간부님들이 안 물어보고 생각 안 하고 싶을 때만 묻는다. 일단 난 포대장님을 안심시킨다.

"아. 이것은 지난 1년간 이런 생각을 한 적이 있냐고 해서 그렇다고 답변한 것입니다."

지금 당장 자살하진 않을 테니 크게 염려 마시라는 말이다. 언제 그런 생각을 했냐고 물으신다. 이전 포대장님께도, 훈련소 소대장에게도 말씀드렸던 입대 직전 얘기를 또 해야겠다. 치매에 걸린 어머니가 집에 불을 낼 뻔했는데 그 상황이 너무 답답해서 죽고 싶었다. 구체적인 방법까지 생각했는지 물으신다. 왜 군부대에서 면담하는 사람들은 전부 이걸 묻나? 매뉴얼이라도 있나 보다. 뻔하다. 내가 구체적인 방법을 생각했다면 좀 더 위험한 군으로 분류하겠고, 그렇지 않다면 안심하며 나에 대한 조치를 늦출 거다.

다음 질문이 들어온다. '나를 욕하는 목소리가 들린다'고 체크한 게 무슨 의미냐고 묻는다. 조금이라도 안 좋은 말 체크해 놓은 거 하나씩 다 물어보나 보다. 이 문장은 '예'라고 답한 사람이 환청을 듣는지 알기 위한 문항인 것 같다. 당연히 난 환청을 들은 적이 없다. 진짜로 사람들이 내 욕하는 걸 들은 거다.

가족 이외에 또 날 힘들게 하는 게 뭔지 포대장님이 물으신다. 힘들게 하는 것. 힘들게 하는 것들. 너무 많다. 아무리 포대장님이 착한 사람이라도 내 말을 다 들어주진 않을 거다. 선별해야 한다. 최근 가장 큰 스트레스는 과도한 업무 때문이었다. 하지만 말한다고 다 되는 게 아니다. 어떤 해결 방안이 있을지 생각해야 한다. 다짜고짜 군대가 너무 싫으니 집 가고 싶다고 하면 아무도 못 도와주듯이. 고민하는 사이 시간이 간다. 여유가 없다. 다음에 말씀드리겠다고 하면 안 된다. 내가 업무를 보는데, 뭐가 문제였지? 뭐가 해결 가능하지? 그간 업무를 늘렸던 가장 큰 이유. 훈련 일정이 자주 바뀐 게 문제였다. 한 번만 하면 되는 일을 두 번 세 번 되풀이한 적이 많았다. 기껏 마쳐 놓은 일을 뒤엎으며 스트레스가 이만저만이 아니었다. 이건 해결할 수 있지 않을까. 그래서 앞으로 훈련 일정에 변동이 생기면 바로바로 공지해 주셨으면 감사하겠다고 부탁한다.

다행히 포대장님은 작전서기병이라는 보직으로서 받을 스트레스에 넉넉히 공감해 주신다. 하지만 일정이란 건 위에서부터 내려오는 법이다. 위에서 미리 정해놓지 않은 걸 우리가 어쩔 수는 없다고 한다. 얻은 게 없는 느낌이다. 포대장님이 새로운 상담관을 한 번 만나 보겠느냐고 물으신다. 조금은 다른 사람일까. 알겠다고 답한다.

새로 온 상담관은 얼굴이 둥글다. 부스스한 청바지를 입었다. 선하고 어수룩한 인상이다. 목소리도 작고 조곤조곤하다. 무슨 얘기가 하고 싶은지 내게 묻는다. 무슨 얘기를 해야 하지. 난 딱히 하고 싶은 얘기가 없다. 입을 열지 않자 그는 포대장님이 내게 그랬던 것처럼 최근에 자살 생각을 했다던 나의 응답에 관해 묻는다. 이번에는 울지 않을 거다. 중학교 때 자살하려던 얘기도 하고, 입대 전 엄마 때문에 죽고 싶단 생각 했었던 일도 늘어놓는다.

그는 잠자코 듣다 최근에도 자살 생각을 한 적이 있는지 묻는다. 있다. 근데 이걸 얼마나 적극적으로 어필해야 할지는 모르겠다. 지금 당장 자살을 하고픈 건 아니라고 진정시킨다. 그러면 최근에 자살을 생각했던 가장 큰 이유가 뭐냐고 묻는다.

"사람들과 잘 지내지 못하고 있습니다."

구타나 성추행 등을 당했는지 묻는다. 그런 건 아니다. 이 말에 유독 안심하는 표정이 보인다. 사람들은 항상 이런 데만 관심 가진다. 차라리 내가 심한 일을 당한 피해자였으면 좋겠다. 그러면 누군가를 법적으로 벌줄 수 있을 테니까. 그동안 내가 부대에서 받은 폭언과 욕설 같은 건 아무리 피해를 호소해도 아무도 시원한 결과를 내려주지 않았다. 상급 부대 마음의 편지를 쓰러 가던 날 아침 '부대에서 해결 가능한 문제는 거기다 쓰지 말고 보고체계를 지켜 부대 내에다 쓰라' 해서 그렇게 했건만, 내가 지목한 사람들은 스마일 배지라는 조치만 받고 끝났다. 내가 멍청했다. 내가 그때 상급 부대에 찔렀다면 우리 대대장님, 포대장님을 조지면서까지 그쪽에서 확실히 일 처리 해줬을지도 모른다.

원칙은 지키라고 있다. 하지만 지켜지지 않는 원칙도 있다. 병영생활 행동강령 중 '폭언, 욕설, 인격모독 등 일체의 언어폭력을 금지한다'라는 조항이 있다. 그런데 우리는 욕을 하며 산다. 간부님들에게도 욕은 일상 언어다. 가족 얘기를 입에 담지 않고서야 우리 부대에서 언어폭력으로 인정받기는 어려워 보인다. 하지만 난 꼭 가족 들먹이는 욕을 들어야만 상처받는 게 아니다. 상급 부대는 뭐가 다를까. 내가 들었던 욕도 언어폭력으로 인정해 줄까. 그때 확실히 무너뜨리지 못했던 민 상병을 어떻게 할 방법이 없을까. 역시 난 판을 키우지 못할 사람 같다. 내가 어떻게 감히. 그 무시무시했던 공 상병도 휴가 제한 3일 받고 끝났다. 민 상병이 영창에 갈 리가 없다. 결국엔 화해를 권고하지 않을까. 어쩌면 참고 넘어갈 수 있는 문제가 아니었을까. 게다가 민 상병을 찌르면 내가 찔렀다는 사실은 공공연히 드러나고 말 거다. 징계위원회 속기록을 작성할 때도 서기로서 그와 마주쳐야 할 거다. 입을 앙다물고 날 노려보는 그 눈빛. 너무 무섭다.

할 수만 있다면 그를 다른 부대로 보내고 싶다. 브라보, 차리, 본부도 아닌 대대 바깥으로 말이다. 하지만 지금 민 상병은 취사병 임무를 수행

하고 있다. 그가 사라지면 우리 부대에서 취사를 할 수 있는 사람은 단 한 명 남고 만다. 일을 떠안을 다른 취사병도 날 가만두지 않을 거다. 또 징계로 전출을 가는 병사에게 동반 입대자가 있으면 동반 입대자까지 같이 떠나야 한다. 민 상병의 동반 입대자는 현재 우리 부대 포수 중 가장 에이스다. 그가 사라지면 그가 해야 했을 포수 일들은 고스란히 간부님들의 책임으로 돌아갈 거다. 그러면 간부님들도 날 가만두지 않는다. 얼마 안 가 간부님들은 평소처럼 자기 일을 병사들에게 짬 때릴 거다. 병사들은 화가 난다. 난 더욱 위험해진다. 민 상병과 떨어지기가 이리도 어렵다. 내가 나갈 수 있다면 그러고 싶다. 학교 폭력 피해자를 다른 학교로 전학 보냈다는 뉴스에 '왜 피해자가 떠나야 하냐'며 정의롭게 따지는 사람들이 바깥에 있었다. 근데 그 피해자 입장에선 남는 게 더 지옥일 수도 있다.

상담관은 환청을 듣는지 또 묻는다. 이 사람들은 상담 결과를 공유 안 하나? 다들 기계처럼 질문하고 기계처럼 받아 적기만 한다. 내가 만약 자살하더라도 부대에서는 핑계 댈 여지가 생긴다. 평소 검사 결과지를 바탕으로 충분한 상담 조치를 했다고 말이다. 내가 이들에게 빠져나갈 구멍을 만들어 주고 있는 건 아닌가. 포대장님에게 그랬던 것처럼 난 환청을 듣는 게 아니라 사람들이 내 욕하는 소리를 들은 거라고 답한다. 그러자 상담관은 역시 안심하는 표정을 짓는다. 지켜보는 나는 얼굴에 토하고 싶은 심정이다.

결국 상담 시간이 끝날 때쯤 사람들과 잘 못 지내는 건 내 문제라는 결론이 난다. 상담을 하면 나 자신이 어떤 사람인지 더 잘 알 수 있을 것 같았다. 하지만 난 왠지 우울해지기만 한다. 얼마 전까지만 해도 우울한 상태가 아니었는데. 최근에 왜 우울했는지를 묻길래 솔직히 답했더니 다시 우울한 기억의 늪에 빠지고 말았다. 상담관님은 자리를 뜨며 "그래도 자살은 절대, 절대 하면 안 되는 것"이라고 말한다. 만약에라도 자살 생각이 든다면 꼭 자기나 간부님들에게 연락하라며 전화번호를 알려 준다. 다음에 또 상담이 있을 예정이다. 이 사람은 상담 끝에 날 당장 자살 안 할 것 같은 사람으로 분류했나 보다. 온화한 그의 표정을 보니 이런 생각이 든다. 내가 자살을 하면 이 사람 실적에 문제가 가겠지? 간부님들 실적에도 문제가 가겠지? 이 사람들은 날 살리려는 게 아니다. 본인들 살리려는 거다. 나라는 사람을 걱정하는 마음이 조금이라도 있긴 한 걸까. 내가 자살하고 싶은 이유가 간부님들 때문이라면 뭐라고 할까.

'간부님들이 너무 싫어서 자살하고 싶습니다.'

그리고 내가 자살하고 싶은 이유가 사람들과 잘 안 맞아서라면? 아마 이런 대답이 돌아올 거다.

'그게 무엇 때문이겠니?'

그리고 난 이렇게 답할 거다.

'죄송합니다. 제 성격이 예민해서 그런 것 같습니다.'

간부님들은 민 상병을 멀리 보내 달라는 부탁을 들어줄까. 모르겠다. 여태까지 자살 안 하고 잘 살아 있는 날 보며 그건 좀 과하지 않냐고 묵살할 것 같다.

저녁에 포대장님이 나를 부른다. 오늘 전입해 온 신병을 소개하신다. 내 부사수가 될 거라고 한다. 오 이병은 어벙하게 입을 벌리며 "에?" 하고 날 슥 본다. 미치겠다. 머리부터 발끝까지 저 사람은 스스로를 오타쿠라 말하고 있다. 하지만 편견 없이 대해야 한다. 그런데 웬 부사수? 난 전역하기까지 400일이 남았다. 부사수는 보통 전역 두 달 전 인수인계 기간에 주어진다. 포대장님은 본인이 인사과장 출신이어서 내가 맡은 업무들을 중요하게 생각한다고 하신다. 사람을 한 명 늘려 더 많은 일을 시킬 예정이라고. 갑작스럽다. 새 부사수는 하나포 때 받은 맞후임보다도 상태가 안 좋아 보인다. 얘가 바깥에서 무슨 애플리케이션을 만들었고, 지금 플레이스토어에 검색하면 나온다며 띄워 주신다. 오 이병이 작게 말한다.

"그렇게까지 특별한 건 아닌데."

막사를 나와 오 이병에게 부대 소개를 해 준다. 솔직히 이렇게 부사수를 받아 당혹스럽다고 털어놓는다. 하지만 앞으로 전역할 때까지 말을 제일 많이 하고 일도 같이해야 하는 사이니 잘 해봤으면 좋겠다고 말한다. 오 이병이 "예" 하고 내 눈치를 보며 대답한다.

어쩌면, 어쩌면 나와 잘 맞는 사람일 수도 있지 않을까. 그가 어떤 사람인지 들어보고 싶다. 먼저 내 소개를 한다. 나는 영화를 좋아한다. 군대에서 장편 영화 시나리오를 한 편 써 나가는 게 꿈이다. 또 화 제대로 잘 내는 법을 깨우치고 싶다. 그러면서 너는 군 생활의 목표가 뭐냐고 묻는다. "어…" 하더니 한참을 생각한다.

"괜찮아. 그냥 말해 봐."

또 어 하면서 말을 안 한다.

"평소에 생각 안 해봤어?"

"예. 음… 안 다치고 나가기?"

응급처치 경연대회

이번 훈련 시즌이 시작되기 전부터 대대에서는 응급처치 경연대회를 계획했다. '대회'가 붙는 행사에서는 잘만 하면 휴가를 딸 수 있다. 분과별로 한 명씩 참가자를 선별했다. 다행히도 우리 분과에 나 말고 나가고 싶어 하는 사람은 없었다. 난 첫 휴가를 다녀온 뒤로 휴가 하루하루가 소중하단 걸 몸소 깨달았기 때문에 적극적으로 임했다. 아마 휴가 하루를 줄 거다. 우리 포대 내에서뿐 아니라 대대 전체에서 1등을 해야 한다. 일단 내가 알기로 나보다 학력이 좋은 사람은 없다. 여지껏 살면서 제일 잘했던 특기인 공부로 승부를 볼 기회다. 그동안 포수들 사이에서 인정받지 못했던 설움을 꼭 풀고 싶었다. 훈련과 업무로 바쁜 와중에도 밤마다 연등을 해 가며 응급처치 공부를 했다.

대대 응급처치 경연대회 결과 나는 3등이었다. 2등도 아니고 3등. 휴가는커녕 마일리지라도 받을 수 있을지 의문이었다. 그동안 개인정비 써 가면서도 공부하고 불침번 때도 달달 외웠는데. 이대로 끝나버리고 말았다. 상급 부대 응급처치 경연대회의 꿈도 물거품이 되어 버렸다. 그런데 며칠 뒤 3등까지는 휴가를 주겠다고 발표가 내려왔다. 1등 포상은 휴가 이틀로 바뀌었다. 군이 왜 2등이 아니라 3등까지 휴가를 주기로 말을 바꾼 걸까. 나 때문은 아닐까 싶었다. 실기 시험장에서 유난히 목소리가 컸던 나를 기억해 줬을 거라고 생각했다.

행정반에서 일을 보는데 간부님이 오셔서 날 찾았다. 응급처치 경연대회 면접을 보러 가야 한다니. 그걸 내가 왜? 대대 의무대로 가 군의관님 앞에서 면접을 보았다. 원래 상급 부대 응급처치 경연대회에는 군의관과 병사 한 명이 조를 이루어 참가할 예정이었다. 그런데 공지가 바뀌었다. 병사 5명과 군의관 한 명이 한 조다. 병사 중엔 의무병이 2명 포함되어 있다. 2등을 한 나의 훈련소 동기 132번도 있을 거다. 군의관님이 유독 이 사실을 강조했다. 아무래도 그와 같이 있으면 안정도 되지 않겠냐며 물으셨다. 이미 날 내정한 듯 보였다.

연습을 위해 주말마다 의무대 휴게실에 올라가야 했다. 그러나 혼자 갈 수는 없었다. 전우조 없이는 포대 바깥으로 못 다니기 때문이다. 하지만 황금 같은 주말에 군이 나 포상 따는 거 도와주려고 전우조로 나설 사람은 아무도 없었다. 그래서 부대에 상주하는 본부포대 의무병과 다녔다. 그러면서 의무병들의 생태에 관심을 두게 되었다.

부대에 한 명씩 의무병이 파견 와 같이 생활한다. 명목은 '의무(醫務) 대기'지만 누군가 부상을 당한다 해도 큰 도움이 되지는 않는다. 손가락 베일 때도, 발가락 찍힐 때도 의무병은 있었지만 직접 조치는 안 해줬다. 화가 나는 건 일과 시간에 항상 3 생활관 침상에 누워 책을 읽는 모습 때문이다. 일과 시간에 책이라니. 휴가, 외박, 외출 업무 때문에 사람 찾으러 부대를 쏘다니다 책 보는 의무병과 마주칠 때면 기분을 잡쳤다. 난 아침, 점심 먹고 생기는 자투리 시간에 짬 내서 책 읽으니까 말이다.

가끔 쓰레기 차가 와서 전 병력이 출동해 쓰레기를 싣고 분리수거장을 청소해야 한다. 그때도 의무병은 생활관에 있었다. 짬 좀 찬 파견 의무병은 청소 시간이면 항상 어디론가 사라져서 볼 수가 없었다. 나보다 한 달 늦은 군번인 다른 의무병은 초기에는 눈치가 보였는지 "주세요, 주세요." 하며 빗자루를 받아 청소를 돕곤 했다. 근데 이제는 그마저도 하지 않고 은근슬쩍 넘어간다. 원래 타 포대 병사들과는 선후임 관계가 성립하지 않는다. 호칭도 "전우님"이다. 그래서 그를 굳이 터치하려 드는 사람도 없는 것 같다. 아침 점호나 일과 집합 시에도 모이지 않고 그냥 가만히 생활관에서 쉰다. 내가 보기엔 이 사람 불침번이라도 서야 한다 싶었다. 잦은 훈련과 포반장 교육대 파견 인원 발생, 출타 인원 과다로 야간 근무를 설 사람이 하도 없는 지경에 이르자 인내심이 한계에 달했기 때문이다. 보급관님께 건의했다. 그래서 의무병도 근무를 서기 시작했다. 난 뿌듯했다. 꿀 빨러 한 명이 꿀을 빨지 못하게 했으니까.

그러나 며칠 못가 포대장님이 날 불렀다. 혹시 의무병이 근무를 서고 있냐고 물었다.

"예 그렇습니다."

군의관님이 의무병 근무를 세우지 말아달라 하셨다 했다. 군의관님 파워가 이렇게 셌나? 명령이니 결국 다시 의무병 노는 꼴을 눈 뜨고 볼 수밖에 없게 됐다.

대회 준비를 하며 이런 생각을 했다. 나도 의무병이 될 수 있을까. 의무병들은 의무병 주특기로 입대하거나 훈련소에서 의무병 주특기를 받고 후반기 교육대를 거쳐서 온다. 그런데 간혹 이미 보직이 있는 병사를 의무병으로 전환하는 경우가 있다. 우리 부대에 파견 왔던 한 사람도 원래 포수였다 의무병으로 보직 변경을 한 케이스다. 그가 곧 전역한다. 군의관님은 그 자리에 들어올 의무병을 찾고 있다. 이번에 우수한 성적을 거두면 나도 꿀빨러가 될 수 있을지 모른다. 포수일 때는 그린캠프 분대장이 되기를 바랐다. 포수 생활보다 더 유익한 세상 경험을 할 수 있을 것 같아서였다. 근데 지나고 나니 솔직한 이유가 보이기 시작했다. 그저 좀 더 편한 자리를 찾고 싶었던 것 같다. 어찌어찌해 작전서기로 왔다. 확실히 편해졌다. 그러나 꿀은 빨면 빨수록 더 높은 당도를 원하게 되는 법이다.

난 이기적이다. 행정병 단 지 얼마 되지도 않아 더 좋은 자리로 가겠다는 심보가 썩 좋지 못하다는 걸 나도 알았다. 그래서 고민만 할 뿐이었다. 또 한 선임에게 갈갈이를 주던 공 상병의 말이 마음에 걸렸다.

"보직 세 번 바꿨으면 폐급인 거 알고 짜져 있어라."

보직을 여러 번 바꾼 사람이 부적응자가 아니라고는 할 수 없다. 포수에서 행정병, 행정병에서 의무병. 보직 이동을 두 번 했다는 사실을 난 바깥사람들에게 떳떳이 말할 수 없다. 분명 날 안 좋게 볼 거다. 힘들게 군생활 했지만 어찌 됐든 사람들은 내 노력보다는 약점을 볼 것이다. 부대 안에 있는 사람들은 말할 것도 없다. 그리고 날 믿고 행정병으로 보직을 바꿔 준 포대 간부님들에게도 실례라고 생각했다. 오 이병 혼자 작전서기를 맡든, 전임자가 포수에서 다시 작전서기로 돌아오든 할 거다. 전임자에게도 미안한 생각이 들었다. 제일 힘든 훈련 때만 포수로 고생시키고 편해야 할 말년에 다시 행정병을 시키게 되니 말이다.

근데 난 왜 이렇게까지 남들 입장을 생각해 주나. 사실 내 입장이 제일 중요한 건데. 내가 남들 생각해서 부대에 남아준다고 한들 고마워할 사람 아무도 없다. 어디서 생겼는지는 몰라도 내겐 책임 의식이란 게 있다. 부대 사람들도 마찬가지다. 작업이나 훈련을 씨발씨발 거리며 싫어해도 막상 할 때 보면 어찌나 완벽하게 하려고 애쓰는지. 훈련소에서부터 교육받은 '군인정신'에 우리도 모르는 사이 세뇌당해 버렸다.

사단 응급처치 경연대회는 순탄하게 흘러갔다. 사단 내에서 응시한 부대가 전투 부대 둘, 의무 부대 하나뿐이었다. 의무 부대가 우리다. 그래서 출발하기도 전에 우승 확정 소식을 들었다. 못해도 휴가는 딴다는 기쁜 마음으로 시험장으로 향했다.

단체 시험은 야외 주차장 한쪽에서 진행됐다. 평가관이 즉석에서 환자 역할을 할 사람, 상처 부위, 일으켜 세우는 방법, 간이침대 종류까지 빠르게 읊었다. 자리 잡고 눈치껏 팔을 뻗어 환자를 들었다. 그런데 아차 싶었다. 분명 평가관이 지정한 상처 부위가 왼쪽 팔인데 여태 내가 쭉 환자 왼팔 자리에 있었던 거다. 내가 왼팔을 만지진 않았나? 분명 만졌을 텐데. 평가관을 쳐다봐도 지나간 실수는 만회할 길이 없었다. 정신없이 다음 스텝으로 넘어갔다. 배운 대로 운전석으로 가 사이렌을 켰다. 제자리로 오는 길에 또 아차 싶었다. 사이렌 경광등도 켜야 하는데 소리만 켰기 때문이다.

"다들 수준이 좀 많이 모자라다는 건 느끼셨으리라 생각합니다. 만약 다음 대회에 가시면 준비를 좀 더 철저히 하셔야 할 것 같습니다."

결국 결과는 합격이었다. 이렇게 봐 놓고도 통과했다니. 내가 실력으로 기여한 부분은 일절 없었다. 오히려 감점 사유만 제공했다.

며칠 뒤 군의관님이 충격적인 사실을 들려주셨다. 원래 사단 대회 이후엔 군단 대회가 있고 군단 대회 이후엔 전군 대회가 있다. 근데 군단 대회가 취소됐다. 우리 말고 지원한 부대가 없기 때문이었다. 그래서 우린 자동으로 군단 1등까지 차지했다. 바로 전군 응급처치 경연대회를 준비하게 생겨버렸다. 하지만 대회까진 2주도 안 남았다.

우리가 남은 2주도 안 되는 시간 동안 밥만 먹고 공부만 한다면 모를까

이래서는 1등을 할 수 없다. 지난 사단 대회에서 다들 우리의 초라한 실력을 통감했다. 사기가 꺾였다. 이후 틈틈이 모여 연습을 했지만 새롭게 외울 것들에 비해 남은 시간은 너무 빠듯했다. 진도가 잘 안 나가자 군의관님은 아예 대회 직전 금, 토, 일 3일간 의무대 환자 휴게실에서 합숙 훈련을 하자고 제안하셨다.

근데 짐을 싸서 올라오니 의무대에 군의관님이 안 계신다. 오전 반차를 쓰셨다고 한다. 바로 토요일, 일요일엔 출근을 안 하실 텐데. 오후에는 오시는지 물어봐도 의무병들은 모른다. 당장 지시가 필요한데. 전화해 보는 게 어떠냐는 물음에 군의관님이 평소 휴가 중 전화 받는 걸 극도로 싫어하신다는 대답이 돌아왔다. 심지어 한 사람은 토요일, 일요일에 외박을 잡아 놨다. 친구들이 오는 외박이라 무를 수도 없다나. 본부 분위기는 포수 시절의 긴장감과는 거리가 멀어도 한참 멀다고 느꼈다. 한 명이라도 필기 점수가 안 나오면 합산 점수가 깎이기 때문에 좋은 결과는 기대할 수가 없게 돼 버렸다.

우린 환자 휴게실에 누워서 TV만 본다. 너무 좋다. 대회 같이 나가는 사람들이 좋아서일까, 부대 사람들로부터 해방돼서 좋은 걸까. 여긴 근무에 오류가 있다고 날 찾으러 올 사람이 없다. 내가 근무를 설 필요도 없다. 여기서 자면 점호조차 안 받는다고 한다. 20시 30분에 청소 깔짝 하고, TV만 보다가 취침 시간 22시가 되어 버린다. 평소엔 21시 10분에 1 생활관에 모여 할 말도 없는 분과별 간담회를 하고 저녁점호를 받아야 했다. 근데 여기선 '나혼자산다'를 쉬지 않고 쭉 본다. 군대에서 간만에 행복이란 감정을 느껴 본다. 분명 우리 부대에도 TV는 있는데. 그간 이렇게 TV를 편하게 본 적이 없다. 어느새 스르르 잠들어, 켜져 있는 TV와 함께 아침을 맞는다. 이게 의무병들의 삶이다. 미친 듯이 평화롭다. 아침 점호도 스킵하고 아침밥까지 거른다.

금방 출발할 날이 되어 민간 고속버스에 오른다. 영외 파견으로 취급되어 우린 대대장님으로부터 휴대폰 불출을 허가받았다. 맙소사. 가는 내내 휴대폰으로 음악을 듣는다. 요즘 방영 중인 쇼미더머니, 그리고 걸그룹 노래를 마음껏 들을 수 있다. 싸지방 컴퓨터는 유튜브 접속도 잘 안 되고 이어폰 연결 단자 상태도 좋지 않았다. 그런데 지금은 각도 맞춰 이어폰 줄 잡아당길 필요가 없다. 아주 편안하게 음악의 섬세한 단위에 집중한다.

국군의무학교에 도착해 대회 기간 머물 건물에 들어간다. 감동에 휩싸인다. 우리 부대엔 이런 벽면과 이런 계단이 없었다. 알파 행정반 벽은 노랗고 손으로 직접 바른 듯 울룩불룩하다. 계단은 시멘트로만 만들었는데 높이가 제각각이고 평평하지도 않아 물청소하면 구정물이 고인다. 하지만 여기 계단을 보니 중학생 때 밟았던 학교 계단이 생각난다. 만질만질 매끈매끈 평평하고, 알록달록한 반점들이 박힌 디자인이다. 튀어나온 부분마다 미끄러지지 말라고 노란 쇠로 마감 처리까지 해 놓았다. 벽은 하얗고 깔끔하다. 음료수 자판기도 있다…. 커피 자판기에는 메뉴가 다양하다. 입대 전에 「진짜사나이」에서 본 바나나라떼라는 메뉴도 있다. 바나나라떼라니…. 쓰레기통마저도 눈물나게 한다. 쓰레기통이, 분리수거용 틀에 담겨 있다. 손으로 만든 것도 아니고 플라스틱으로 뽑아낸 깔끔한 공산품이다. 일반 쓰레기는 이곳에, 재활용 쓰레기는 이곳에 버리라고 친절하게 그림까지 그려져 있다. 생활관 문은 멀쩡하다. 우리 부대는 문손잡이가 고장 나 몇 번을 고치고 테이프도 감아 쓰다 아예 맛이 가버려 손잡이를 떼고 쓴 지 오래다. 또 내부를 엿보는 구멍에는 멀쩡한 유리가 대어 있다. 우리 부대는 누가 깨버린 지 오래라 디지털 무늬 천을 대고 타카를 박아 쓴다.

아직 놀랄 게 남았다. 관물대가 깨끗하다! 우리 부대는 관물대 칠이 벗겨져 녹이 드러나도 거기 또 페인트를 칠해 쓴다. 반면 여기는 표면이 매끈매끈하다. 서랍을 열자 오 마이갓, 깔끔하게 열린다. 우리 부대 관물대 중에는 서랍이 멀쩡한 게 없다. 모든 서랍이 누군가의 힘에 의해 뒤틀려, 힘을 줘야 "끽 끼긱" 소리를 내며 열린다. 하지만 여기는 손잡이를 조금만 당겨도 윤활유가 칠해진 바퀴와 레일이 서랍을 부드럽게 밀어준다. 심지어 안에는 거울까지 달려 있다. 화장실에는 소변기와 대변기가 엄청 많다. 깨끗함이야 말할 것도 없다. 샤워장은 무려 화장실과 분리되어 있다. 심지어 샤워실과 옷 갈아입는 공간이 별개다. 화장실에서 샤워하러 가기까지 문을 두 번이나 열어야 한다니 말도 안 돼. 화룡점정으로 물줄기를 위에서 수직으로 쏘는 샤워기와 호스형 샤워기가 한 자리에 붙어 있다. 그동안 난 대체 어떤 곳에서 살아온 걸까.

입소식을 마치고 교육장에서 간단한 오리엔테이션을 받는다. 너무 깔끔해 이제는 여기가 군대라는 생각도 안 든다. 빔프로젝터와 아늑한 영화관 의자. 여기 건물이 대체 몇 층까지 있는 거야. PX에 가 요깃거리를 사서 생활관으로 복귀한다. 내 짬에선 못 먹는 컵라면을 실컷 먹을 수 있다. 여기도 TV가 있다. 하지만 그런 거 볼 여유가 없다. 휴대폰을 해야 한다. 밤이 돼도 휴대폰을 반납하지 않는다. 일과 때만 휴대폰을 관물대에 두고 다니면 된다. 비상 연락망으로 휴대폰을 지급했다지만 사실상 무의미하다. 여기 도착한 이후 따로 보고할 특이사항이란 게 없다. 혹여 특이사항이 발생하더라도 뭐 어쩔까. 부대에서 그 특이사항을 해결해 주지도 않을 텐데. 갑자기 몸이 아프거나 다치더라도 여기 사람들이 알아서 잘 치료해 줄 거다. 혹시라도 내가 그 사실을 보고한다면? 분과 마일리지나 깎을 사람들이다.

내가 그리 뛰어난 사람이 아니었구나

응급처치 경연대회 건으로 휴가를 며칠이나 받을지 아직은 불확실하다. 대대 응급처치 경연대회 개인 3등으로는 하루 받았고, 사단 대회로는 아직 받지 못했다. 군단 대회는 건너뛰었으니 감히 휴가를 요구할 입장이 아니다. 휴가 책정은 대대장님 권한이다. 전군 대회에서는 결국 입상하지 못했다. 최우수상과 우수상 부대만 발표해서 다행이다. 자대에 8, 9등 했다는 소식을 전하지 않아도 되니 말이다.

부대에서 프린트지 한 장씩을 받았다. 거기 적힌 훈련 절차와 수칙을 오전 내내 달달 외운 뒤 골든벨을 본다고 한다. 이등병, 일병, 상병, 병장으로 계급별로 나눠 계급별 1등에겐 휴가 하루, 2등은 외박, 3등은 외출, 그 아래로 마일리지를 수여한다. 현재 부대 인원 중 나와 같은 일병이 절반 이상이다. 열심히 앞글자 하나씩을 조합해 외우고, 손가락으로 정답을 가린 채 머릿속으로 답을 외워 가며 공부한다. 하지만 나는 10위권 바깥에서 탈락하고 만다. 패자부활전도 없다. 탈락자는 1 생활관 저 끝으로 가 골든벨이 끝날 때까지 기다려야 한다.

"와! 조은일이 탈락했어?"

사람들이 의아해한다. 허무하다. 2등 정도는 할 수 있을 거라 생각했다. 사람들이 생각보다 잘한다. 일병 1등은 최 일병이 거머쥔다. 포수 시절 최 일병에 경쟁심을 느끼곤 했다. 이제는 이렇게 차이가 나버린다니. 그와 암기 실력을 겨룰 수 없다. 난 대학 들어가기 전까지는 공부를 잘했다. 들어가고 나서는 못하는 편이었다. D0라는 해괴한 점수도 받아 보고, 나름 열심히 공부를 했다고 생각했을 때도 평균 학점은 2점대에 불과했다. 그래서 자신감이 바닥을 치고 있었다. 그걸 여기 좀 모자란 사람들 사이에서 회복해보나 싶었다. 그러나 뜻대로 되지 않는다. 물론 준비할 여유가 부족했던 건 사실이다. 근데 언제까지 그런 핑계만 대며 살 건가. 사실은 내가 공부를 잘하는 게 아니었던 게 아닐까. 높은 수능 점수를 받았던 것도 그냥 공부하기 좋은 환경에서 태어났기 때문이다. 이곳 사람들에게 밑천이 드러나기까지는 시간문제다. 솔직히 진심으로 했다. 업무 보느라 바빴다고 핑계 대기엔 나 스스로가 부족한 게 문제였단 걸 여실히 안다.

응급처치 경연대회 포상휴가 결과가 나왔다. 4일이다. 한 것도 없는데 4일이라니. 포수 출신 의무병 한 명이 곧 전역한다. 군의관님은 새 의무병을 뽑을 예정이다. 말만 하면 나를 고려해줄 수 있을지 모른다. 하지만 자신이 없다. 전군 대회 야외시험을 떠올리니 하염없이 부끄러워진다.

"살려야 한다! 살려야 한다!"

넓은 숲속에 마련된 야외 교장. 참가자 중 네 사람이 들것을 운반해야 했다. 이번에는 우리 중 한 명이 아니라 따로 마련된 80kg짜리 모형이 환

자 역할을 했다. 너무 무거웠다. 장애물 코스를 달리니 숨이 무진장 가빠
왔다. 그냥 들고 뛰는 것도 어려운데 꼭 박자에 맞춰 구호를 외쳐야 했다.
포기하고 싶은 심정이었다. 외나무다리 코스에서 발이 자꾸 옆으로 빠
졌다.

"살려야 한다! 살려야 한다! 살려야 한다! 어 뭐야."

내 쪽이 무너지니 반대쪽도 무너질 수밖에 없었다. 감독관이 보고 있
었다. 우린 대형을 무너뜨리면서 얼렁뚱땅 코스를 건너뛰었다. 사람들이
덩치 믿고 시킨 건데 그걸 못 해내다니.

"살려야 한다! 살려야 한다! 살려야 한다! 살려야 한다!"

이어서 높은 담 넘기를 실시했다. 도저히 넘을 수가 없었다. 양팔로 지
지하고 쭈욱 힘을 줘 점프하면 올라갈 줄 알았는데 아무리 해도 힘이 나질
않았다. 다른 사람들은 다 넘어갔다. 나만 못 올라가고 있었다. 결국 군의
관님이 돌아와 내 엉덩이를 밀어주었다. 꾸역꾸역 살찐 하체를 담 위에 얹
는데 내 몸을 어디 던져버리고 싶었다.

시험이 끝나고 터덜터덜 식당으로 걸어가며 다들 각자의 실수와 잘못
에 관해 이야기했다. 모두 지치고 마음대로 안 풀려서 짜증이 가득 난 상
태였다. 내 잘못을 지적하는 사람은 없었다. 하지만 다들 내 이야기를 하
고 싶어 한다는 걸 느꼈다. 기껏 부대 대표 중 하나라고 뽑혀서 왔는데 기
여한 것도 없이 오히려 피해만 끼쳤다. 휴대폰만 했다. 의무병 한 명이 날
가리키며 아까 무슨 줄 같은 게 달랑달랑거리던데 뭐냐고 따졌다. 주머니
를 뒤지니 이어폰이 사라졌다는 걸 알았다.

'아… 이어폰….'

이어폰이 없으면 파견 간 음악을 듣지 못한다. 그러면 안 된다.

"아 죄송한데. 아까 이어폰 떨군 것 같습니다."

찾으러 가려 하자 그게 비싼 거냐 물었다. 안 비싼 거다. 김 일병이 출타 나갔다 복귀하는 길에 사다 준 거다. 하지만 안 비싼 거라고 하면 찾지 못하게 둘 것 같았다. 얼버무리니까 군의관님이 어떤 색이냐 물으셨다.

"검은색입니다."

그는 지나가는 조교들을 붙잡고 잃어버린 이어폰에 관해 설명했다. 점심시간이 넉넉하니 직접 가서 찾고 싶었다. 더는 다른 사람들에게 피해 끼치고 싶지 않았기 때문이다. 조교들은 이따 찾아 주겠다며 가던 길로 갔다. 군의관님은 걱정 말라고 하셨다. 하지만 난 그 사람들이 이어폰을 찾아주지 않을 거라는 걸 직감했다. 혼자서 갈 수는 없었다. 전우조 없이 움직여서는 안 되기 때문이다. 오후 시험까지 다 마쳐야 직접 찾으러 갈 기회가 주어질 것 같았다. 바로 가지 않으면 더 찾기 어려워진다. 사람들이 밟고 지나가느라 낙엽 더미에 가려질 테니 말이다. 담을 넘던 바로 거기였을 거다. 거기서 다음 코스까지 훑는다 치면 구역은 그리 넓지 않다. 분명 그곳에 떨어져 있다.

점심 먹고 생활관에서 대기하는데 이어폰 생각만 났다.

'내 이어폰, 내 이어폰….'

김 일병이 만 원도 안 되는 돈으로 사다 준 이어폰. 성능이 뛰어나지도 않았다. 이어폰이야 자대에 하나 더 있다. 하지만 이어폰이 필요한 건 바로 지금이다. 조교들은 상급자에게 분실물 얘기를 전하지 않았을 거다. 찾았으면 방송으로 알려줬겠지?

이어폰에 대한 집착은 분노로 번져갔다. 지금 생각해 봐도 왜 그런 감정까지 들었는지 잘 이해가 안 간다. 무능력한 나에 대한 실망감을 어디 다른 데다 해소하고 싶어 무능한 군대식 일 처리에 화를 낸 것 같다. 오후 시험이 끝나고 군의관님께 한 번 더 말을 꺼냈다. 나는 그 이어폰이 여자 친구에게 선물 받은 소중한 물건인 것처럼 굴었다. 사실 당장 PX에서 새 것을 사도 됐다. 하지만 그러고 싶지 않았다. 내 이어폰은 걸어서 5분도 안 걸리는 그곳에 분명 있으니까.

"그냥 제가 따로 가서 찾아도 되겠습니까?"

해가 질 때까지 기다리고만 있을 수는 없었다. 고민하더니 군의관님은 좀 높은 사람에게 전화를 걸어 이어폰 분실 사실을 전했다. 하지만 여전히 못 미더웠다. 나와 눈이 마주친 군의관님은 아까 낮부터 기다렸다는 사실을 덧붙이셨다. 그러자 전화기 건너편 사람은 더 높은 사람을 바꿔 주었다. 문제가 커지는 느낌이었다. 동시에 이어폰을 찾는 문제로부터 점점 멀어지고 있음을 직감했다.

저녁을 먹고 군의관님으로부터 전화가 왔다. 사람들이 이어폰을 못 찾겠다고, 지금 빨리 전우조 맞춰서 훈련장으로 오라는 것이었다. 132번에게 전우조를 부탁해 훈련장으로 갔다. 가 보니 나이 든 간부들 셋이서 바닥을 뒤지고 있었다.

"아. 충성!"

내가 무슨 짓을 한 거지? 계급장을 보니 소령 마크가 찍혀 있었다. 우리 부대로 치면 작전과장님 정도 되는 사람들 셋이서 이어폰 하나 찾겠다고 이러고 있는 것이었다. 직전에 지나온 흡연장의 수많은 조교 무리가 바로 여기 투입된 게 아니었을까 하는 생각이 들었다. 너무 죄송했다. 이럴 거면 제발 날 시켰으면 좋았을 텐데. 마치 어떤 폐급이 잃어버린 탄피 하나를 찾는 기분이었을 거다. 이어폰이 뭐라고.

전입한 이후 처음으로 부대가 국기 게양식을 실시한다. 전부 단독군장에 총기까지 휴대하고 대대 연병장까지 걸어 올라간다. 반면 상을 받을 나는 편하게 베레모만 착용하고 걸음을 옮긴다. 오와 열을 맞춘 대대 전 병사와 간부들을 뒤로한 채 경연대회 멤버들과 단상에 오른다.

"대대장님께 대하여 경례! 충! 성!"

대대장님이 지나가며 한 명씩 악수한다.

"일병 조! 은! 일!"

상장을 받아든다.

"감사합니다!"

나는 한 게 없다.

조모상으로 인한 청원 휴가

불침번 말번 근무 중 행정반 TV로 「나르코」라는 시답잖은 프랑스 코미디 영화를 보는데 민선 전화기가 울린다. 이 꼭두새벽에? 번호가 떠서 보니 우리 아빠 전화번호다.

"통신보안 충성 제 ○○○○부대 일병 조은일입니다 무엇을 도와드릴까요?"

아버지 목소리를 내는 사람은 어떻게 네가 받는 거냐 물으신다.

"아, 예. 불침번 서고 있었어요."

간밤에 할머니가 돌아가셨다고 한다. 그동안 내가 군 복무 중이라 걱정할까 봐 잘 얘기는 안 했는데 그동안 몇 번 쓰러지신 적이 있다고 밝히신다. 그래서 입, 퇴원을 반복하셨다. 이번에 집에서 쓰러지신 걸 사촌 누나가 발견해 병원으로 급히 이송되었지만 끝내 돌아가셨다. 이래서 휴가 때마다 항상 할머니를 보게끔 하신 거구나. 마지막일 수 있겠다는 생각을 전혀 못 했다. 아버지는 차분한 말투다. 이미 보급관님께는 전화를 하셨다. 오늘 청원 휴가를 출발해 바로 장례식장으로 오라고 하신다. 그동안 귀찮게 불려가 남의 청원휴가증을 만든 적은 많다. 근데 내 걸 직접 만드는 날이 오다니. 슬프기보다 넋이 나간다. 아버지 전화를 직접 받은 엄청난 우연에 어안이 벙벙하다. 자다 깬 당직사관 범 하사님이 보급관님으로부터 연락을 받았는지 짐을 싸라고 하신다. 그리고 휴가를 며칠 나갈지 결정해야 된다.

조부모 사망 시 지급되는 청원 휴가는 총 3일이다. 내가 없는 사이 내 일을 담당할 오 이병이 여전히 못 미덥다. 분명 본인이 직접 할 줄 몰라 남겨 놓는 일이 발생할 거다. 얘도 이제 작전서기를 맡은 지 2달이 넘었다. 못해도 되는 일이란 이제 없다. 없어야 한다.

아침 점호를 빠지는 대신 이른 아침 식사를 하러 간다. 같은 행정 분과 취사병 후임의 시선이 느껴진다. 소식을 들었는지 날 위로하려 한다. 중학생 때 외할아버지가 돌아가셔서 조퇴했던 반 친구 얼굴이 생각난다. 신나 하는 표정이었다. 당장 학교를 벗어난다는 기쁨이었을까. 아니면 너무 갑작스러운 소식에 당황했던 걸까. 먹는 둥 마는 둥 입에다 시커먼 계란찜을 몇 숟갈 떠 넣고 나온다. 따라 나온 취사병 후임이 내게 뭔가를 건넨다. 따로 뜨겁게 데워 놓은 캔커피다.

"잘 다녀오시기 바랍니다."

난 고맙다는 인사를 한다.

범 하사는 당직 퇴근하는 길에 본인 차로 날 터미널까지 데려다주시기
로 했다. 할머니와 친한 사이였는지를 묻는다.

"아 예. 그렇습니다. 어릴 때 돌봐주셔서."

그는 나를 위로하고 싶어도 딱히 할 말이 생각이 안 난다고 한다. 태어
났을 때부터 친가 쪽, 외가 쪽 조부모분들이 전부 안 계셔서 할머니가 있
다는 느낌을 모르신다. 나도 달리 드릴 말이 없다. 그렇게 무섭던 사람이
내게 인간적인 말 한마디를 건네다니. 범 하사의 어린 시절을 상상해 보기
는 처음이다.

추운 날씨 때문에 버스 창문에 작은 물방울들이 뿌옇게 맺혔다. 한쪽
팔을 창문틀에 걸치니 축축하게 젖는다. 이내 으슬으슬해진다. 장례식장
에 도착하니 오전 11시다. 아버지와 어머니가 계신다. 아버지는 바빠 보
인다. 어떤 걸 입어야 할지 여쭌다. 군복도 예에 맞는 복장이니 그대로 군
복을 입으라 하신다. 난 어머니를 돌본다. 친척분들이 하나둘 도착하신
다. 일어나 인사를 한다. 어색하다. 그리고 또 심심하다. 휴대폰을 본다.
부대 싸지방에서 접속하지 못 했던 사이트에 들어가 본다. 싸지방은 별의
별 사이트들을 다 막아놓는다. 그동안은 휴가 나오면 사람 만나기 바빴
다. 세상이, 돌아가고 있었구나.

아버지 어머니는 장례식장에서 주무신다. 나와 형만 집을 왔다 갔다
한다. 집에서는 잠만 잔다. 나머지 시간 전부 장례식장에서 보낸다. 우린
조의금 봉투 수납과 방명록, 신발 정리를 맡았다. 어머니와 아버지 지인분
들이 오시면 인사를 한다. 어머니 나이 또래 여자분들이 입을 열면 난 흠

칫흠칫 놀란다. 하도 어머니 말하는 것만 듣다 보니 거기 익숙해졌다. 저 정도 나이대의 여자분들이 어머니처럼 말을 못할 거라고 무의식중에 상 상했나 보다. 유창하고 빠른 말씨가 귀에 따닥따닥 꽂힌다. 옆을 보니 어 머니는 멀뚱멀뚱 허공만 보며 눈을 깜빡이고 계신다. 아무것도 이해하지 못하는 사람의 눈빛이다. "애, 너, 그때 그거 기억나?" 하고 툭툭 치면 그제 야 "으, 응." 하고 맥락을 이해하는 척하신다. 친구분들이 일어나며 나와 형에게 부탁한다. 어머니에게 딸같이 잘 좀 해 드려라. 형 어깨가 들썩여 서 보니, 웃는 게 아니라 우는 거였다. 형은 생각보다 가까이서 슬픔을 함 께하고 있었다.

발인을 하러 간다. 근데 아버지가 맡기신 서류를 깜빡했다. 형 가방에 넣어 뒀는데 갑자기 물으셔서 당황해 까먹어버렸다. 이거 하나만 잘하라 고 맡겼는데 그걸 못 하냐는 경멸과 눈빛을 마주한다. 이것도 제대로 못 한 내가 너무 한심하다.

화장장에 처음 와 본다. 위층으로 올라가 대기실에서 TV로 화장 장면 을 본다. 창밖으로 눈이 내린다. 부대 사람들 눈 쓸고 있겠지. 아크릴 벽 을 두고 바로 앞에 흩어진 유골을 보니 이제 깨닫는다. 우리가 지날 수 없 는 경계를 넘어와 버렸다. 아까 뵌 할머니가 여기 몇 시간 만에 뼛조각으 로 계신다. 그동안 할머니를 수없이 뵀는데 이런 모습은 처음이다. 가까 운 사람의 죽음 자체가 처음이다. 난 부대에서 자살하고 싶다고 난리를 치 고 있었다. 내가 죽었어도 이런 절차가 있었을 거다. 죽음이란 게 그리 간 단한 일이 아닌 것 같다. 나 혼자 죽는다고 끝나는 일이 아니다. 온 친척들 이 이렇게 또 모여야 할 거다. 슬픔도 한순간에 끝나는 게 아니다. 장례 절차 내내 슬퍼하고, 그 이후에도 쭉 슬퍼할 거다. 날 위해? 날 위해…. 내 목숨이 온전히 나의 것만은 아니었음을 실감한다.

청원 휴가는 지급되는 데 시간이 걸린다. 휴가를 나갔다 돌아와야 필요한 서류를 제출할 수 있기 때문이다. 그래서 나갈 때는 먼저 연가로 처리한다. 복귀하고 나서 대대 인사과에 관련 서류를 제출하면 그때 연가를 청원 휴가로 전환해 준다. 인사과 쪽에서 전화가 왔다. 내가 보낸 사망 진단서로는 처리가 안 된다고 말이다. 왜냐 물으니 사망하신 분과 나의 관계를 증명하는 서류가 없다고 한다. 맞는 말이다. 근데 그동안 청원 휴가 처리 대상자 전부 사망 진단서만으로 처리해 줬었다. 내가 한 일이니 안다. 수화기 너머 인사 계원과 같이 했다. 물어보니 원칙을 들먹이며 원래 가족관계 증명서가 필요하다고만 대답한다. 갑자기 왜 이러지. 일단 알겠다고 끊는다.

이번 청원 휴가 건에 추가 서류를 요구하는 게 마음에 안 든다. FM으로 일하겠다는 게 이해가 안 되지는 않는다. 하지만 그동안 대충 해왔다는 건 사실상 대충할 수도 있는 일이란 게 아닌가. 나도 행정계원이니 인사과에서 어떤 식으로 일 처리를 하는지 대강 안다. 휴가 종류 수정도 결국엔 사람이 하는 일이다. 지폐를 제대로 안 펴서 넣으면 뱉어내는 자판기 같은 기계의 일이 아니란 거다. 다른 건 안 빡빡하게 굴면서 왜 갑자기 이걸로 태클을 걸어오지. 병사의 부모가 조부모의 죽음을 꾸며내 허위로 휴가를 챙겨갈 가능성을 막으려 이러는 건가? 가슴이 쿵쾅댄다.

가족관계 증명서를 보낼 수 있으면 이렇게 흥분하진 않았을 거다. "아. 그래요?" 하고 바로 스캔해 제출하면 된다. 그러나 난 알고 있다. 내가 가져온 가족관계 증명서가 나와 고인이 되신 할머니 간의 관계를 입증하지 못 한다. 아버지 명의로 된 가족관계 증명서에는 할머니가 아닌 할아버지의 다른 처가 적혀 있다. 아버지는 증명서를 챙겨 주며 덧붙이셨다. 만일 추가로 서류를 제출해야 하는 일이 생긴다면 '제적등본'이라는 걸 떼어 가면 된다고. 근데 실제로 이런 일이 생길 줄은 몰랐다. 제적등본을 떼면 된다. 하지만 부대 내에서는 그럴 수가 없다. 기관에 가야 된다. 그러려면 다음 휴가까지 기다려야 한다.

서류가 없으면 날 못 믿어준다. 그동안 행정계원으로서 해온 일들에 환멸이 나기 시작한다. 그동안 일 처리를 함께 하는 사람이 나와 비슷한 종류의 사람일 거라 믿고 있었다. 물론 그냥 해달라고 하는 게 문제 될 수 있는 행동이란 건 안다. 하지만 이런 일은 복잡하지 않게 하는 게 예의라고 생각했다. 그 예의가 더 중요하다고 믿고 있었다.

이 일은 이후 어쩌다 실시한 포대장 면담에서 어쩌다 말이 나와 해결됐다. 전포대장[30]님 차를 타고 서류를 발급받으러 갔다. 면사무소는 생각보다 가까운 곳에 있었다. 이렇게 쉬운 일이었다.

맞후임 증발

복귀하니 심상치 않은 일이 일어난 것 같다. 마주치는 사람마다 날 보고 이제 어떡하냐고 웃어댄다. 오 이병이 하극상을 했다고 한다. 대상은 바로 우리 행정 분과의 강 상병이다. "갈갈이 좀 그만 주시기 바랍니다!!"

---

30 전포를 통재하는 장교 직책. 이전 포대장을 뜻하는 말이 아니다.

하고 소리를 질렀다고 한다. 힘도 없는 놈이 그랬을 걸 상상해 보니 웃기다. 강 상병이 얼마나 못살게 굴었을지 난 이해한다. 그 사람은 건수만 잡으면 남을 무시한다. 진작부터 오 이병이 없는 자리에서 오 이병 욕을 엄청나게 해댔다. 정작 오 이병과 제일 많이 부딪치는 나는 가만히 있는데도 말이다.

저녁 분과 간담회 때 강 상병이 오 이병에게 갈갈이를 주다가 사건이 일어났다고 한다. 내가 잠깐 자리 비우니 방패막이해 줄 사람도 없었구나. 다른 분과 사람들 말로는 갑자기 오 이병이 소리를 질러서 사람들이 전부 조용해졌고, 바로 8분대에서 최고선임이 오 이병에게 쌍욕을 날렸다고 한다. 오 이병이 마음에 안 들지만 좀 기특하게 느껴진다. 분명 강 상병이 그런 소리 들을 만한 짓을 했을 거다. 무슨 상황이었는지 정확히 알아야 대응을 하든 말든 할 수 있을 것 같다. 오 이병을 찾아가 직접 듣고 싶다.

"오니까 사람들이 나한테 너 얘기를 엄청 하더라구."

오 이병은 우울한 표정이다.

"혹시라도 사람들이 잘 모르고 너에 대해서 안 좋게 얘기하는 걸 수도 있잖아."

오 이병은 말이 없다. 이 씨발 답답하다. 잘 타일러 봐도 대답을 안 한다. 이건 예의가 아니다.

"왜 대답 안 해? 아니 왜 대답을 안 하냐고."

"죄송합니다."

"죄송하다는 말 말고 내 질문에 대답을 하라니까. 내가 지금 너한테 기회를 주는 거잖아. 해명할 기회를."

176

또 대답이 없다.

"네가 아무 말도 안 하면 나는 그냥 다른 사람들이 말하는 대로 이해해도 되는 거야? 따로 억울한 건 없어?"

오 이병은 코끝과 귀끝이 빨개진다. 미치겠다.

저녁 분과 간담회 시간이 돌아왔다. 강 상병은 오 이병에게 대놓고 싫은 소리를 해댄다. 나는 쟤가 여기 있는 꼴 못 보겠다고. 보급관님한테 말해서 쟤 어떻게든 다른 데 보낸다고. 오 이병은 여전히 말이 없다.

선임들이 묻곤 했다. 오 이병 일 잘하냐고. 그때마다 '지금 날 놀리나?' 하고 느꼈다. 오 이병은 만만한 사람이다. 생긴 것도 폐급 같고 말과 행동 모두 병신 같다. 사람들은 오 이병이 왜 작전서기병이 됐는지, 그동안 작전서기병은 쭉 한 명이었는데 왜 갑자기 두 명으로 늘어난 건지 의아해한다. 남들이 뭐라든 난 지금 그를 최대한 써먹어야 하는 처지다. 그가 일을 못한다고 얘기하고 다녀봤자 나한텐 좋을 게 없다.

제발 내가 혼을 낼 때 아무 말 없이 뻐팅기지만 않았으면 좋겠다. 난 선임에게 갈갈이를 먹을 때 그러지 않았다. 대답해야 하는 순간이 오면 뭐든 일단 말을 했다. 거기에 내가 잘못을 크게 뉘우치고 있으며 앞으로는 그러지 않겠다는 뜻을 전달하려 최선을 다했다. 근데 오 이병은 아무 말도 안 한다.

내가 하는 것도 선임들이 주던 그 흔한 갈갈이와 비슷한 종류의 것일까. 난 갈갈이가 극도로 싫었다. 그래서 원칙을 정했다. 첫째, 잘못을 하면 그 자리에서 즉시 갈갈이를 준다. 정말 싫은 게 굳이 밤에 생활관에 찾아와 갈갈이 주는 거였다. 꼭 밤에 와 자는 시간을 뺏는다. 아까 교육 시간에 왜 졸았냐며 앞으론 졸지 말라고 잘 시간에 갈갈이를 오는 건 정말 개같았다. 선임 올 때까지 가부좌 틀고 기다려야 하는 것도 좆같았다. 또 갈갈이 주는 선임들은 그날 있었던 한가지 잘못만을 꼬집는 법이 없었다. 있는 얘기 없는 얘기 다 끄집어내는 선임 앞에서 난 과거에 했던 잘못들까지도 전부 반성해야 했다. 끝날 기미는 안 보이는데 나 때문에 생활관 사람들 전부 기다리는 상황도 견디기 힘들었다. 그런 악랄한 선임들이 내가 잘못을 하는 그 순간에는 꼭 아무 말도 안 한다. 걸렸다 하고 기뻐한다. 요즘 짬이 조금씩 차서 동기들이 하는 짓을 보니 깨닫는다. 기분이 안 좋다고 "한 놈만 걸려봐라. 오늘 한번 진짜 죽어버리는 수가 있다." 라며 후임들에게 경고하는 걸 보았다. 나도 이렇게 당해 왔었구나.

두 번째 원칙은 후임이 말을 하면 들어준다는 것이다. 갈갈이를 받으며 가장 억울한 건 해명할 기회가 충분치 않다는 거였다. 내 말이 길어져서 갈갈이를 주는 선임의 심기를 불편하게 하지 않을까 항상 노심초사했다. 그래서 내가 하지 않은 잘못까지도 인정하고 죄송하다며, 앞으로는 그렇게 하지 않겠다고 한 적이 더러 있다. 일어난 사건에 대해 정확히 알고 오는 사람은 몇 없다. 대부분 야외 휴게실에서 담배 피우며 와전된 소문을 듣고 온다. 그래서 난 떠다니는 말들이 잘못된 것일 수 있단 걸 안다. 그래서 항상 후임들에게 직접 설명할 기회를 주기로 했다.

하지만 기회를 주면 뭐 하나. 오 이병은 예전에도 내가 묻는 말에 대답을 안 했다. 시킨 일을 안 한 적이 있다. 그 사실을 알고 왜 안 했느냐 물어봤다. 그러니 말은 안 하고 갈갈이 들을 때 나오는 그 멍한 표정으로 바뀌어 있었다. 그때마다 "내가 널 혼내려는 게 아니고 진짜 궁금해서 물어보는 거"라며 어르고 달래야 했다.

포대장님이 부사수를 붙여 준 이유는 알고 있다. 내가 업무량이 너무 많다고 호소했기 때문이다. 하지만 이런 사람을 달라고 한 적은 없다. 이쯤 되니 확신이 선다. 포기하고 나도 다른 사람들처럼 그를 싫어하는 게 맞다. 인간적으로 가까워지고픈 마음이 전혀 없다. 하지만 얘는 어쩔 수 없이 내 1년 남짓 남은 군 생활 동안 가장 많이 보고 대화도 많이 해야 하는 부사수다.

첫 만남 이후로 상담관이 자주 온다. 잦으면 주에 한 번씩 상담이 있다. 보급관실에 둘이 앉아있으면 머릿속이 하얘진다. 그는 항상 내게 무슨 얘기를 하고 싶은지 묻는다. 난 이 사람에게 딱히 하고픈 말이 없는데 말이다. 지난번에 부사수를 받았다고 하던데 괜찮냐고 묻는다. 그렇지 못하다고 답한다. 왜 그렇지 못하냐고 물어온다. 뭐라 대답해야 할지 모르겠다. 나도 나쁜 사람으로 보이고 싶지는 않다. 왠지 험담을 하고 나면 나에게 불이익이 올 것 같다. 그래서 부사수가 인간적으로 맘에 들지 않고 앞으로 친해지고 싶지도 않다는 속마음을 선뜻 꺼내지 못한다. 최대한 순화한 내 생각을 빙빙 돌리며 말한다. 상담관은 내가 부사수와 친해지지 못해 안달인 걸로 이해했나 보다. 난 그 반대다. 친해지고 싶지 않아서 고민이다.

그간 오 이병과 근무도 절대 같이 들어가는 법이 없었다. 하지만 대타 인원이 없어 어쩔 수 없이 같이 서야 하는 날이 오고야 말았다. 아무 말도 안 하긴 심심하니 대화를 시작한다. 그런데 또 대답을 안 한다. 혼내려는 게 아니었는데도 말이다. 이 태도 때문에 빡이 올라서 난 꼬치꼬치 캐묻기 시작한다.

"대답을 안 하는 이유가 뭐야? 대답하기 싫어? 하기 싫으면 하기 싫다고 해. 말해 봐. 하기 싫어?"

오 이병이 코를 훌쩍인다. 그의 얼굴을 본다. 방탄모도 이상하게 쓴 게 참 꼴 보기 싫다. 숨을 몇 번 쉬더니 그는 솔직히 군대에 오고 싶어서 온 게 아니라고 말한다. '아니 군대 오고 싶어서 오는 사람이 몇이나 되나?' 하는 말이 목 끝까지 올라온다. 하지만 그렇게 말해버리면 또 얘 말문이 닫히게 된다. 이 기회에 그냥 오 이병이 무슨 생각을 하고 있었나 전부 들어보기로 한다. 그동안 내가 시킨 일들 대부분 하기 싫어서 안 한 게 맞다고 한다. 난 하기 싫어도 해온 것들이 많았는데. 입대 전엔 대체 어떤 삶을 살아왔을까. 오 이병이 운다. 자기가 그동안 "본부 가고 싶다"라고 입버릇처럼 말했던 게 사실은 다른 걸 암시한다고 밝힌다. 뭐긴 뭐겠어 자살이지. 그는 이 비밀을 지켜달라고 부탁한다.

친해지고 말고가 중요한 게 아니었다. 남은 군 생활을 이런 애와 붙어서 우쭈쭈 달래며 보내야 한다니. 내가 시킨 일들은 능력이 부족해서가 아니라 하기 싫어서 안 한 거였다니. 없던 정나미까지 떨어진다. 얘를 어떻게든 잘 키워서 써먹어 보겠다는 생각은 접어야겠다. 사람 하나 정신머리 바꾸는 것도 무슨 애정이 있어야 하지. 그냥 어디 다른 데 보내고 부사수 새로 받아 교육하는 게 어떨까. 오 이병을 본부로 보내는 얘기가 안 나왔던 게 아니다. 다만 얘가 "그래도 알파에서 잘해보겠다"는 소리를 해서 흐지부지됐던 거다. 난 그에게 본부로 가 보라고 부추긴다. 그러니 나를 비롯한 행정 선임들에게 죄송해하는 티를 낸다. 난 진짜 괜찮다. 하기 싫다는 사람 억지로 붙잡고 있는 게 더 스트레스다. 본부 가는 쪽도 제대로 생각해 보라 입장을 전한다.

이후 오 이병의 생활은 조금씩 나아졌다. 몇몇 선임들과 농담도 주고 받고 시킨 일도 이젠 한다. 하지만 인간적으로 정이 안 가는 건 여전하다. 상담관이 부사수와 좀 친해졌냐고 물으면 난 아니라고 답했다.

휴가를 복귀하는데 수 상병님이 내게 페이스북 메시지를 보내온다. 오 이병이 본부를 간다고. 내가 자리를 비울 때마다 꼭 사고가 터진다. 복귀하니까 다짜고짜 취사병 동 상병이 내게 오더니 안 미안한 표정으로 사과를 한다. 자기도 어쩔 수 없었단다. 오 이병이 자기 말에 대답을 안 하길래 욕을 박았더니 울면서 포대장님에게 찾아가 본부 가겠다고 말했다고 한다. 하. 자기는 잘못이 없다며 빠져나가려는 동 상병 때문에 화가 더 난다. 그 정도로 심하게 욕하진 않았다고 한다. 근데 씨발 왜 강 상병이나 동 상병이나 내가 없을 때 이러는 건지. 겨우 써먹을 수 있을 때까지 오 이병을 다듬고 나도 다듬었는데 내가 손쓰지 못하는 사이 이런 일이 벌어졌다. 오 이병 어딨냐고 물어본다. 분대장인 수 상병님과 면담 중이라고 한다. 아아. 결국 저녁 점호 때까지 오 이병과 수 상병님은 나타나지 않는다. 너무 화가 난다. 동 상병은 징계를 받게 될 자기가 억울하다며 다른 후임에게 한탄한다. 난 그걸 옆에서 가만히 듣고 있을 수밖에 없다. 그가 나보다 선임이니까. 동 상병과는 말도 섞기 싫으니까.

오 이병은 바로 다음 날 본부로 떠나기로 확정되었다. 사실 그가 내 눈앞에서 사라져 주기를 바라왔다. 하지만 이런 식으로 가버리니 몹시 기분이 좋지 않다. 그동안 1.5인분으로 늘려놓은 작전서기 업무는 전부 내가 떠안게 생겼다. 게다가 내가 나가 있는 동안 역시나 오 이병이 일을 남겨 놨다. 금요일 단 하루 동안 마쳐야 할 일이 너무나 많다. 근데 곧 있을 혹한기 훈련 때문에 체력 증강 명목으로 전 병력이 등산하러 가야 한다. 난 도저히 갈 수가 없을 것 같다. 남아서 업무를 볼 것을 전포대장님께 건의 했다. 하지만 전포대장님은 내가 등산 가기 싫어서 빼려는 줄 알고 날 어떻게든 보내려 든다. 내가 일을 안 하면 부대 전체가 손해를 보는데, 간부들이 나의 책임감을 이해하지는 못할망정 날 안 좋게 본다. 여기서 나는 어떻게 해야 하나.

동 상병을 탓하고 싶지만 그에게 대들 수가 없다. 자기가 다른 일 때문에 기분이 안 좋은 상황이었는데 마침 그때 동 상병이 욕을 한 것이라며, 오 이병이 직접 인정했기 때문이다. 눈물을 다 쏟아낸 오 이병은 얼굴이 벌게진 채로 마지막 인사를 하러 나타났다. 자기 때문에 가는 거 아니냐는 동 상병에게 '동 상병님은 잘못이 없다'고 아예 못을 박는다. 내가 보기엔 있는 거 같은데. 결국 나만 이렇게 남았다. 전역을 앞둔 수 상병이 더 급해서 내 부사수는 줄 계획이 없다고 한다. 가뜩이나 신병도 잘 안 들어오는 마당에 부대는 현역 부적합 심사까지 해서 다 바깥으로 보내 버리고 있다. 언젠가는 무너지고 말 거다.

사단 정신과

야간 위병소 근무를 마치고 복귀하는데 인솔하는 수 상병님이 경작서 얘기를 꺼낸다. 아까 경계작전명령서 3일 치가 게시되어 있지 않아 털릴 뻔했다고. 수 상병님은 작전과장님이 즉각 대기 훈련 점검차 밤에 방문한다는 전화를 들었다. 그는 급하게 행정반 정리를 했다. 모든 것이 완벽한 가운데 마지막으로 행정반 바깥 게시판을 살펴보았다. 경작서가 오늘 것밖에 없었다고 한다. 수 상병은 급하게 복사, 붙여넣기를 해 그럴듯한 내일, 모레 치 가짜 경작서를 만들어 위기를 모면했다. 자기가 아니었다면 간부님들은 물론이고 나도 엄청나게 털렸을 거라고 한다.

죄송하다고 해야 하나. 감사하다고 해야 하나. 어느 쪽도 하고 싶지 않다. 화가 먼저 난다. 오 이병 전출 이후로 어떻게든 업무에 빈틈을 만들지 않으려 노력했다. 그러나 이번 주부터 새로 바뀌는 즉각 대기 타임 테이블을 어떠한 간부님도 전달받지 못하셨다. 대대에서 제대로 내려 주지 않았기 때문이다. 그 시간표가 없으면 당연히 나는 경작서 3일 치를 미리 걸어둘 수 없다. 임의로 시간표를 예상해 경작서를 짜 게시할 수는 있다. 그러나 제대로 된 시간표가 나오면 어차피 거기 맞춰 다시 짜야 한다. 언제 나올지도 모르는 점검을 위해 그렇게까지 해야 하나. 당연히 부대 사람들도 혼란에 빠진다. 나와 마주치는 사람들은 꼭 놓치지 않고 경작서에 적힌 시간표가 맞냐고 물어본다. 날 찾아오는 사람도 있고, 날 부르는 사람도 있다. 한 사람당 한 번씩만 물어봐도 "그게 아니고 3일 치 게시가 원칙이라 어쩔 수 없이 가짜로 만들어둔 것"이라고 50번은 답해줘야 한다.

또 속에 막 뭔가 올라온다. 작전과에서 왜 즉각 대기 시간표는 안 내려주고 그걸 받아 일해야 하는 우리를 조지는 건가. 수 상병님에게 내가 경작서를 3일 치 짜두지 않았던 이유를 설명해도 어차피 이게 변명으로 들릴 거란 걸 안다. 내가 사태의 원흉인 작전과장님께 직접 해명을 했어도 "무슨 말 같지도 않은 소리"냐는 말이 돌아왔을 거다. 항상 이런 식이다. 이러나저러나 3일 치를 걸어 놓기만 했으면 문제없었을 일이잖아. 따지고 보면 그 말도 맞다. 경작서 3일 치 게시는 작전서기병으로서 지켜야 할 기본 중의 기본이다. 그 기본이 안 지켜지지 않고 있다. 수치스럽다. 내가 기본도 못 하는 걸 용납할 수 없다.

수 상병은 이참에 내 작업 방식에 대해 느끼던 불만을 더 이야기한다. 경작서에 보급관님, 포대장님 사인도 직접 하지 말라고 말이다. 경작서를 확정하려면 보급관님, 포대장님의 확인 사인이 필요하다. 그 사인을 직접 받기가 쉽다면 내가 사인할 일이 없다. 보급관님은 만날 자재 줍느라 여기 저기 쏘다니서서 행정반에 잘 계시지 않는다. 포대장님께 경작서를 보여 드리면 당장 게시해야 할 경작서에 여기저기 줄을 긋는다. 그러고는 정신 과 약을 먹어서 졸린 후임들 근무를 왜 넣었냐고 따진다. 당직사관 퇴근, 당직사령 퇴근 등으로 기다려도 못 뵈는 날에는 그분들의 대리 업무자를 찾아가 사인을 받아야 한다. 난 이런 절차가 불필요하고 시간만 잡아먹는 다고 생각했다. 그래서 보급관님, 포대장님이 안 보일 때면 내가 가짜 서 명을 하고 있었다. 전임자도 그렇게 하는 경우가 많았다.

수 상병님을 향해 그동안 쌓아 왔던 분노가 터지려 한다. 이 사람이 내 게 일을 똑바로 안 한다고 뭐라 할 자격이 되나. 일과 시간에 보면 이 사람 은 나한테 무시당해도 싸다. 하는 일이 없다. 그동안 인트라넷으로 'IT 정 보'라는 공군 사이트에 들어가 컴퓨터 견적을 맞추며 농땡이 피우는 모습 밖에 못 봤다. 수 상병님의 보직은 보급병이다. 보급병은 사실상 1년에 한 번 있는 '재물조사'를 위해 존재하는 보직이라고 한다. 그때 힘들려고 평 소에 널널한 거라고. 하지만 내 보직은 꾸준히 힘들어 왔다. 난 시즌과 비 시즌이 없다. 보급병은 저래 놓고 재물조사 때 고생했다며 포상 휴가를 받는다. 수 상병님이 IT 정보 게시판 들여다볼 시간에 내게 한 번이라도 도와줄까 하고 물어봐 줬더라면 그의 말을 순순히 들었을 거다. 이젠 나 도 머리가 좀 컸다. 그래도 대들지는 못한다. 이렇게 수 상병님이 뭐라 뭐 라 하면 시간 끌다 반 박자 늦게 대답하는 게 내가 할 수 있는 최선의 반항이다.

선임과 맞서기는 어렵다. 할 말을 못 해 생기는 스트레스는 풀리지 않는다. 가장 괴로운 건 나다. 모두와의 못 어울림으로 인해 난 죽고 싶다는 생각을 꾸준히 해왔다. 이전엔 군대에서 친구가 없는 게 내가 너무 예의를 차리고 나를 안 드러내서라고 생각했다. 그런데 드러낸다고 정답은 아닌 것 같다. 왜냐면 내가 지금 여기 대부분의 사람을 혐오하고 있기 때문이다. 드러낼 속이 썩어 있는데 뭘 어쩌나. 어떻게 하든 날 욕할 사람은 어차피 욕하고 좋아해 줄 사람은 어차피 좋아할 테니까 내키는 대로 하라는 말도 있다. 하지만 그 말은 틀렸다. 당장 주위만 봐도 모두가 싫어하고 아무도 좋아해 주지 않는 폐급이 많다. 나도 그런 구렁텅이에 빠져버렸다. 만약 이곳이 직장이었더라면 내가 받는 미움들 전부 바깥에서 치유하고 돌아올 수 있었을 거다. 근데 여기는 폐쇄된 곳이다. 공간뿐이 아니라 관계도 그렇다. 끝없는 고통 속에 갇히고 말았다.

또 상담관이 왔다. 부사수가 본부로 떠났는데 어떠냐고 묻는다. 그동안 상담관이 부사수와의 관계를 물을 때면 좋지 않은 대답을 해 왔다. 근데 지금 이 질문은 '네가 싫어하는 우리가 오 이병을 보내 줬다. 이제 사라져서 좋지?' 하는 질문처럼 들린다. 난 좋지 않다. 그가 떠난 이후로 할 일이 너무 많아져 힘들다고 답한다.

"그러면 포대장님은 은일 씨 부사수를 새로 안 주세요? 얼른 받아야 할 텐데."

"네 안 주십니다. 지금 저희 분대장이 전역하기까지 얼마 안 남아서 제 부사수보다는 그쪽 부사수가 더 급한 상황이라."

상담관은 행정 선임들이 은일씨의 일을 도와주지 않냐고 묻는다. 안 도와준다. 도움을 요청하는 건 어떻냐고 물어온다. 그러겠다고 대답해서 끝날 거면 이런 문제가 없었겠지. 난 행정 선임들과의 불화를 이야기한다. 오 이병과의 관계만이 문제가 아니었다. 행정반에 앉아 있으면 나 빼고 아무도 일을 안 하는 것 같다고 느낄 때가 많다. 간부님들마저 내가 하는 일에 별 관심이 없다. 내가 일을 멈추면 제일 손해 보는 사람이 자기네들일 텐데.

내가 하는 일이 무엇인지 상담관이 하나씩 물어본다. 듣고 있던 그는 몇 가지 일은 꼭 작전서기병이 하지 않아도 될 일 같다고 말한다. 이런 건 다른 계원들이 해도 될 것 같다고. 그는 포대장님께 업무 재분배의 필요성을 이야기하겠다고 한다. 나도 수 상병과 강 상병이 나만큼 일하는 모습을 보고 싶다.

저녁 점호가 아닌 일과 시간에 갑자기 분과별 간담회를 실시한다. 전포 분과는 각 포반장, 통신 분과는 통신반장이 함께한다. 우리 행정 분과에는 포대장님이 함께하신다고 한다. 포대장실에서 대화를 시작한다. 포대장님이 나 말하라고 일부러 자리를 깔아준 것 같다. 근데 뭘 해야 할지 모르겠다. 강 상병과 수 상병은 둘이서 떠들고 있고, 신 일병은 아무 말이 없다. 포대장님이 우리의 대리업무 관계에 관해 물으신다. 나는 수 상병과 대리업무 관계이고, 강 상병은 신 일병과 대리업무 관계다. 포대장님은 왜 그렇게 묶여 있냐며 의아해한다. 본인이 이전에 있던 부대 기준으로는 내가 신 일병과, 그리고 수 상병이 강 상병과 묶이는 게 맞다고. 내 소속인 서무계와 신 일병의 소속 탄약계는 꾸준히 할 일이 들어오는 데 반해, 수 상병의 보급계와 강 상병의 화학계는 평소에 안 바쁘다가 특정 시기에만 바쁜 일이 몰아치기 때문이라고 한다. 그래서 보급계가 바쁠 때 화학계가 거들어 주고, 화학계가 바쁠 땐 보급계가 거들어 줄 수 있다. 일리 있다. 포대장님은 다음 시간에 모일 때 종이에다 각자 하는 일을 적어와 보라며 간담회를 마무리한다.

드디어 내가 바라는 대로 일이 진행된다고 느꼈다. 그러나 포대장실을 나온 수 상병과 강 상병의 생각은 다른 것 같다. 말도 안 된다고 딱 잘라 말한다. 다른 부대는 몰라도 우리 대대는 애초부터 이렇게 묶여 있었다고. 평소에 잘하던 걸 갑자기 자기 맘대로 바꾸려는 포대장님에 그들은 불만을 쏟아놓는다. 반발이 클 줄 몰랐다. 그들은 이제 새로운 걸 배우기엔 귀찮아할 짬이다.

다시 돌아온 간담회 시간. 각자의 업무를 하나씩 말해 본다. 난 일 많은 티를 내려고 내 자리에 있는 민선 전화기 받는 일이나 당직병 전화기 대신 받는 일까지 적어 왔다. 근데 역효과를 내고 있는 것 같다. 사람들 표정이 좋지 않다. 다른 사람들도 각자에게 주어진 일들을 열심히 설명한다. 근데 어째 난 그들이 평소에 그런 일 하는 걸 본 적이 없다. 나는 매일, 매주, 매달 사이클이 돌아가고 있다. 근데 저들은 1년에 한 번 하는 일을 힘든 업무라고 소개하는 중이다. 억울하다. 어떻게 내가 더 힘들다고 어필을 하지. 수 상병은 현재 분대장으로서 분대원들의 고충을 상담해 주고 있다는 얘기까지 끼워 넣는다. 그동안 오 이병과 분대원들 간의 갈등을 조정하고, 본부로 보내기 위해 엄청나게 많은 시간을 썼다고 한다. 바로 반박하고 싶어진다. 그건 수 상병이 분대장이기 이전에 또래상담병으로서 한 일이기 때문이다. 오 이병과의 상담으로 그는 또래상담병 휴가도 받을 거다. 이게 아닌 것 같다. 바라던 것과 다른 방향으로 가고 있다.

결국 포대장님은 각자 보직의 고충을 하나씩 들어보기로 한다. 수 상병, 강 상병, 신 일병은 다 없다고 한다. 내 차례가 됐다. 지금 말 안 하면 끝이다. 고심 끝에 내가 일을 너무 많이 하는 것 같다고 얘기한다. 포대장님은 분대원들에게 은일이가 이런 고충이 있었다는 걸 알았냐고 묻는다. 그들은 몰랐다고 한다. 수 상병과 강 상병은 은일이가 평소에 얘기를 안 해서 몰랐다고 한다. 포대장은 우리 행정계원들 간의 관계를 파고든다. 수 상병과 강 상병에게 하루에 서로 대화를 몇 마디 하냐고 묻는다. 많아서 잘 모르겠다고 답한다. 신 일병도 다른 사람들과 하루에 적어도 100마디씩은 한다고 답한다. 나와 하루에 대화를 몇 마디 하냐고 묻는다. 신 일병이 고민한다.

"5마디? 정도 하는 것 같습니다."

간담회가 끝나고 포대장님이 나를 따로 부르신다. 업무 재분배를 하려고 했지만 뜻대로 되지 않았다고 아쉬워한다. 여기서 더 들어가면 반발이 심할 것 같다고 하신다. 대신 내게 도움이 될 만한 다른 방법을 제시한다. 바로 보직 변경이다. 예상치 못했다. FDC(사격지휘소)로 보직을 바꾸는 게 어떻겠냐고 하신다.

의무대에서 날 찾는 전화가 왔다. 받아 보니 군의관님이다. 오늘 저녁이나 한 끼 하자고 한다. 이게 무슨 말인가. 오늘 의무병들과 밖에 나가 회식을 하기로 했는데 응급처치 경연대회의 정이 있고 하니 초대하고 싶다는 거다.

"은일이 그리고 요새 좀 힘들다며."

내 얘기가 대대에까지 퍼진 것 같다. 보급관님 아이디로 행정 업무를 보다 보니 난 대대 내 관심병사에 대한 문서도 쉽게 열람할 수 있다. 어쩌다 보게 된 그곳에는 내 이름도 있었다. 없는 것도 이상하겠다. 내가 익히 알던 관심병사라는 표현 대신 배려 병사, 도움 병사라는 등급으로 나뉘어 있었다. 어느 게 더 정도가 심한 쪽인지는 모르겠다. 간부들은 해당 병사들에 대한 관찰을 주기적으로 실시하고 필요한 조치도 내려 매달 회의에서 등급을 조정한다. 군의관도 이 일에 관여하고 있구나. 내가 일부 사람에게만 말한 비밀을 다른 사람들도 알고 있었다는 사실이 기분 나쁘다. 군의관님이 말한다. 132번을 비롯해 다른 참가자들도 날 보고 싶어 한다고. 거짓말이다.

우린 짜장면집으로 향한다. 경연대회를 끝으로 완벽히 멀어진 132번은 누가 시킨 듯 괜히 내게 친한 척을 한다. 이 모든 게 나를 위한 연극 같다. 다른 참가자도 내게 뭐가 힘들었냐고 한마디 거든다. 이 사람들은 대체 어디까지 듣고 온 걸까. 모두가 나를 쳐다보고 있다. 하지만 기분이 마냥 나쁘지만은 않다. 뭔가 해결되긴 할까. 군의관님이 입을 연다.

"은일이가, 업무 스트레스로 고민이 많다며."

그는 얼마 전 알파에서 시험으로 차출된 의무병 얘기를 하며, 내가 왜 지원을 안 했는지 궁금해한다. 나를 뽑을 생각도 있었다고도 하신다. 난 군의관님이 날 안 원하는 줄 알았다. 대회에서 내 능력을 직접 보셨으니까. 내게 직접 의무병이 되겠냐고 물어본 적도 없다. 또 그동안 내가 대회 때문에 자리를 많이 비웠다. 그때마다 오 이병이 처리 못 하는 일들을 수상병이 대신 떠안았을 거다. 미안한 마음이 들어 의무병이 되겠다는 생각을 진작에 접었다. 군의관님이 말씀하신다. 만약 지금이라도 본부로 전출을 오고 싶은 마음이 있다면 우리 포대장님이나 대대장님께 말해서 옮겨줄 수 있다고.

난 지금 부대에서 가만히 기다리기만 하면 분대장을 달 수 있는 입지에 놓여 있다. 분대장이 좋은 건 휴가 때문이다. 다른 건 없다. 나는 오로지 탈출만을 바란다. 휴가를 하루라도 더 나가야 숨 쉬고 살 수 있다. 나는 휴가 업무를 처리하는 보직 특성상 허위로 포상휴가를 부풀릴 수 있다. 어쩌다 들키기라도 한다면 영창을 면할 수 없을 것이다. 영창에 가면 그 기간만큼 전역이 미뤄진다. 하지만 그게 이곳에서 버티는 수단이다.

전출을 간다면? 지금 의무병 자리는 꽉 차 있다. 군의관님이 전출 얘기를 꺼낸 게 의무병으로 오라는 뜻은 아닐 거다. 어느 보직으로 갈지 모르겠다. 분대장은 기대 안 하는 게 좋을 거다. 군 생활 절반씩이나 해 놓고 자기네 부대로 오는 사람한테 관대한 사람은 없을 테니 말이다.

마음대로 할 수만 있다면 우리 대대 자체를 떠나고 싶다. 하지만 심한 죄를 저지르지 않는 이상 대대를 바꾸는 일은 웬만해선 없다. 우리 사단 내에서 대대를 바꾼 병사들의 기록을 본 적이 있다. 중대가 아닌 대대를 바꾸려면 꽤 높은 간부들의 서명이 필요하다. 내가 성폭행을 당하지 않는 이상 사람들과 못 지낸다는 이유로 대대를 바꿔줄 리는 없다.

지금 알파에 있는 사람 대부분이 마음에 안 드니 이곳을 떠야 할 것 같긴 하다. 그런데 본부 사람들이 나와 맞을 거라고 어떻게 확신하지. 거기까지 가서도 사람들이랑 못 어울리면 그때 나는 어떡하지. 여기 사람들이 문제가 아니라 내가 문제였단 게 확실해지면 그때 나는 어떻게 견디지.

포대장님은 사단 정신과에 가볼 것을 제안하신다. 정신과 외진에는 병사 혼자 보내지 않는다. 간부가 동행해야 한다. 그동안 바빠서 얼굴 보기 어렵던 보급관님이 날 데려다주신다. 정신과 군의관과 면담할 때는 보급관님이 밖에서 기다린다. 난 이 사람을 믿을 수 있을까. 왜 왔냐고 묻는다. 나도 왜 왔는지 잘 몰라서 대답할 수가 없다. 가서 약이라도 먹어 보라고 해서 왔다. 손톱 크기만도 못한 약을 잘못 먹으면 사람이 죽는다. 그 정도로 약은 위력이 강력하다. 그렇다면 그만큼 좋은 약도 있지 않을까. 나는 사람들과 잘 못 지낸다고 이야기를 시작한다. 정신과 군의관은 적당히 흘려듣더니 바깥에서의 인간관계를 묻는다. 난 그동안 단지 운이 좋았을 뿐, 지금 이곳에서의 관계 양상이 바깥으로 나가서도 계속될 거라는 걱정에 휩싸여 있다. 훈련소에서 지금까지 가까이서 생활한 사람이 200명 정도 된다. 뽑기를 200번 해서 다 실패했다면 다음에는 될 거라고 생각하는 게 이상한 게 아닌가. 하지만 정신과 군의관은 내가 지금 이곳에서만 힘든 것이지, 전역하고 나면 다시 사람들과 잘 지낼 거라고 확신한다. 어떻게 확신하지. 정신과 군의관님이 주어진 시간이 많지 않다며 본격적인 자살 얘기로 넘어간다. 부대 간부님들이나, 상담관이나, 이렇게 정신과 군의관 앞에서나 자살 얘기를 하다 보면 괜히 내가 자살 카드를 꺼내 들었나 하는 생각이 든다. 왜냐면 난 자살 생각을 했다고 응답한 사람치고는 살면서 별 사건을 일으키지 않았기 때문이다. 간부들은 내가 높은 건물에서 떨어지거나 해 혼수상태를 경험한 것쯤의 스토리를 기대하는 것 같았다. 군대에서 실행에 옮기려고 한 적은 없었다. 이런 얘기를 하면 다들 대충 듣기 시작한다.

그냥 내게 필요한 건 친구 하나인데. 부대에선 수없이 많은 사람이 돌아가면서 날 못살게 군다. 사실 난 자살을 할 용기도 없는 사람이다. 알까? 자살해서 이 부대 전체를 엿먹이는 상상을 하는 게 전부다. 하지만 내가 자살을 안 하겠다고 하면 간부들은 나를 향한 관심을 끊을 게 분명하다.

시간이 다 됐다. '어찌 됐든 자살은 절대 하면 안 된다'면서, 자살 생각이 들면 꼭 주위 간부들에게 도움을 요청하라고 하신다. 약도 처방해 준다. 로프람이라는 알약이다. 약간 졸릴 수도 있지만 그리 센 약은 아니라고 한다. 부대에선 향정신성 마약류로 분류되기 때문에 행정반에 보관하고 간부가 보는 앞에서 복용해야 한다.

약을 먹으면 기분이 나아질까. 10일간 약을 먹으며 기분이 나아지는 건 경험하지 못한다. 그렇다면 정도가 더 심한 약을 처방받아야 하나. 아니다. 군 생활 동안 한 손으로는 다 세지도 못하는 수의 사람들과 면담을 진행했다. 이제야 하나의 결론이 나온다. 난 우울한 얘기를 하면 할수록 더 우울해지는 사람이라는 것이다. 그동안 난 면담하는 자리가 내 우울함을 어필해야 하는 곳이라고 생각했다. 그래야 뺄 수 있을 것 같았고, 그래야 좀 더 편한 일을 맡을 것 같았다. 하지만 소용이 없다. 그들은 날 집에 보내줄 생각이 없다. 내가 우울하다는 사실을 안 이들은 날 그냥 놓아주는 법이 없다. 적당히 살 만한 기분 상태를 간신히 유지하던 나는 면담실에 들어갈 때마다 내가 그동안 얼마나 우울한 인간이었는지를 재차 확인해야 했다. 그들의 노력이 날 더 힘들게 했다. 지금까지 해결된 것? 아무것도 없다.

이 모든 우울의 연쇄를 끊을 방법이 있다. 이곳을 벗어나는 거다. 휴가를 나가면 나는 불행함을 느끼지 않는다. 바깥에는 내가 좋아하는 사람들이 있다. 여기서 빨리 나가게 해 주면 내 우울증은 치료될 거다. 하지만 안 된다. 취임한 지 얼마 안 된 포대장님은 벌써 세 명의 전입 신병을 그린캠 프로 보냈다. 그들은 현역 부적합 심사를 기다리고 있다. 셋 다 우울증 증상이 있었다. 그들과 나의 차이는 뭘까. 내가 그들 속을 100% 알 수 있을 리는 없다. 그래도 지금까지 위병소에서 보았던 그 셋은 나와 크게 다르지 않은 사람 같았다. 그들이 군 생활을 개차반으로 한 반면 나는 열심히 하려는 노력을 보였기 때문일까. 내가 인생을 열심히 사는 사람이라서 군대를 빼지 못한 걸까.

이전 포대장님 시절 동안 우울증을 이유로 집에 간 사람은 딱 한 명이다. 내가 운 좋게 목 대위 때 전입을 왔더라면 이미 그린캠프에서 전역을 대기 중이었을지도 모른다. 나는 약한 사람이다. 사람들이 그걸 알아줬으면 한다. 하지만 입대 전에 간 신체 검사장 상담사도 날 이해해주지 않았다. 내가 ○○대학교를 다닌다고 하니 그쪽에 상담센터가 잘 되어 있다고, 거기서 상담을 받아 보라는 말만 해줬다. 군대를 빼고 싶었다. 부모님이 이혼하시거나, 공황장애를 앓아 장도 못 보러 가는 어머니와 살다 오거나, 크고 작은 폭행을 일으키다 온 사람이어야 빼 주는 건가. 그 정도 배경이 없으면 집에 보내주지 않는 것 같다. 초중고를 성실히 졸업하고 대학교 생활도 원만하게 한 나의 고민거리 같은 건 쳐 주지도 않는다. 이 사람들은 기어코 내가 이러다 자살하기를 보려나 보다. 아무도 내 말을 진심으로 들어주지 않는다.

약을 먹고 말고가 내 군 생활의 문제를 해결해주지 않는다. 오히려 약을 먹이면 애가 좀 괜찮아질 거라고 생각하는 부대 측 판단에 화가 더 난다. 들판을 쏘다니던 야생 닭을 잡아다 목만 간신히 빼놓을 만한 케이지에 가둬놓고는, 병이 들어서 뭐가 문제지 하며 항생제 주사만 놔 주는 꼴이다. 여기 갇혀 있는 게 문제다. 이러다 자살해도 내 억울함을 풀지 못한다. 부대는 '우린 할 수 있는 조치를 다 했다. 얘가 충동적으로 죽어버린 거다' 하는 변명으로 책임을 피해갈 거다. 상상만 해도 열불이 난다.

내가 약을 먹는다는 걸 사람들이 다 아는 것도 싫다. 매일 아침 밥 먹고 나서 간부들에게 약을 먹어도 되는지 여쭤보고, 약을 먹은 뒤 입안에 남아있는 게 아무도 없다는 걸 보여주며 한 번 더 감시받고, 사인까지 얻어내는 과정 자체가 너무 싫다. 없던 정신병이 생기는 기분이다. 범 중사는 병사들이 전부 모인 점호 때 내게 무슨 약을 먹냐며 대놓고 물어보기도 했다. 직접 내게 얘기를 꺼내진 않지만 다들 내가 정신과 약을 먹는다는 걸 알고 있다. 포대장은 내가 우울증 약을 먹어서 졸린 건 없냐며, 졸리면 좀 쉬어도 된다며 착한 척을 한다. 그러겠다 할 수 없다. 내가 일을 안 하면 대신해줄 사람이 없으니 말이다. 그걸 간부들이 해준다면 참 좋겠다. 쉬어봤자 어차피 쉰 만큼의 일을 다른 시간에 더 해야 한다.

일 안 하는 병사들도 싫지만 일 안 하는 간부들은 더 싫다. 일과 시간에 그들은 행정반에 앉아 휴대폰 게임을 한다. 몇몇 병사들은 간부와 친해지려고 휴대폰 게임 얘기를 하며 노닥거린다. 틈만 나면 담배 타임을 가진다. 얼마 전에 '피순'이란 말의 뜻도 알게 됐다. 'PX 순찰'의 준말이다. 심심한 간부들이 종종 동료 간부를 꼬드겨 피순을 간다. 당직사관들은 간단한 행정 업무조차도 직접 안 하고 당직병이나 다음날 출근할 당직사관에게 짬 때린다. 내 월급의 몇 배는 받는 사람들이다. 이 사람들이 일을 좀 더 열심히 하는 모습을 보인다면 난 약을 먹을 필요가 없을 것 같다.

날짜를 세고 있던 부대는 약이 다 떨어지자 날 또 사단 정신과에 보냈다. 내게 약을 먹이는 군대가 싫다. 이번에는 약 복용을 원치 않는다고 확고히 말한다. 정신과 군의관은 그래도 먹는 게 좋을 것 같다는 우려를 내비친다.

평행 우주 IV

S#6. 행정반 (실내 / 밤)

불길한 느낌의 여성 소프라노 성악곡이 울려 퍼지는 가운데
행정반에서 의자에 앉아 자는 당직사관, 당직병, 불침번, CCTV 근무자.
그리고 그 가운데에는 천장에 목매달아 움직이지 않는 은일 있다.

목소리 1   사건 터진 게 04시인가. 그러던데 어쩌겠어 불침번들도
　　　　　　다들 자고 있었을 거 아냐. 그때 그냥 행정반에서 목을
　　　　　　매달아 버린 거지. 다들 좆돼 보라고.

목소리 2   대박 운이 지지리도 없었지 말입니다.

목소리 1   야 그게 아주 악랄한 새끼인 게 죽은 사람이 행정병이었
　　　　　　거든. 근무 짜는 행정병. 근데 사망 당시 근무 서면서 자
　　　　　　고 있었던 사람들 당직사관, 당직병, 불침번, CCTV 싹
　　　　　　다 행정 분과 소속이었다는 거야.

목소리 2   그러면 일부러 그날에 자살한 겁니까? 계획적으로.

목소리 1   우연은 아니겠지.

목소리 2   그 사람들은 처벌받습니까?

목소리 1   아직은 몰라 근데 크게 터지고 기사화도 돼서 그냥 넘어
　　　　　　가긴 힘들지 않을까.

목소리 2   걔네만 불쌍하게 됐습니다.

목소리 1   그러게 말이다. (부스럭부스럭)

목소리 2   어 주무시는 겁니까? (웃음) 언제 깨워드리면 되겠습니까.

5부

거울에 머리 박고 죽은 조 상병

등장인물

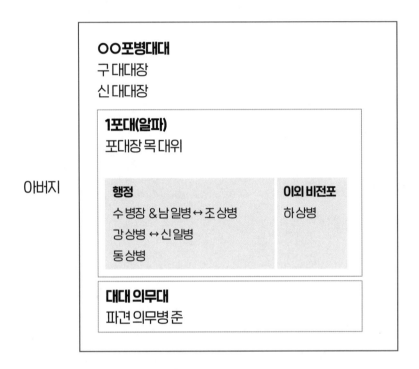

아버지

○○포병대대
구 대대장
신 대대장

1포대(알파)
포대장 목 대위

행정	**이외 비전포**
수 병장 & 남 일병 ↔ 조 상병	하 상병
강 상병 ↔ 신 일병	
동 상병	

대대 의무대
파견 의무병 준

↔ : 대리업무 관계

병영생활 상담관   힐링캠프 전담 상담관   장교
병사

박치기

　많은 사람이 행군을 기대하고 있다. 작년 혹한기 행군 때 완주한 병사
들에게 뜀걸음 특급 처리를 해 주었기 때문이다. '특급전사'를 달성하면

포상 휴가를 무려 6일씩이나 받는다. 특급전사를 받기 위해선 각종 체력 시험, 사격, 병 기본 자격시험에서 전부 특급을 달성해야 한다. 그중 병사들이 제일 어려워하는 게 바로 뜀걸음이다. 나도 뜀걸음만 패스하면 나머지는 도전해 볼 만하다. 내가 분대장을 6개월 해서 얻는 분대장 위로 휴가가 7일이다. 조금 고생해서 받을 수 있는 게 6일이면 난 도저히 지나칠 수가 없다.

부대 차원에서 단독군장 희망자, 잔류 희망자를 조사하기 시작했다. 행군은 20kg 완전군장을 메고 하는 것이 원칙이다. 그러나 훈련을 제대로 하는 것만큼 부대에서는 환자가 발생하지 않게 하는 것도 중요하다. 그런데 행군을 빼려는 사람이 예상보다 많다. 수 병장은 어깨가 안 좋다며 단독군장을 차기로 했다. 강 상병도 은근슬쩍 껴서 단독군장 희망자로 묻어간다. 그는 완전군장을 왜 하냐며 자신을 똑똑한 사람, 나머지 사람들을 호구 취급하고 있다. 그래서 행정 분과에서 완전군장을 메는 건 나와 신 일병 둘뿐이다.

인트라넷 상에서 대대 행군 열외자 명단을 발견했다. 주목할 만한 건 포대별 열외자 비율이 상이하다는 점이다. 유독 어느 포대만 건강한 사람 비율이 높거나 아픈 사람 비율이 높다는 건 이상하다. 그럴 순 없다. 이건 포대장의 리더십 차이다. 지금 포대장은 아프거나 겁먹은 티를 내기만 하면 행군을 다 빼 주고 있다.

아프다는 사람들이 점점 추가로 나온다. 보충제 먹어가며 헬스 하는 후임은 심장이 아프다고 해서 아예 잔류자로 분류되었다. 꾀병도 병이라는 말이 있다. 병사가 꾀병을 부리는 것처럼 보이더라도, 꾀병을 부린다는 것 자체가 어디에 문제가 있다는 사실을 반영한다는 뜻이다. 따라서 군대에서 하기 싫은 게 있다면 끝까지 꾀병을 부리면 된다. 나도 군 생활이 하기 싫은데 억지로 할 필요가 있었나.

　　결국 끝까지 완전군장 대상자로 남은 사람들은 특급전사 희망자, 그리고 군인으로서의 가오를 중시하는 자들뿐이다. 나도 하기 싫다. 옆 사람들이 하나둘 발을 빼는 걸 보니 힘이 안 빠지려야 안 빠질 수가 없다. 훈련을 앞두고 갑자기 동기 한 명이 독감으로 입실했다. 부럽다. 이외에도 그린캠프 전우조로 훈련에 불참하는 사람들은 3명씩이나 된다. 저 자리를 누가 먹을지 사람들 간 경쟁이 치열했다. 행군 전날이 되니까 부러워서 열불이 난다. 나 같은 사람들을 위해 마지막 기회가 찾아왔다. 뭐라 안 할 테니 지금이라도 단독군장으로 돌리고 싶으면 돌리라고, 점호 때 마지막으로 조사를 한다. 하지만 나는 손을 들 수가 없다. 어떻게든 휴가도 더 챙기고 싶고, 특급전사를 받아 병장 조기 진급도 하고 싶은 내 욕심 때문이다.

　　불침번을 선다. 그동안 참았던 자괴감이 밀려온다. 군대는 휴가를 쥐고 병사들을 조종한다. 원래 자유롭던 사람들을 가둬 놓고, 당연히 누리고 있던 자유를 보상이랍시고 준다. 사람들은 그걸 또 좋다고 받아들인다. 더는 여기 놀아나고 싶지 않다. 지금이라도 아파진다면, 내일 아침이라도 열이 끓으면 난 행군에서 열외될 수 있지 않을까. 하지만 지금 당장 아플 방법이 없다. 몸이 건강한 게 문제지. 정신은 병들었는데 감기 하나 안 걸린다. 감기약. 관물대에 남겨 둔 감기약 뭉치가 생각난다. 감기약 10일 치는 총 40알. 그것들을 통째로 까먹으면 몸이 아파질 수 있을까. 죽을 리는 없다. 무슨 감기약 먹는다고 사람이 죽기까지야 하겠나. 운이 좋으면 내가 내일 못 일어날 수도 있겠다. 하지만 그러면 의도적인 병역기피 행위가 된다.

우울한 기분으로 근무가 끝나고 생활관으로 복귀한다. 모두 잔다. TV를 틀어 슬픈 목소리를 지닌 미국 여자 가수 라나 델 레이의 흑백 뮤직비디오 Love를 본다. 불침번 후번인 후임이 생활관을 기웃거린다. 당직사관님과 합의한 TV 연등 시간이 곧 끝나기 때문이다. 눈이 마주친다. 이따가다시 들어와 TV를 끄라고 주의를 주지 않았으면 좋겠다고 생각한다. 그러나 그는 칼같이 종료 시간을 맞춰 다시 나타난다. 뮤직비디오를 끄고 자리에 눕는데 너무 서럽다. 이때다 싶어 날 단속하며 속으로 흐뭇해했을 거다. 내가 그와 이런 심리적 갈등을 겪고 있어야 한다는 현실 자체에도 짜증이 난다. 왜 우리는 이렇게 서로를 못 잡아먹어 안달일까. 다 같이 끌려와 고생하는 처지에 누가 꿀을 더 빠네 못 빠네 하며, 서로 감시하고 싸우고들 있다. 우리를 끌고 온 나라에게 대들기에는 그 권위가 너무도 높기 때문이다. 노래를 더 듣고 싶다. 뮤직비디오를 좀 더 보고 싶다. TV를 틀면 된다. 하지만 규칙은 규칙이다. 그럴 수 없다.

잠이 안 온다. 온갖 생각이 다 난다. 미칠 것 같다. 아무리 해도 내가 여기 끌려온 문제를 논리적으로 정당화해 받아들일 수가 없다. 군 생활 편하게 하는 사람들에게도 화가 나고, 운 좋게 병역의 의무를 피해 사람들 생각에 분이 안 풀린다. 그러자 내 속에서 내가 반론한다. 그러게 누가 육군 가래? ㅎㅎㅎ

난 단순하게 살지 못한다. 생각을 멈췄으면 좋겠다. 여기 침상에다가 머리를 박치기하면 다른 사람들을 깨우고 말 거다. 화장실에 가서 타일 벽에 머리를 박고 오는 상상을 한다. 이 생각에 도저히 잠들 수가 없다. 관물대를 열어 약봉지를 뜯는다. 셀 수 없는 만큼의 양이 모였다. 한입에 털어 넣고 물로 삼킨다. 화장실로 가 벽에 머리를 찧는다. 꿍. 통증에 놀란다. 내 이마 한가운데를 지나던 굵은 핏줄이 깜짝 놀라 얼얼하다. 내가 왜 이러고 있어야 하나. 시원하게 엉엉 울기라도 했으면 좋겠다. 아파서 찔끔 나오는 눈물밖에 없다.

은일아 괜찮아? 내가 이렇게 우울하단 걸 누가 알아줬으면 좋겠다. 울고 있는 날 발견해 준다면 좋겠다. 그러면 나도 행군을 뺄 수 있을 거다. 머리를 더 박는다. 누군가를 호출할 정도로 시끄럽진 않다. 게다가 내가 직접 박는 거라 두개골을 깰 수 있을 정도의 힘이 안 나온다. 이 정도라면 이마에 혹만 나고 끝이다. 이런다고 뇌세포가 얼마나 죽겠나. 이런다고 내가 죽을 수 있겠나. 나만 손해다. 화장실 칸에 목을 매다는 상상을 한다. 하지만 그건 진짜로 죽음을 각오해야만 할 수 있는 행동이다. 행정반에는 국방 헬프콜 1303에서 나눠준 달력이 있다. 날짜 칸마다 그날에 일어났던 인명사고가 적혀 있다. 나도 거기 그렇게 한 문장으로 남겠지. 이 사건은 어떻게 기록될까. 혹한기 훈련을 앞둔 채 부담감을 이기지 못하고 자살? 찔끔 나온 눈물을 닦지 않고 가 누운다. 금방 잠이 온다.

다음날 난 멀쩡히 일어나 행군도 끝까지 했다. 혹한기 훈련이 끝나 겨우 요정과 통화를 한다. 드디어 훈련이 끝났다고 소식을 전하고 싶었다. 하지만 내가 기대하던 만큼의 반응이 아니다. 그동안 나와 연락하고 싶기는 했을까. 행군이 얼마나 힘들었는지 말해주고 싶었는데. 이대로라면 무슨 말을 해도 시큰둥한 반응일 것 같다.

지난 1월 우린 춘천으로 외박을 다녀왔다. 출발 전 편지를 쓸 때만 해도 난 우리가 즐거운 시간을 보낼 줄 알았다. 그러나 둘째 날 아침 우리 사이는 최악이었다. 요정은 말이 없어지고 표정도 어두워졌다. 내가 말을 걸어 봐도 날 잠깐 노려보다 힘없이 단답으로 대응할 뿐이었다. 우린 대화다운 대화를 할 수 없었다. 이런 식으로 요정의 텐션이 떨어지면 어떻게 대처해야 하는지는 아직도 모르겠다. 맛집이라는 곳에 갔는데도 그녀는 휴대폰을 꺼내 사진을 찍지 않았다. 의미 없이 공원을 걸었다. 그녀를 1분이라도 일찍 보내고 싶은 기분까지 들었다.

그때 헤어지자는 말을 차마 입 바깥으로 꺼낼 수 없었다. 한쪽이 바람을 피웠다거나 하는 사건이 있었더라면 미련 없이 헤어질 수도 있다. 하지만 우리에게는 헤어질 만한 이유가 딱히 안 보였다. 이러다 다시 만나면 또 즐겁겠지. 사랑하지 않아도 일단은 사랑한다고 말해두기로 했다.

얼마 뒤 우리 대대가 '일과 외 시간 스마트폰 사용 시범 적용' 부대로 선정되었다. 이젠 수신용 전화기가 아닌 카톡으로 연락할 수 있게 된 것이다. 그러나 그녀와의 연락은 생각만큼 즐겁진 않았다. 난 싸지방에서 이용 시간 제한 때문에 못 보던 의미 없는 유튜브 영상들을 보기 시작했다. 그러다 씻고 왔다며 휴대폰 반납 30분 전에야 답장하는 날이 많아졌다. 그녀가 공부하느라 바로 답장을 안 할 때면 잘 됐다 싶어 동영상을 마저 더 보러 갔다.

그리고 그녀 아버지가 입원했다. 요정은 울었다.

"많이 심각하신 거야?"

요정을 어떻게 위로해야 할지 모르겠다. 너무 안타깝고 슬픈데 뭐라고 말해야 보탬이 될지를 모른다. 다행히도 그녀는 힘을 내겠다며 씩씩하게 말했다.

"이것 때문에 내가 시험 준비도 그만두고 하는 건 아빠가 원치 않으실 거야. 나으실 거야."

원래는 2월 설에 비어있는 그녀 집으로 가 같이 놀기로 했었다. 하지만 아버님이 아프셔서 그럴 수 없게 되어 버렸다. 나는 결국 2월 휴가를 내렸다. 사실은 휴가를 2월 말로 옮기는 방법도 있었다. 하지만 난 그녀의 생리 주기를 고려하면 월초에 만나야 되겠다는 계산을 했다. 우리 관계가 이렇게 얄팍했나? 춘천 외박 이후로 한 번 만나는 일 자체가 무척 조심스러워졌다. 이제 우리 관계에 남은 건 오직 생각 많이 해야 하는 복잡한 수싸움뿐인지도 모르겠다.

끝내 요정이 이별을 고했다. 이런 얘기는 카톡으로 하는 게 예의가 아니라고 배웠다. 그러나 사실 직접 만나서 헤어진다는 게 쉬운 일이 아니다. 얼굴 보고 같이 있으면 좋기 때문이다. 올 것이 왔구나 하는 생각이 들었다. 내가 먼저 그녀에게 헤어지자고 하기가 어려웠다. 연애를 시작하는 것보다 끝내는 게 사실 더 어려운 일이라는 말도 있다. 난 요정과의 연애를 좋게 끝맺고 싶었다. 근데 좋은 이별이란 없다. 기분이 좋을 땐 헤어질 생각이 안 들고, 기분이 안 좋을 땐 나쁜 이별밖에 없기 때문이다. 그녀가 이 어려운 일을 시작해준 사실에 오히려 난 고마웠다. 그래 하고 점을 몇 개 붙여 답장을 보냈다. 그러자 그녀는 미리 준비해 둔 장문의 메시지를 붙여넣기 해 보냈다. 차마 볼 수가 없다. 요정에게는 지금 제대로 답변을 줄 수 있는 상태가 아니라, 할 수 있게 될 때 메시지를 주겠다며 마지막 말을 끝낸다.

이사

갑자기 부대가 이사를 하게 됐다. 건물이 너무 낡아 언젠가는 허물고 새로 지어야 하는데, 이게 우리 때 걸려버린 거다. 다행히도 우리가 건물을 직접 짓지는 않는다. 인부들이 온다. 공사 동안 우리가 지낼 곳은 3포대 내에 있는 '임시 숙영 시설'이다. 그냥 지금 사는 곳에 있다 전역하고 싶다. 대부분 나와 비슷한 심정이다. 모두 알파의 시설을 싫어하면서도 어느새 적응한 것이다. 아쉬워하며 하는 소리가 있다. 1 생활관에서 자리를 한 칸씩 옮기는 게 군 생활의 낙이라면 낙이었다고. 왜냐면 자리 배치가 짬 순으로 되어 있어 전역자가 발생할 때마다 끝 쪽으로 한 칸씩 전진하기 때문이다. '중간 TV급'이라는 표현이 여기서 나왔다. 기다랗게 일자로 된 1 생활관엔 양쪽 끝에 TV가 한 대씩 있고, 가운데에도 한 대 있다. 따라서 1 생활관에서 중간 정도 짬이 되는 사람들은 중간 TV급으로 불린다. 시설의 열악함마저 이렇게 낭만으로 여길 줄 누가 알았겠나.

이젠 행정 분대장으로서 당직도 들어간다. 마침 첫 당직 날이 구 막사에서 보내는 마지막 날이다. 군부대가 평소 할 일은 드럽게 안 해도, 특정 일에 관해서는 미친 듯한 추진력을 보인다. 부대 병력 대부분이 일과 시간에 장갑을 끼고 줄 맞춰서 임시 숙영 시설을 보수하러 간다. 사람들이 행정반 내 당장 안 쓰는 컴퓨터, 책상, 교본, 서류들을 하나씩 빼 갔다. 이제 행정반에 남은 건 당직병 책상과 컴퓨터, 당직사관 책상과 컴퓨터, 총기함, 그리고 TV뿐이다.

아침에 퇴근해서 자고 일어나 보니 모든 것이 사라진 오후 4시다. 전선을 끊어서 전기도 안 들어온다. 창문도 다 떼어 갔다. 쓰레기만 뒹구는 포대는 말 그대로 폐허다. 오늘 자 당직병과 인솔 간부, 그리고 위병소 말뚝 근무 대기자 둘만이 사열대에 플라스틱 의자를 덜렁 두고 앉아있다. 트럭 한 대에는 마지막으로 옮길 잡동사니들이 폐기물처럼 너저분하게 실려 있다. 거기다 내가 당직 취침할 때 쓴 매트리스와 침낭, 베개, 그리고 파봉을 싣고 임시 숙영 시설로 떠난다.

그런데 시설이 생각보다 괜찮다. 생활관, 행정반, 화장실 등 컨테이너들을 마을처럼 구성하고, 컨테이너에 쓰이는 것과 비슷한 재질의 회색 판넬로 외벽을 빙 둘러싸 거기다 지붕까지 얹어 놨다. 지붕 높이가 3m 정도 된다. 외벽엔 창이 없지만 벽과 지붕 사이를 막은 투명 아크릴을 투과한 햇빛이 은은하게 들어와서 실내 홀을 비춘다. 붉은 각파이프로 지지대를 만들어 전등과 CCTV도 곳곳에 달아놓은 걸 보니 전기 설비까지 다 마쳐 놓은 것 같다. 바닥도 흙바닥이 아니다. 난 흙바닥 위에 컨테이너만 덩그러니 놓인 광경을 상상했었다. 자갈을 빽빽이 뿌리고 그 위에는 탄을 보관하는 데 쓰던 목재 틀을 빼곡히 깔아 놓았다.

생활관은 총 8개다. 9개 분과를 7개 생활관에 적당히 찢어서 넣고, 나머지 생활관 하나를 신병 전용 동기 생활관으로 지정했다. 행정 분과는 인원이 많아 찢어지지 않은 채로 행정반 바로 앞에 있는 7 생활관을 쓴다. 생활관 내벽에는 잡아당기면 종이처럼 뜯긴 자국을 남길 것 같은 갈색 벽지가 발려 있다. 바닥은 손톱으로 꾹 누르면 잠깐 자국이 패였다 사라질 정도로 약간 말랑말랑한 나무 패턴의 장판이다. 그저께 연대장님 시찰 때문에 생활관 바닥을 물티슈로 깨끗하게 닦아놓아서 바로 누워도 될 정도라고 한다. 관물대는 총 8개를 주르르 붙여 놓았다. 침상 폭은 관물대를 지탱하는 프레임 아래 두 발을 넣고 누우면 180cm 되는 내 키와 딱 맞을 정도다. 머리맡 침상보다 5cm 정도 낮은 높이엔 발 닿는 복도가, 한 사람 겨우 지나다닐 정도로 좁게 있다. 발 닿는 곳과 눕는 자리가 가까우니 먼지를 안 먹기 위해 매일 청소를 성실히 해야 할 거다. 천장이 낮아서 그런지 전등 불빛도 선명해 보인다. 40명이 한 줄에 20명씩 마주 보고 생활하던 구 막사 1 생활관에 비하면 여기는 매우 쾌적한 환경이다.

아직 일과 시간인데 사람들이 어디서 뭘 하는지 휑하다. 특별한 지시가 있기 전까진 방금 가져온 짐이나 풀기로 했다. 그러다 강 병장이 들어오더니 화를 낸다. 바깥에 사람들 다 일 하고 있는데 뭐 하는 거냐고 말이다. 평소에 대화도 않던 사람이 오랜만에 하는 말이 이런 거다. 나도 확 짜증이 난다.

"아까 보니까 바깥에 아무도 없길래 가만히 있는 것보단 제 짐 정리하는 게 나을 것 같아서 짐 정리하고 있었습니다."

"어쩜 그렇게 이기적이냐."

이기적? 내가 생각하는 제일 이기적인 사람이 날 보고 이기적이라 한다. 평소 그를 싫어하던 만큼 져주고 싶지 않다. 가능한 한 논리적인 이유를 들어 내가 왜 짐 정리를 하고 있었는지 설명하기로 한다. 하지만 감정이 격해져 대화가 통하지 않는다. 그는 지난번 이사 작업 때 내가 상담 받으러 가면서 꿀을 빨아 다들 얘기가 많은 거 모르냐고 한다. 이 말에 난 큰 충격을 받는다. 사람들이 날 안 좋아할 거란 생각은 했다. 그런데 사람들 입에 그런 식으로 오르내린다는 얘기를 직접 들으니 당황스럽다. 강 병장도 정말 싫어하는 날 지켜보며 속에 눌러뒀던 말들을 이때다 싶어 내뱉고 있다. 아무 반격도 못 하고 존댓말로 대답만 하며 듣고 있는데 신 일병이 들어와 상황이 어정쩡하게 종료된다.

내가 상담을 왜 받고 있는지 아냐고 묻고 싶었다. 정말로 사람들이 내 상담을 가지고 그렇게 얘기할까. 내가 꿀 빨고 싶어서 일부러 상담을 받는 거라고? 요즘 상담을 자주 하긴 했다. 일주일에 한 번꼴로 상담관이 부대에 방문하고 있었다. 그건 내가 행군 전날에 약을 먹고 벽에 머리를 박았던 사실 때문이다. 혹한기 이후 약 한 달 만에 온 상담 시간이 끝날 때쯤 훈련은 잘했냐는 질문이 나왔다. 그때 이 얘기를 하니 상담관은 왜 자기한테 바로 말 안 했냐며 예민하게 반응했다. 그 일을 일부러 숨길 생각은 없었다. 상담관이 그런 반응을 할 줄 몰랐던 것도 아니다. 그래도 내 기분을 누군가 알아줬으면 좋겠다는 마음이었다. 상담관은 특히 내가 약을 먹었다는 사실을 강조하며, 이건 포대장님에게 보고할 수밖에 없는 사안이라고 했다. 내가 위험할 수도 있었다고.

그날 오후 바로 포대장님이 날 불렀다. 그 일 때문이란 걸 직감했지만 딱히 할 말이 있는 건 아니었다. 왜 그랬냐는 질문. 바로 대답할 수 없었던 이유는 그 힘들었던 상황으로부터 며칠 지난 시점이었기 때문이다. 항상 그렇다. 제일 힘들 땐 그 얘기를 할 사람이 옆에 없다. 좀 잊어버려 나아지면 그땐 누가 그 얘기를 하라고 부추긴다. 무슨 일이 있었고 그 이유가 뭐였는지를 찬찬히 되짚다 보니 또다시 우울한 기분에 잠기고 말았다. 그때는 오로지 행군이 하기 싫은데 휴가로 조종당하고 있는 현실 때문에 속이 답답한 줄 알았다. 근데 다시 생각해보니 난 열심히 하다 보니 남들보다 일을 더 맡아 하는 나를 싫어했던 것 같다. 머리를 다쳐서라도 부대에서 좀 덜떨어진 사람이 되어 과도한 업무 책임감에서 벗어나기를 희망했다. 포대장님도 상담관처럼 내가 약 먹은 사실을 문제 삼았다. 약 먹은 건 아무것도 아니다. 그 감기약 먹는다고 사람이 어떻게 되기라도 하겠나. 근데 화장실로 가 벽에 머리를 찧어야 했던 내 절박함에 대해선 상담관도, 포대장님도 공감해주지 않았다.

만약 강 병장이 이 사건까지 알고 말한 거라면 그는 정말 악랄한 사람이다. 아니기를 바란다. 내게 어떤 사정이 있었다고 한들, 나도 내가 극도로 싫어하던 꿀 빨고 싶어 하는 사람 중 하나였던 걸까. 죽고 싶다는 생각을 수없이 하는 난데 이유를 묻긴커녕 강 병장은 그걸 가지고 날 공격했다. 한때 잘 맞는다고 생각한 사람이었다. 나도 그에게 충격이 될 만한 말을 하고 싶은데 차마 말은 못 한다.

'제가 죽고 싶다는 생각을 한 게 한두 번이 아닌데 강 병장님 때문에 그랬던 적도 있습니다.'

상담은 내가 좋아지기 위해서 하는 거다. 근데 돌이켜보니 그동안 상담을 통해 기분이 좋아진 적은 없다. 상담이 끝날 때마다 상담관은 내게 상담이 어땠냐고 묻곤 했다. "다른 사람한테는 하지 못하는 말들을 해서 좋습니다." 하고 답했으나 그건 착한 척이었다. 난 힘든 얘기를 할 때마다 더 우울해져만 갔다. 결과적으로 상담은 내게 어떠한 도움도 되지 않았다. 오히려 내 이미지만 상담으로 꿀 빠는 놈으로 만들어버렸다. 자대에 오고 나서 그동안 진행한 상담 횟수가 10번이 넘는다. 약 먹은 얘기를 한 바로 다음 시간, 상담관은 전임 상담관이 시켰던 성격검사 체크리스트를 또 줬다. 똑같은 걸 난 중학교 때 엄마랑 상담 기관에 가서도 해본 적이 있다. '여자들은 _다.'라는 문장에 빈칸을 채우는 문항이 있다. 그때 마침 다니던 학원 선생님한테 들은 "여자들은 나라마다 다르다"는 말이 생각나서 그렇게 적었다. 분석 결과 난 비뚤어진 가치관을 가지고 있다는 소리를 들어야 했다. 그러고도 잘도 상담사로 돈 받아 처먹으며 살아간다 그 사람들은. 그래서 이번엔 안 속으려고 전부 이런 식으로 채웠다. '여자들은 어떻다고 생각하는지에 대해 답변하고 싶지 않습니다.' 생각해 보면 이런 질문에는 답하는 것 자체가 에러다. '여자들은 날 좋아하지 않는다'? 애정결핍, 사회성 부족, 이성 교제 없음. '여자들은 여자들이다'? 회피적 성향. '여자들은 그 자체로 존중받을 가치가 있다.'고 적어야 날 가만 내버려 두는 걸까.

요정과 헤어지고 나서도 상담이 있었다. 헤어진 얘기를 하자 상담관은 내게 여자친구가 있는지 몰랐다며 이것저것 묻기 시작했다. 자연스럽게 그녀와의 갈등을 털어놓았다. 난 왜 그렇게 기가 죽어 그의 질문을 거역할 수 없었나. 요정과 소원해진 관계의 원인을 파고들다 우리가 그동안 거의 성관계를 한 적이 없었다는 사실까지 말해버렸다. 상담관의 반응이 최악이었다.

"어…. 그렇네요…. 정상적인 연인들이랑은 좀 비교가 되네요…."

이미 말하고 난 뒤다. 상담 기록을 내가 약 먹었을 때처럼 그대로 포대장에게 전달했을 것이다.

상담관이 와 강 병장과의 일을 얘기했다. 날 불쌍한 사람으로 보게 하려 애썼다. 이 얘기도 포대장에게 보고해 강 병장의 이미지를 나쁘게 만들길 바랐다. 하지만 상담관은 내가 아닌 강 병장의 입장을 헤아려줬다.

"하긴, 그렇게 볼 수도 있었겠네요…."

내가 자발적으로 상담을 요구한 적은 한 번도 없었다. 이제 와서 하는 소리지만 군부대에 상담이란 게 없었다면 난 오히려 이겨내며 잘 살았을 지도 모른다. 상담관은 나의 친구가 아니다. 상담이 날 집에 보내주지도 않았다. 인생의 문제는 대부분 해결하고 싶어도 해결되지 않는 것들이다. 다른 기분 좋은 일로 잠시 덮어두고 망각할 뿐이다. 그것들은 면역력이 낮아지면 나타나는 대상포진처럼 우울할 때마다 스멀스멀 기어올라 날 뒤덮는다. 상담을 통해 난 뭘 이루려고 했는가. 나는 왜 상담을 전략적으로 활용할 생각을 못 했을까. 대놓고 군 생활 그만두고 싶은 티를 냈으면 자살하냐 마냐를 놓고 고민할 정도로 힘든 삶은 피할 수도 있었을 텐데. 왜 내가 힘을 내 가지고. 왜 하필 나는 열심히 살고 싶어 가지고.

상담받는 것 때문에 욕먹었다고 말했으니 이제는 상담을 그만할 이유가 생겼다. 상담을 그만하고 싶다고 말한다. 이게 바로 당신 때문이라고도 하고 싶다. 하지만 난 그렇게 말 못 한다. 상담관이 '그래도 상담은 해야 된다'고 붙잡을 줄 알았다. 그러나 알겠다는 대답이 바로 돌아온다. 군 생활 절반 지날 때까지 이어온 상담이 이렇게 끝날 줄 알았다면 진작에 그만두는 건데. 군대가 어떻게 돌아가는지 몰랐다. 게이 친구와 했던 통화가 생각난다. 훈련소에서 본 '동성애자 대응 요령' 문서 얘기를 했었다. 그는 게이란 사실을 왜 말하냐며, 거기 걸려드는 사람들이 너무 순진하다고 말했다. 얘는 이미 자신을 숨기는 법을 알고 있었던 거다. 다가오는 사람 안 내치는 내 성격이 날 이런 상황으로 몰아넣었다. 그동안 여기 내게 인간적인 교감을 위해 다가오는 사람은 아무도 없었단 걸 이제야 깨닫는다.

상담이 뜻대로 진행되지 않은 것 같다는 미안한 말이라도 듣고 싶었다. 하지만 그는 고객의 구독 해지를 방어하는 잡지사보다도 날 생각하는 마음이 없다. 적어도 그쪽은 내가 구독을 끊는 이유를 물어보기라도 한다. 포대장은 나와 면담을 하면 자기가 '전문적으로 상담을 배우진 않아서 해줄 수 있는 말이 없다'고 미안한 모습을 내보이기라도 했다. 그런데 전문적으로 상담사 자격을 갖춘 사람은 상처만 안기고 떠난다. 이전에 나 말고 다른 사람들이 일을 아무도 안 하는 것 같아 괴롭다고 말했을 때도 그는 '스스로에게 요구하는 엄격함을 남들에게까지 요구하지 말라'는 소리나 했다. 나는 그의 선한 얼굴이 싫다.

얼마 뒤 포대장이 날 불러 물었다. 의무병 시험에 합격해 알파를 떠난 후임 준과 어떤 사이였냐고. 그저 그랬다고 답했다. 그러자 그날 바로 의무대에서 그가 파견을 와 우리 생활관에 상주하게 되었다. 우리 부대 사람이었지만 이제는 외부인으로 취급되어 일과에 참여 안 한다. 알파에서 힘든 시절을 같이 보낸 그도 어느새 다른 의무병들과 똑같은 사람이 되어 있었다. 일과 시간에 상 펴고 앉아 책 읽고 공부하는 걸 당연하게 여긴다. 일하다 들어온 나와 눈이 마주치면 책을 덮긴커녕 오히려 할 일을 열심히 한다는 듯 책을 뚫어져라 본다. 이 사람 때문에 쪽잠 자려고 불을 끌 수가 없다. 힘들게 일과를 마치고 개인 정비 시간이 와도 그는 이미 종일 개인 정비를 즐긴 뒤다. 청소 시간이 되면 청소는 안 하고 느긋하게 선임들과 담배를 피우러 나간다. 빗자루를 들고 나오는 내게 그는 선심 쓰듯 말했다. 필요한 게 있으면 돕겠다고. 참다못한 나는 청소 시간에 우리 구역인 행정반 청소라도 좀 해달라고 했다. 그러니 며칠 뒤 인상을 쓰고 나타나 따졌다. 자기가 행정반 일이랑은 관련이 없는데 행정반 청소를 하는 건 좀 아닌 것 같다고 하면서.

그는 이내 자기 계발을 좋아하는 강 병장과 짝을 이뤄 생활관 내에서 떠들기 시작했다. 존재하는 것조차 싫은 두 사람 목소리를 내내 듣고 있을 수밖에 없게 됐다. 의무병 파견을 왜 보냈을지 뻔히 안다. 내가 지난번에 약을 먹어서다. 그러니 의무병에게 약 수불을 감시하게 시키면 내 문제가 해결될 줄 알았나 보다. 대단한 조치다. 덕분에 매일매일 고통받는 중이다.

면담 기록 조회

휴가 때 가족들과 일본 여행을 다녀왔다. 군인도 해외에 나갈 수 있다. 대신 절차를 거쳐야 한다. 원래는 전역하고 다 같이 가기로 얘기해 두었다. 근데 어머니 상태가 많이 안 좋아지셔서 조금이라도 일찍 가는 게 좋을 것 같다고 형은 말했다. 허가를 받으려면 상급 부대를 왔다 갔다 해야 한다. 눈치가 보였다. 우리 쪽 간부가 차로 인솔해줘야 하기 때문이다. 그들 입장에선 나 때문에 안 해도 될 일이 생긴 셈이었다.

여행은 순탄치 않았다. 어머니가 길은 잘 걸어 다니지만 계단을 못 오르내리셨다. 몸을 잡고 부축해 드려도 계단을 무서워하는 것 같았다. "어흐흑. 어흐흐흑." 하고 울부짖었다. 이제는 화장실도 혼자 못 가신다. 아버지가 어머니와 장애인용 화장실로 들어가는 걸 보고 그때 처음 그 공간의 쓸모를 알게 되었다. 숙소에서 쓴 화장실에서는 이상한 냄새가 났다. 변기 아래에 똥이 조금 묻어 있었다. 어머니가 혼자 변을 보실 때 뒤처리를 깔끔하게 하지 못해서 그랬던 것 같다.

어머니를 마크하는 건 주로 아버지 담당이었다. 아버지가 쉴 때는 나와 형이 어머니를 맡았다. 어머니는 우리는 물론 아버지 말도 잘 듣지 않았다. 앉아서 기다리라고 해도 자꾸만 다시 일어나 돌아다녔다. 아침에 외출 준비를 하는데 정신없게 하자 아버지가 어머니에게 크게 화를 냈다. 여행을 와서도 결국 이러고 마는구나. 나와 형은 어쩔 줄 몰라 했다. 거들 어서 나도 엄마한테 화를 내야 할까. 아버지를 말려야 할까. 아버지는 우리보고 뭐 하고 있냐고, 먼저 나가 있으라 소리를 질렀다. 나는 화내고 소리 지르는 아버지가 싫다. 그동안 부대에서 아버지와 전화 통화만 할 때는 몰랐다. 엄마와 잘 지내시는 모습만 보여주려 했던 것 같은데 실상은 이런 일들의 연속이었으려나.

한국으로 돌아와 복귀하려는데 아버지가 차로 데려다 주셨다.

"복귀한 다음에 연락드릴게요."

행정반에서 복귀 신고 중에 당직병이 갑자기 "어, 어 저 아저씨 뭐야." 했다. 당직사관님도 놀랐다.

"뭐야, 민간인 아닌가?"

그들이 가리킨 CCTV 화면에는 우리 아빠가 이미 정문을 지나 안쪽으로 걸어오고 계셨다. 무슨 일이지? 위병소는 왜 아빠를 그냥 들여보내 주지? 원래 민간인은 사전에 출입 신청을 하고 보안 교육 등을 받은 뒤에 간부의 인솔을 받아 영내에 출입하는 게 원칙이다. 출입하는 사람도 거의 PX 물건 납품하러 오는 사람들뿐이었다. 병사 가족이 이렇게 부대에 드나드는 건 아예 본 적도 없다.

"은일아. 이분 아는 분이야?"

"예…. 저희 아버지인 것 같습니다…. 아 왜 여기를 오셨지?"

급하게 나가 보니 아버지는 이미 포대장실로 들어간 뒤였다. 설마 데려다준 김에 포대장과 인사를 하려고 들른 건가.

불안하게 생활관에서 기다리는데 포대장님이 날 불렀다. 별 건 아니고 아버지가 볼펜을 주고 가셨다고 했다. 포대장님은 볼펜 여러 자루가 뭉텅이로 담긴 비닐봉지를 꺼내 보이셨다. 아. 간부들 쓰라고 일부러 일본에서 볼펜을 고르신 거구나. 형이 아빠에게 왜 그렇게 볼펜을 많이 사냐고 물었던 게 기억난다. 그때부터 나와 부대를 같이 복귀할 계획이셨던 거다.

"어 왜 아버님이 이런 걸 주고 가셨지. 하하."

옛날에 초중고에서 학부모가 선생에게 촌지를 바쳤다던 문화를 떠올렸다.

'포대장님, 우리 아들 잘 좀 봐주십쇼.'

포대장님이 아버지의 이런 행동을 비웃는 것 같았다. 펜 굴리는 업무 하는 사람들에게 좋은 의미로 하신 선물이었을 거다. 하지만 부대에는 병사들이 성인이기 때문에 부모에게 종속된 티가 나는 순간 개무시하는 분위기가 있다. 또한 병사들을 맘대로 굴려야 하는 간부들 입장에서는 더더욱 병사 부모와의 접촉을 꺼린다. 간부님들이 밤마다 부대에 전화를 거는 후임 병사 어머니 욕하는 걸 자주 들었다. 우리 아버지가 부대에 오셨다는 사실이 알려지면 사람들이 날 더 이상하게 볼 거다. 볼펜을 포대장님이 아닌 다른 간부들에게 직접 한 자루 한 자루 나눠주었다면? 상상만으로 끔찍하다.

작전서기는 병 진급 업무도 담당한다. 진급 의결서에는 '병영생활 평가점수'라는 게 있다. 총 다섯 가지 항목에 걸쳐 전사관과 전포대장이 매기는 점수다. 이 점수에 접근하려면 인트라넷 국방 인사 정보체계에 2차 비밀번호를 입력해야 한다. 비밀번호를 아는 건 간부님들과 작전서기병뿐이다. 여느 때처럼 병영생활 평가점수를 확인하는데 점수 입력이 안 되어있다. 이전 진급 기록을 찾는데 병사들의 면담 실시 기록이 쭉 나왔다. 내 이름도 클릭해 들어가 본다. 포대장의 기록, 상담관의 기록, 보급관님의 기록, 심지어는 하나포 시절 하나포반장 석 하사의 기록과 이전 포대장의 기록까지 날짜별로 다 적혀있다. 그동안 내가 어떻게 관리당하고 있었는지 면밀히 알게 되었다. 보급관님은 나와 일하다 가끔 "은일이, 요즘 괜찮나." 묻곤 했다. 그게 사실은 다 '소대장 면담'에 해당했던 거구나. 그걸 또 난 인간적인 관심으로 착각했다. 포수 시절 석 하사가 시작한 내리갈굼으로 피갈갈이를 먹고 그 주말에 "요즘 할 만하냐"고 석 하사가 물어봤던 것도 여기 적혀 있다. 아직도 그때 민 병장을 찌르지 못한 게 원통한데 석 하사 '면담 결과 이상 없음'이라고만 적어 놓았다.

가장 최근 기록까지 올라왔다. 포대장의 기록이다. 나의 돌발 행동으로 인해서 가정과 연계해 면담 조치했다고 한다. 맙소사. 포대장이 먼저 우리 아빠에게 연락한 거였다. 군대라는 집단에 대한 회의가 이제는 분노로 변한다. 간부들이 "너네는 성인"이라는 말을 입에 달고 다니며 책임감을 강조하는데, 날 애 취급하고 있었던 거다. 뭔데 이 사람들이 우리 집에 연락해? 나에 대해 별 관심도 없는 사람들이 아버지한테까지 연락해 내가 요즘 군 생활을 힘들어한다고 얘기했다는 사실에 너무 화가 난다. 아버지는 그 소식에 얼마나 또 놀랐겠는가. 빈손으로 오기 미안해 뭐라도 가져오려 했던 아버지가 우스워 보였을까.

이제 정말 아무도 믿을 수 없다. 누구에게도 속을 못 보이겠다. 간부들이 내게 하는 말이 면담 기록을 남기기 위한 건지 인간적인 관심인지부터 구분하게 되었다. 할머니가 돌아가셨는데도 내 손으로 휴가증 만들고 관련 서류 처리하던 그때가 생각난다. 내가 작전서기를 안 맡았다면 그런 고통도 몰랐을 거고 이렇게 간부들 모두를 향한 신뢰를 잃지도 않았을 거다. 오 이병을 내게 붙인 것도 상담관 면담 결과 때문이라는 기록이 나왔다. 씨발. 오 일병 때문에 오래도 힘들었다. 중간중간 포대장님이 오 일병은 일을 좀 잘하느냐고 물어봤던 것도 다 적혀있다. 날짜별로 내 대답까지 전부. 미칠 것 같다.

자료 읽기를 멈출 수가 없다. 응급처치 경연대회에 같이 나간 군의관 면담 기록도 발견했다. 역시 얼마 전 대회 참여 인원들과 다 같이 짜장면집에 데려가 위로의 몇 마디를 건넨 것도 면담 기록으로 다 적혀있다. 보급관님이 지나가다 대회 준비는 잘 되냐 몇 마디 물은 것도 전부 목적이 있는 대화였다. 사람들 보는 앞에서 대대장님으로부터 상장을 받게 하고 휴가를 넉넉히 준 것까지 전부 내 자존감을 고취하려는 설계였다. 우승하지도 않았는데 그렇게 휴가를 많이 준 이유가 따로 있었던 거다. 난 그것도 모르고. 내가 기분이 좋아 보였다고 적혀있다. 군의관님은 연습을 편하게 하기 위해 본부 포대 인원들로만 팀을 짤 수 있었는데도 굳이 나를 넣었다. 따지고 보면 하나하나가 이상했다. 사람들이 날 속이는 연극을 하고 있었던 거다. 보급관님은 그새 우리 아버지에게 연락해 경연대회 포상 소식도 알렸다. 휴가만 나가면 아버지가 대회는 어땠는지 물어본 것도 이 때문이다.

앞으로의 거취를 결론짓기로 약속한 날짜가 이번 휴가 직후였다. 그동안 FDC로 갈지 본부로 갈지 고민 많이 했다. 이제 보니 정말 중요한 건 휴가보다 망가져 가는 내 인생을 바로잡는 것이었다. 결정은 했냐는 포대장의 질문에 난 사람들이 없는 곳으로 가고 싶다고 밝힌다. 내가 아는 그런 보직이 딱 하나 있다. 복지회관 회관병이다. 그들은 군인 가족들이 방문하는 회관 내 고깃집에서 고기 나르고 숙소 관리하는 일을 한다.

하지만 포대장은 이런 내 앞에서 "음. 대인 기피증 증세가 좀 있는 것 같고. 우울증 증세도 좀 있는 것 같고." 하며 의사도 아닌데 진단을 내린다. 이 얘기는 또 개인 면담 기록에 적힐 것이다. 포대장은 그동안 자기가 군 생활을 좀 했지만 그런 곳은 없다고 한다. 결국 분과 이동이나 전출은 없던 일로 처리되었다.

난 하루하루 더 외로워진다. 사람들 목소리만 들려도 짜증이 올라온다. 임시 숙영 시설 홀 천장을 볼 때마다 붉은색 각파이프 내골격에 목을 매단 채 아침에 발견되고 싶다는 생각을 수십 번씩 한다. 어차피 밤이 되면 당직사관이나 당직병이나 불침번들이나 전부 행정반에서 처잔다. 그 사이에 내가 죽으면 모두에게 책임을 묻고 전체를 엿먹일 수도 있다. 이 계획이 성공하려면 어디 말하지 말고 바로 실행해야 한다. 얘기했다간 아마 또 의무병 파견처럼 좆같은 감시자를 세우거나, 목매달 때 발 받침으로 쓸만한 물건들을 제거하고 나서 면담 기록에 '조치 완료'를 적겠지. 또 강병장 같은 사람들은 내 아픈 점을 가지고 공격하겠지.

포대장 앞에서 이젠 아무 얘기도 안 한다. 그런데도 또 이상한 조치를 내린다. 전역자들이 전역 전날에 꼭 내게 의미심장한 말을 해주고 간다. 뭐가 그렇게 힘들었냐고 묻는다. 전역자 면담에서 포대장이 내 얘기를 한 거다. 은일이가 요즘 많이 힘들어한다, 위로 한마디 해주고 갔으면 좋겠다고. 나는 이런 식으로 내 정보를 흘리는 것 자체가 몹시 불쾌하다. 나한테 남 얘기를 그런 식으로 한 적도 있다. 이 사람들은 내가 우울해하면 약 먹여서 호르몬 조절하는 법밖에 모른다. 앞으로 내가 또 그들에게 인간적인 기대를 하는 일이 없기를 바란다.

먹혔나 싶은 순간 이미

프린트물을 인원수 맞춰 뽑아 스테이플러까지 집어 배부한 게 행정반에 널브러져 있는 걸 보고 분대원들에게 화가 났다. 바로 생활관으로 가 따졌다. 근데 보급병 수 병장 부사수인 6개월 후임 남 일병이 말대답을 했다. 누구도 반박할 여지가 없는 건이라 판단했는데 말이다. 난 당황했다. 얘 정도면 벌써 머리가 다 큰 건가? 짬 대우를 해 줘야 하나? 난 급히 자리를 떴다.

취침 시간 이후 남 일병이 할 말이 있다며 찾아왔다. 밖으로 나가 보니 아까는 죄송했다고 먼저 말을 꺼냈다. 얼마간 힘들었다는 게 그의 사정이다. 그는 부대 내 '신병 멘토'를 맡고 있다. 신병 멘토 제도는 일부 병사들이 신병을 향한 폭언 및 욕설로 징계를 받고 나서 도입되었다. 멘토는 담당 전입병을 8주간 교육하고 케어할 의무를 지닌다. 멘토 기간이 끝나면 특별외박을 받을 수 있어 처음에는 지원자가 몰렸다. 하지만 외박을 나가 봤자 위수지역 제한으로 인해 엄한 데 돈만 쓰고 온다는 인식이 퍼지고는 이제 아무도 지원하지 않는다. 그래서 인성 문제 없는 사람이면 그냥 데려다 억지로 신병 멘토 일을 떠넘기게 되었다. 남 일병이 그 중 한 사람이다. 그의 멘티는 화학병 경 병장의 부사수다. 남 일병은 멘토 교육은 물론이고 행정 공통 업무까지 가르치고 있다. 화학병 부사수는 나이가 무려 서른한 살이다. 바깥에서는 무슨 강연을 하다가 왔다고 해서 다들 능력이 출중할 것으로 기대하고 있다. 간부님들도 그에게 어른 대접을 해 준다. 문제는 남 일병이 봤을 때 그가 그다지 일을 잘 하지 않는다는 거다. 나이 차이를 무릅쓰고 그의 잘못을 지적해도 간부들이 나서서 그를 감싸준다. 아까는 마침 그에게 잘못된 업무를 지적하는 중이었다고 한다.

"그런데 솔직히 조은일 상병님은 공통 행정 업무 안 보시지 않습니까."

갑자기 내가 공통 행정 업무를 알지 못한다는 점을 지적한다. 작전서기병은 본인 업무가 많아 공통 행정 업무에서 제외된다. 그래서 자기가 무슨 말을 해도 내가 듣지도 않을 것 같았다고 한다. 남 일병은 곧잘 내 앞에서 쫄지도 않고 당당히 불만들을 늘어놓는다. 나는 선임에게 이렇게 말해 본 적이 있었나. 없다. 싫어하는 사람이 있으면 아예 말을 섞지 않기로 하고 거리를 두었다. 되돌아보니 그 성격이 사람들과의 관계를 망쳐 놓았다. 남 일병이 이런 솔직히 얘기를 못 하는 성격이었다면 그와도 점점 불편한 사이가 됐을지 모른다. 이런 얘기를 해줘 고맙다는 말을 해야 할 것 같다.

하지만 괘씸하다. 자기만 일 하나. 나도 예전에 그와 똑같은 생각을 하곤 했다. 나만 혼자 일하는 것 같다고. 지금은 내가 귀찮은 일 피하는 법도 익히고 업무도 단순화해서 편해 보였을 거다. 그도 내가 예전에 선임들을 보며 그랬던 것처럼 나를 하는 일 없는 사람이라고 짐작한 것이다. 어찌됐든 지금 난 좋은 선임이고 싶고 좋은 분대장이고 싶다. 나만 너무 일을 많이 하는 것 같다고 느낄 때 듣고 싶었던 말이 있다.

'응, 네가 지금 행정에서 제일 고생하는 것 같네. 지켜보니까 네가 제일

일을 효율적으로 잘하는 것 같다.'

내가 필요로 했던 사람 역할을 선임인 내가 맡는 게 맞다. 그가 힘들어하는 포인트를 짚으며 공감한다. 남 일병은 속이 후련해졌다고 한다. 벌써 이런 얘기를 하러 오는 걸 보니 나중엔 그의 투정을 듣느라 피곤할 것 같다. 그래도 그의 방법은 꽤 훌륭했다. 내가 불만을 품었으나 이제는 전역해버린 행정 선임들이 떠오른다. 나도 그때 이렇게 했으면 좀 나아졌을까. 강 병장은 나쁜 사람이었다. 별로 좋아하지 않는 사람이긴 했지만 자주 보는 수 병장이나 파견 의무병과는 친하게 지냈다. 그가 내게 갈갈이를 줄 때도 남 일병처럼 밀고 나갔다면 어땠을까.

'강 병장님, 제가 진짜 서운합니다.'

그도 그렇고 나도 그렇고 어떻게 하면 서로를 기분 나쁘게 할까 궁리만 한 것 같다. 수 병장과 말로 부딪쳤던 순간들도 생각난다. 행정병이 되기 전 난 부대의 좋은 선임으로 수 병장을 꼽는 사람이었다. 하지만 한번 그에게 말실수를 하고 나서 관계가 틀어지기 시작했다. 사실 그건 실수가 아니라고 봐야 한다. 은연중에 수 병장에게는 대들어도 될 거라고 간을 보고 있던 것이다. 수 병장은 좋은 사람이니까. 다른 선임이었다면 나는 절대 그런 말 못 하고 살살 기었을 거다.

나도 지금 부대에서 만만한 선임에 속하는 것 같다. 그동안 후임들과 말싸움했던 걸 생각해 보면, 후임이 말을 곱지 않게 하는 것 자체가 나를 얕잡아 본다는 증거다. 한번은 한 달 후임이 대뜸 경작서를 들고 와 내게 소리를 높인 적이 있다. 그동안은 근무표가 갑자기 바뀌는 데 별 불만을 삼지 않았는데, 얼마간 야간 근무에 너무 자주 들어가다가 간만에 비번이 나왔는데 다시 확인하니 근무가 생겨버린 것. 너무 갑작스러워서 난 미안하다고 했다. 뭐 서라고 하니까 일단 서긴 할 텐데 이게 자기만 느끼는 문제가 아니란 걸 알아야 할 거라며 그는 가 버렸다. 이후 종일 해명하려고 그를 찾아다녔다. 그러나 단둘이 조용히 대화할 틈이 도저히 안 났다. 그러다 결국 취침 시간이 됐다. 그에게 못한 말이 너무 많아 잠이 안 왔다. 하지만 그는 옆에서 다른 사람들과 계속 수다를 떨고 있었다. 대화 중에 불쑥 끼기가 싫어 끝나기를 기다렸으나 마칠 기미가 안 보였다. 기다리면서 뭐라고 말을 시작할지, 무슨 말을 해야 될지 속으로 예행연습만 엄청 했다. 그러다 참을 수 없는 지경이 되어 잠깐 얘기 좀 하자고 불렀다. 기다렸단 듯 그는 하라고 했다. 요즘 즉각 대기 기간이라 야간 위병소를 풀로 세우게 됐는데 휴가자도 많고 그린캠프 파견자도 많아져서 지금 이런 식으로 근무를 세울 수밖에 없다, 나도 8일 연속으로 야간 근무를 들어갔다, 야간 근무는 새로운 즉각 대기 타임 테이블 때문에 갑자기 바뀐 것이다, 갑자기 근무가 생겨 기분이 나쁠 수 있는 점 나도 충분히 이해한다…. 하지만 그는 심통한 표정을 풀지 않았다.

나는 그와의 인간적인 관계를 놓고 싶지 않았다. 다른 후임이 이랬다면 어떻게든 내가 받은 기분 나쁨을 돌려주려 했을 거다. 하지만 그는 내가 전입 오고나서 처음으로 본 후임이다. 내가 마음의 편지 몇 번 쓰고 행정 분과에 가는 동안 그는 날 좆밥으로 여기고 있었던 걸까. 평소 그가 선임 대우 안 해준다던 사람들 사이에 어느새 나도 포함된 것 같았다.

이해는 하지만 기분이 나쁜 건 어쩔 수 없다고 그는 딱 잘라 말했다. 그리고는 자기가 단순히 오늘 일 하나 때문에 이러는 게 아니라고 했다. 자기는 그동안 내가 내 근무를 몰래 빼 왔던 사실을 알고 있다고 했다. 내가 발가락을 다쳤을 때 선임이 내 근무 공정표를 훔쳐보고 퍼뜨린 그 소문이다. 누구는 야간 위병소 14번 설 동안 내가 3번밖에 안 섰던 거 누가 모를 줄 아냐고 후임은 말했다. 여기저기 해명하고 다녔지만 시간이 한참 지나 이렇게 소문이 되돌아온다. 난 절망했다. 난 부대원들로부터 씻을 수 없는 분노를 샀다.

착한 사람

PC에 USB를 연결했다는 보안 사고 소식이 간간이 들려온다. 군대에서는 각종 바이러스를 차단하기 위해 인터넷이 아닌 내부 인트라넷 망을 쓴다. USB 연결은 유해 코드가 유입될 수 있는 경로다. 그래서 PC에 비인가 외부 저장 장치가 연결되면 경고 화면과 함께 바로 상급 부대에 연락이 간다. 이는 간부 감사에 치명적인 영향을 준다. 우리 부대는 보안 사고 가능성을 봉쇄하기 위해 딱 하나만 남기고 부대 내 PC의 USB 포트를 전부 글루건으로 막아 버렸다.

그러나 생각지 못한 데서 사고는 일어난다. 행정병들은 매일 '실시사항'이라는 부대 일지를 작성한다. 글로만 실시사항을 남기면 상급 부대에서 우리가 일을 실제로 했는지 알 수 없으니 사진도 첨부한다. 그래봤자 재탕이다. 대부분 계절만 맞춰서 예전 것들을 쓴다. 가끔은 승인된 카메라로 새 사진도 찍는다. 그 사진이 담긴 SD카드를 USB 리더기에 꽂아 부대 내 유일한 USB 포트에 삽입한다. 그런데 그 SD카드가 어느 날 사라져 버렸다. 며칠간은 그동안 쌓아 둔 사진들을 활용하고, 정 필요할 땐 브라보 포대 SD카드를 빌려 썼다. 그러나 아무리 찾아도 포대 내에서 우리 SD카드는 나오지 않았다. 사건 냄새를 맡은 당직병은 행정반 내 CCTV

를 돌려보자고 제안했다. 다행히 USB 포트를 막지 않은 한 대의 PC 책상을 CCTV가 비춘다. 흥미를 느낀 이들이 하나둘 모여들기 시작했다. 당직병은 이미 메모장에 유력 용의자를 추려 둔 상태였다. 거긴 내 이름도 있었다. 혹시나 했지만 내가 부지불식간에 SD카드 분실에 일조했을 리는 없다.

어느새 행정반에 구경꾼이 15명 가까이 모였다. CCTV 동영상에서 흥미로운 움직임은 야간 시간대에 포착되었다. 하 상병이 불침번 근무 중 컴퓨터를 만지다 책상 아래로 사라진다. 사람들 입에서 설마, 설마 하는 단어가 나오고 있다. 사실 컴퓨터 비밀번호는 담당 간부들만이 아는 게 원칙이다. 그러나 그렇게 하면 그때그때 간부가 직접 와서 PC 잠금을 해제해야 하는 수고가 발생한다. 그래서 우리 행정병들도 비밀번호를 알고 있고, 당직병들도 비밀번호를 알고 있다. 간혹 행정반 PC에 있는 교육자료나 주기 자료 등을 인쇄하러 오는 병사들에게 행정병이나 당직병은 비밀번호를 알려준다. 그렇게 비밀번호를 알게 된 소수는 불침번, CCTV 근무 중 심심할 때 컴퓨터로 인트라넷 탐험을 한다. 제발 하 상병도 평범하게 인트라넷만 사용해 주었기를. 더구나 그는 사이버 보안에 민감해야 할 통신병이다. 아쉽게도 하 상병이 정확히 무얼 하는지는 CCTV 화면에 담기지 않았다. 하지만 평소 행동거지로 미루어 보아 그가 SD카드를 외부로 반출했다는 추측이 유력해졌다. 하 상병은 휴가 중이다.

"어떤 미친놈이 SD카드를 들고 날라?"

그새 늘어 스무 명이나 되는 사람이 하 상병 한 사람 얘기를 즐기기 시작한다. 난 휴가를 관리하는 계원으로서 그가 굳이 3일짜리 휴가를 나갔다는 사실에 주목한다. 그동안 아무리 짧아도 4일보다 짧게 나가는 사람은 없었기 때문이다. 혹시 이번 휴가가 SD카드를 반출하려는 목적은 아니었을까.

그와 평소 단둘이 상황실 근무를 섰던 선임의 등장으로 하 상병의 혐의는 더욱 선명해진다. 상황실에도 PC가 있고 인트라넷이 된다. 그래서 평소 인트라넷을 들락거리던 하 상병은 '폰 바이블'이라는 엑셀 파일을 바깥에 가지고 나가야겠다는 말을 자주 했다고 한다. 폰 바이블은 수 병장이 애용하던 '공군 IT 정보 게시판' 같은 곳에서 시간이 넘치는 병사들이 자체 제작해 배포하는 파일로, 최신 휴대폰 가격대나 사양, 구매처 등의 정보를 담고 있다. 보통 문서라면 그냥 종이로 인쇄해 가져갈 수 있었겠지만 수식이 포함된 엑셀 파일이라 꼭 파일 형태로 반출해야만 했을 거다. 하 상병이 범인인 건 기정사실이 되었다.

평소 하 상병을 극도로 혐오했던 그의 한 달 후임은, 그가 상식 밖의 인물인 줄은 알았으나 이 정도까지일 줄은 몰랐다며 혀를 내두른다. 이제는 존경심까지 생길 지경이라고 말이다. 누가 더 하 상병을 가지고 재밌게 드립을 치나 대결이 붙어 행정반이 떠들썩해졌다. 결국 문제가 일어난 해당 PC 담당 간부인 전사관님이 나타나 전부 해산했다.

그리곤 그가 하 상병의 번호로 전화를 걸었다. 그가 받았다.

"하 상병, 나 전사관인데."

"예 충성."

"하 상병 너 뭐 잘못한 거 있지 않니?"

"잘못 들었습니다?"

"뭐 잘못한 거 있지 않냐고."

하 상병은 처음에는 잡아뗐다. 하지만 '존나 켕기는 말투'였다고 한다.

지금 얘기하면 문제가 더 커지진 않을 거다 하며 살살 구슬리니 결국 죄송하다고 했다. 저녁 점호 때 전사관님이 이 썰을 풀었다. SD 카드 반출은 하 상병이 한 게 맞다, 하 상병의 잘못이 맞다, 하지만 복귀했을 때 이것 가지고 대놓고 뭐라 하지는 말아라 하고 말이다.

하 상병은 상꺾[31]이 다 되어가는데도 이런 초대형 사건을 일으켰다. 결국 징계를 받아 휴가도 잘리고, 진급 누락도 당했다. 그뿐인가. 군대 짬에 비해 형편 없다는 '짬똥고'라는 공식 타이틀이 박혔다. 그동안 좀 모자라도 순수한 이미지였지만 이제는 대대장님마저 그를 달갑지 않게 여긴다.

넷플릭스로 어느 공포 드라마를 보았다. 거긴 깡마른 몸의 게이 소년이 나온다. 뒷부분에 가면 그동안의 거짓말이 드러나며 그가 희대의 악역이었다는 사실이 밝혀진다. 큰 충격을 받았다. 핍박받는 소수자라면 응당 멀쩡한 성품을 지닌 캐릭터로 표현하는 게 일반적인 작법이기 때문이다. 뿐만 아니라 거기선 연약한 소녀가 원한을 품고 사람들을 죽이려고 괴물을 풀기도 한다. 이 드라마에 착한 사람은 아무도 없었다. 영화감독 지망생으로서 난 이런 선악 구도가 매우 흥미로웠다.

입대 초반에는 하 상병이 부대에서 제일 착한 사람인 줄 알았다. 갈갈이에 지친 우리에게 밤마다 과자 한 봉지씩 들고 찾아와 자기가 아는 포수 지식을 하나라도 더 공유하려던 사람이다. 그런 그에게 한 선임은 대놓고 핀잔을 주었다. 후임들 앞날 흐릴 생각 하지 말고 제발 너나 좀 잘하라고. 나의 동기와 후임들은 금방 그를 손절했다. 난 그를 인간적으로 싫어

---

31 상병 기간의 절반이 지났다는 의미. '상병이 꺾였다', '일병이 꺾였다' 등의 표현으로 자주 쓰인다.

하지는 않았다. 미안한 얘기지만 만만해서 좋았다. 다른 선임들과 위병소를 서면 내 말을 여기저기 퍼다 나를 것 같아 불편했다. 그러나 소위 폐급 선임들은 덜 떨어졌을지 몰라도 적어도 내 뒤통수를 치지는 않는다. 하지만 그렇다고 공개적인 자리에서 그와 사이좋은 티를 내지는 않았다. 나까지 폐급으로 취급될 게 뻔하기 때문이다. 뭐 이미 내가 그런 취급 받는 선임일지도 모르겠다. 그래도 하 상병이 어디 가서 나를 친한 후임으로 얘기하고 다니면 난 쪽팔릴 것 같긴 하다. 이런 내가 드라마에 나온다면 착한 캐릭터일까 나쁜 캐릭터일까. 하 상병을 폐급이라고 싫어하는 사람과, 하 상병이 폐급이기 때문에 좋아하는 나 둘 중 누가 더 나쁠까.

행정 분과에 들어오고 지금까지 난 임무 분담제 청소에 있어 어마어마한 꿀을 빨고 있다. 병사들은 짬별 로테이션으로 돌아가며 청소 구역을 바꾼다. 그러나 행정병 같은 특수 보직들은 정해진 구역만 쭉 맡는다. 우리 담당 구역은 행정반이다. 화장실 변기에 락스물을 뿌려 닦거나, 먼지 구덩이가 된 바닥에 물을 쏟아 무릎까지 젖어가며 밀어내는 궂은일을 할 필요가 없어진 것이다. 이미 남들이 각자 구역 청소할 때 우리만 행정반 청소를 한다는 것만 해도 어마어마한 꿀이다. 그런데 행정 분대장은 식사 후 취사장을 청소하는 '봉사조'에서도 제외된다. 난 그게 이해가 안 됐다. 수 병장에게 물어보니 원래 행정반 청소는 저녁뿐 아니라 아침, 점심에도 하기 때문이라는 대답이 돌아왔다. 그래서 행정반 청소 담당자인 행정 분대장이 봉사조에서 빠지는 게 관례라고.

"그런데 지금은 행정반 청소를 저녁에만 하지 않습니까?"

그러자 수 병장은 내가 뭘 모른다고, 앞날을 생각해야 할 거라며 웃었다. 이 모습은 나쁘다. 하지만 아무도 그를 나쁜 사람으로 기억하지 않는다. 마냥 착한 사람이나 마냥 나쁜 사람은 없는 것 같다. 사람에게 착한 부분이 있고 나쁜 부분이 있다. 착한 모습이 많은 사람도 얼마든 나쁠 수 있고, 반대도 그렇다.

나는 선임들의 부조리나 몰래 꿀 빨려는 작태에 분노했다. 그리고 어느덧 나도 내가 싫어하던 이들과 비슷한 짬이 되었다. 이제는 뭐 하나만 잘못해도 득달같이 달려드는 선임들이 없어서인지 잘못도 가끔 한다. 해도 되는 잘못과 해선 안 될 잘못을 구분할 줄 알게 되었다. 그래서 정의롭지 않더라도 적당한 선에서 상황을 이용하며 내 이득을 챙기는 게 중요하다는 걸 깨달았다. 안 들키면 그만이기 때문이다. 군대의 상벌체계는 섬세하지 않다. 훈련병들 보급품을 불출하느라 제일 고생한 우리만 못 썼고 우리만 원하는 사이즈의 옷을 못 받은 훈련소 첫날부터 그랬다. 진짜로 잘한 사람은 따로 있는데 겉보기에만 그럴싸한 사람이 상 받는 걸 여러 번 보았다. 진짜 잘못한 사람은 따로 있는데 다른 누군가가 타이밍 나쁘게 걸려 벌 받는 것도 물론 봤다. 입대 전 나는 꽤 착한 사람이었을지도 모른다. 하지만 그 알량한 가치관 나 혼자 지켜서 뭐 하나. 나쁜 사람이 나쁜 짓을 하면 그러려니 하지만 착한 줄 알았던 사람이 나쁜 짓을 하면 반응이 안 좋다. 강 병장도 나와 위병소 들어갈 적에는 부대의 부조리를 싫어하는 선량한 사람이 맞았을 거다. 그 착한 모습을 봤기 때문에 유독 그의 나쁜 모습에 대한 실망이 컸던 것 같다. 마찬가지로 한때 나의 착해 보이는 모습을 좋아했을 후임들도 지금은 날 이기적인 사람이라 생각할 것이다. 내가 좀 더 똑똑한 사람이었다면 군대의 법칙을 보다 일찍 터득하고, 보다 일찍 나쁜 사람이 되기를 택했을지도 모른다.

포대장님이 부르신다. 마음의 편지에 내 이름이 나왔기 때문이다. 내가 내 근무를 유리하게 짜고 있다는 제보다. 난 이런 날이 오면 어떻게 말할지 다 준비했다. 근무를 1년 짜다 보면 이렇게 된다. 우선 한동안의 경작서가 내게 유리한 것처럼 보일 수 있었음을 인정한다. 하지만 잘 생각해 보면 그 이유를 아실 거라고 설명한다. 이때 논리도 중요하지만 자신감이 더 중요하다. 나는 떳떳하다! 나뿐 아니라 얼마간 편하게 근무가 편성됐을 사람들이 있다. 그건 바로 당직병이다. 당직병이 되기 전에는 몰랐는데 당직사령 들어가시는 포대장님도 아시겠지만, 서 보니 당직 근무가 몸에 무리가 가는 일이다. 그래서 주말 개인 정비를 날리는 금, 토, 일요일 당직 근무자들 편의를 보장하고 있다. 주말 위병소 근무에 당직병들이 자주 안 들어갔다면 바로 이 때문이다. 당직병들도 전부 체감하고 있었을 거다. 그렇다고 아예 근무를 안 넣지는 않았다. 난 최대한 공정하게 근무를 짰다. 나뿐 아니라 당직병 전부가 이 부분에서 편의를 제공받았는데 단지 내 이름만 거론된 데서 실망감을 느꼈다며 상처받은 티를 낸다.

지금 나오는 모든 말과 행동은 의식적이다. 내가 진짜 상처받았는지 아닌지는 모르겠다. 그보다도 내가 상처받은 사람처럼 보이는 게 중요하단 걸 직감한다. 이용되지 않는 슬픔은 가치가 없다. 그렇다고 안 슬픈 것도 아니다. 앞으로 나는 상담관 앞에서 수도꼭지처럼 우울한 얘기를 늘어놓던 때와 달리 매사에 전략적으로 접근해야 한다.

포대장님은 알겠다고 했지만 마음의 편지 결과가 포대 내 전 간부들 사이에서 한 번 더 논의되었다. 결국 난 휴대폰으로 드라마를 보다가 행정반으로 호출된다. 직속 간부인 보급관님이 해명을 요구한다. 이번에도 역시 당당한 티를 앞세운다. 사람들이 내 근무만 가지고 너무 뭐라 해서 솔직히 누구 좋으라고 일하고 있는 건지도 모르겠다는 억울한 감정을 내비친다. 보급관님은 자리에 앉아보라더니 근무 공정표를 열어 근무가 어떤 과정으로 편성되는지 검토하신다. 많은 사람이 근무가 기계에 의해 짜이는 줄 안다. 하지만 100% 수작업이다. 모두의 사정을 고려하면서도 그걸 공정한 것처럼 보이게 하려면 철저한 원칙들이 필요하다. 그동안 익힌 노하우를 누군가에게 자랑하고 싶었는데 이렇게 마음의 편지에 찔려 보급관님에게 설명하게 될 줄은 몰랐다. 내 근무만 유리하게 짜면 바로 들통이 난다. 그렇게 내가 근무 유리하게 짜는 것처럼 보이면 내게 와서 직접 물어보지. 하지만 이 말을 뱉자마자 그만큼 내가 말 걸기 껄끄러운 선임이 되어버렸단 걸 깨닫는다.

자살하고 싶습니다

개인 정비 시간인데 대대장님이 벌컥 생활관 문을 열고 날 찾는다. 대대장님은 군대에서 만난 몇 안 되는 좋은 사람이다. 내 말을 이해하고, 또 이해가 되는 말을 할 줄 아신다. 그런데 일개 상병을 보겠다고 굳이 퇴근 시간에 대대 전체를 이끄는 중령이 내려왔다니. 매우 이상한 일이다.

아무도 없는 싸지방에 들어가 앉는다. 역시 이전에 내가 자살 생각을 한 적 있다 답한 신인성검사 결과를 염려하시는 거였다. 상담관 면담을 그만두니까 이제는 대대장님까지 오는구나. 오늘 대화도 면담 기록에 작성될 게 분명하다. 대대장님이 한가지 제안을 하신다. 바로 본부 포대로 전출을 가는 것이다. 군의관이 하도 은일이 얘기를 하길래 자리 하나 정도는 마련해볼 수 있을 것 같다고 말이다. 보직은 대대장실 옆 대기실에 상주하는 근무병이다. 말도 안 되는 꿀보직이다. 할 일이라곤 대대장님실 방문하는 간부님들 커피 타 주는 것밖에 없다. 이제야 내게 기회가 오는구나.

그러나 걸리는 게 있다. 바로 휴가다. 알파에서 그대로 작전서기병으로 일하면서 휴가 며칠은 만들어 나갈 수 있을 것 같은데. 전역까지 남은 기간 동안 편하게 지내는 쪽이 나을까, 아니면 고생하고 휴가 며칠 더 나가는 쪽이 나을까. 머리 굴리는 내게 아무것도 모르는 대대장님은 서커스장 천장에 달린 묘기용 공중그네 이야기를 하신다. 그네가 내 쪽으로 왔다, 갔다 흔들리고 있다. 그 그네를 낚아채 넘어갈지 말지는 나의 용기에 달렸다고. 다음에 오실 때는 꼭 대답을 드리기로 했다.

본부에는 아는 사람이 많다. 훈련소 동기도 있고, 알파 출신 인사계원도 있고, 작전서기 맞후임이던 오 일병도 있고, 의무병이 된 준도 있다. 응급처치 경연대회 준비로 의무병들과도 전부 안면을 텄다. 하지만 이들 중 누구와도 인간적인 관계는 맺지 못할 것 같다. 새로운 환경을 상상할수록 겁이 난다. 본부 문화는 우리 알파와 아주 다르다. 일병 4호봉만 돼도 선임들과 말을 튼다. 형 동생 하고 지내는 곳이 알파 같은 경직된 계급사회보다 한때는 나아 보였다. 그러나 거기도 알력 다툼은 존재한다. 우리 행정병 생활관에 파견 온 준은 본부에서 자기가 어떤 입지에 있었는지를 어필하곤 했다. 오 일병이 본부로 전입 온다는 소식을 접했을 때 준은 본부 사람들에게 오 일병이 폐급이라는 소문을 쫙 퍼뜨렸다. 준과 사이가 안 좋은 내가 거기 가서 어떤 취급을 받을지는 뻔하다. 게다가 준은 오 일병이 허튼짓 하지 않게 감시하는 조건으로 휴가까지 받고 있다. 분명 부대는 나를 존중하지도 않는 사람을 시켜 날 따라다니게 할 것이다. 본부가 아닌 알파에서 쭉 지낸다고 좋은 일이 일어나지는 않는다. 하지만 외로울지라도 앞날을 대강 예상할 수는 있다는 점에서는 오히려 위안이 된다.

이후 대대장님께 이대로 있겠다는 말씀을 드린다. 예상치 못한 대답을 들었다는 표정이다. 내게 질린 기색으로 짜증을 내신다. 앞으로 사회에 나가서도 날 도와주려고 하는 사람들에게 이런 식으로 행동하면 결국 사람들은 날 떠나고 말 거라고, 진지하게 말씀하신다.

"예 맞습니다."

달리 할 말이 없다. 대대장님이 이렇게까지 말하니 그런 것 같기도 하다.

"죄송합니다. 제 잘못인 것 같습니다."

내가 그토록 싫어하던 사람들과 다시 한번 잘해보겠다던 결정이 순간 말도 안 되게 한심해 보인다. 그렇게 당해놓고 또? 하지만 흔들리던 그네는 이제 멈췄다. 팔을 쭉 뻗어도 닿지 않는다.

일주일도 안 지나 대대장님이 청와대 근방으로 발령 났다는 소식이 전해졌다. 아무래도 떠나기 전 순수한 마음으로 베푼 마지막 호의였던 것 같다. 대대장 자리는 급히 새로운 사람으로 교체되었다. 대대장님께 내 얘기를 했다던 군의관님도 다른 부대로 옮기셨다. 이젠 번복하고 싶어도 들어줄 사람이 없다.

아침 일과 분류가 끝나고 보급관님이 찾으신다. 근처 부대부터 하나씩 오래된 울타리를 허물고 새로 짓는 공사를 하고 있다. 곧 우리도 울타리를 허물 건데, 새 울타리가 지어지기 전까지 '대공 감시 초소'를 열어야 된다.

구 알파 포상 안에 있는 무기를 지켜야 하기 때문이다. 바로 다음 주 경작서부터 적용해야 되는 사안이다. 그런데 기존 경작서에는 대공 감시 초소병을 넣을 칸이 없다. 그래서 이참에 새로운 근무 형태에 맞는 경작서 틀도 새로 짜기로 결심한다. 간만에 집중력을 발휘해 종일 경작서 만지는 일에 매진한다.

　일과가 끝나니 포대장님이 날 부른다. 손에 경작서를 든 채 누가 이대로 짜라 했냐 묻는다. 포대장님 말은 보급관님과 다르다. 아직 정해진 게 없다고 하신다. 일단 내가 짠 것보다는 더 늦게 대공 감시 초소를 세워야 할 것 같다.

　"아. 예. 알겠습니다."

　낮에 이 경작서에 사인해 주면서도 포대장님은 그런 얘기 안 하셨다. 하지만 어쩔 수 없다. 그의 말을 따라야 한다. 편성한 근무를 그대로 날짜만 미루는 건 불가능하다. 매일 휴가 출발자와 복귀자가 생겨 부대 인원에 변동이 있기 때문이다. 그뿐 아니라 당직 근무나 야간 근무로 인해 근무를 못 서는 사람들까지 고려해야 한다. 한자리 한자리 대체자를 찾기보다 다시 짜는 편이 깔끔하다. 바로 행정반으로 가 경작서를 갈아엎는다.

　포대장님이 말해준 날이 가까워온다. 그런데 아무도 근무 관련해 정확한 정보를 주지 않는다. 간부님들도 들은 게 없다고만 하신다. 그래서 경작서대로 근무를 세우는 게 맞는지 여쭤보러 포대장님을 찾아간다. 그제야 자기가 미리 말 못 해줘 미안하다며 보다 일찍 근무를 세워야 할 것 같다고 하신다. 또 나는 갈아엎는다.

　다음 날 아침 범 중사님이 나를 부른다. 아직 울타리를 덜 허물어서 벌써부터 근무를 세울 필요는 없다고. 포대장님이 오늘부터 세우라 지시했다 대답하니, 그건 그냥 포대장님이 잘못 알고 한 소리라 하신다.

전에도 이런 때가 있다. 작년 포대 평가 무렵이다. 훈련 일정이 계속 바뀌어 나는 같은 일을 되풀이해야 했다. 잘 알아보지도 않고 포대장님이 뱉은 한마디에 난 몇 시간씩 일해 만든 경작서를 폐기하고 또 만든다. 아무도 나만큼 이 일에 대해 신경쓰지 않고 있다. 이렇게 열심히 하더라도 사람들은 조은일의 근무가 얼마나 들어갔는지만 본다. 그래서 찔렀다.

난 뭐가 좋다고 여기 알파에 남아 이런 걸 하고 있나. 누굴 위해서? 지금 제일 화가 나는 건 포대장님의 무능함이다. 하지만 내겐 그에게 뭐라 할 수 있는 자격이 없다. 나는 상병이고 그는 대위이기 때문이다. 누구한테 가서 포대장 욕을 할 수도 없다. '대상관 모욕죄'에 해당하는 행위이다. 군대에는 다른 사람 앞에서 본인의 상관 욕을 하면 징계에 처한다는 조항이 있다. 물론 우리 부대에선 병사는 물론 간부들까지 슬쩍슬쩍 어긴다. 하지만 내가 그랬다가는 또 누구한테 찔릴 것 같다. 그러니 아무 말 못한다.

이 와중에 남 일병이 찡찡거린다. 남 일병의 멘티는 얼마 전 춘천 군병원에서 통풍 판정을 받아 현역 부적합 심사를 받는 중이다. 그래서 뒤를 이을 화학병이 새로 들어왔다. 근데 그 녀석이 또 일을 개같이 못하는 모양이다. 남 일병은 여전히 자신이 과도한 업무를 맡고 있다고 생각한다. 이러다 진짜 자살할 수도 있을 것 같다는 투정을 내게 한다.

"그래. 나도 자살하고 싶다. 그래서 이따가 결산 있을 때 자살하고 싶다고 말하려고."

적어도 남 일병은 왜 그러시냐고 물어라도 볼 줄 알았다. 하지만 그런 일은 일어나지 않는다. 두근거리는 마음은 한 시간이 지나도 진정되지 않는다. '결산'은 매일 점심 일과 집합 전 포대장과 분대장 9명이 모여 특이사항을 보고하고 하달받는 자리다. 오늘 하필 포대장님이 당직사령 근무 때문에 퇴근하셔서 전포대장님이 대신 들어왔다. 이 일의 원흉인 포대장님께 직접 말하고 싶었다. 하지만 이 기분을 하루 더 끌고 갈 수는 없다.

"1분대 특이사항 없습니다."

"2분대 특이사항 없습니다."

내 차례가 마지막이다.

"9분대 상병 조은일 자살하고 싶습니다."

농담인 줄 알고 웃던 전포대장님이 표정을 보더니 말이 없어진다. 분과 분대장들도 다 들었다. 이걸 가지고 앞으로 병사들이 날 어떻게 대할지 가늠도 안 된다.

하고 싶으면 했으면 되는 거다. 수단이야 얼마든 있다. 해보지도 않을 거면서 이렇게 쇼를 벌이는 내가 가증스럽다. 전포대장님이 일과를 열외시키고 따로 부른다. 갑작스러웠는지 나에 대한 말들을 아무렇게나 한다. 뭔가 조치하는 듯싶었는데 그대로 나가더니 다시 안 들어온다. 난 평소처럼 일을 하러 간다. 안 한다고 사라지거나 누가 대신 해주는 일이 아니기 때문이다.

보고가 들어갔는지 저녁엔 포대장님으로부터 전화가 왔다. 왜 자기한테 얘기하지 않았냐고.

바로 다음 날, 토요일인데도 출근하신 새로운 대대장님이 날 호출했다. 군 생활이 얼마나 남았는지를 묻는다. 4개월 조금 넘게 남았다. 휴가를 제하면 부대에 있을 시간은 100일 정도다.

"그 정도면 조금 참고 기다리면 곧 전역하지 않냐?"

나도 그렇게 버텨보려 수없이 최면을 걸어 봤다. 하지만 전역이 얼마나 남았건 문제가 사라지지는 않는다. 상병 말인데도 삶을 포기하고 싶을 정도로 상황이 안 좋다는 걸 누군가는 이해해줬으면 한다. 하지만 대대장님은 말할 기회를 주지 않고 자기 할 말만 한다. 내가 죽고 남을 가족들 얘기다. 그래도 아버지는 너를 사랑하고 계신다, 세상에 어떤 아버지가 안 그렇겠느냐고.

"이런 말도 있잖아. 자살의 반대말이 뭐야."

"살자. 입니다."

"그래, 살자야. 조금만 더 생각해 보자는 거지."

나는 이런 말을 떠올린다. 살자의 반대말이 뭘까. 자살이다. 그러니까, 글자 앞뒤를 바꾸는 건 의미 없는 말장난이다. 자살하고 싶어 하는 사람은 저런 농담따먹기 따위를 듣고 힘을 내지 않는다.

종교를 가져보는 건 어떻겠냐는 말까지 대대장님은 어언 한 시간을 떠든다. 그리고는 두가지 선택지를 제시하신다. 하나는 그린캠프에 입소해 현역 부적합 심사를 기다리는 것이다. 또 하나는 힐링캠프에 들어가는 것이다. 하지만 그린캠프는 그리 좋지 못한 선택지 같다고 말씀하신다.

"그동안의 군 생활은 그럼 뭐가 돼. 어디 가서 왜 일찍 전역했냐고 하면 뭐라고 그럴 거야."

대대장님이 본격적으로 힐링캠프 얘기를 한다. 거기는 그린캠프와 달리 전역할 사람들이 오는 곳이 아니다. 2주 동안 거기 정해진 스케줄에 맞쳐 심리치료 등의 교육을 받는다. 그쪽 사람들이 간부들보다 훨씬 전문적이고 너같이 마음이 힘든 병사들을 수없이 봐왔을 테니 교육 수준은 보장할 수 있을 거다, 이번 기수 모집이 마감되었지만 가겠다고 하면 바로 전화를 걸어 입소시켜줄 수 있다.

그런데 전우조를 한 명 구해야 한다고 하니 숨이 막힌다. 나보다 후임은 안 된다. 그러면 1월 군번과 2월 군번, 그리고 동기들밖에 후보가 없다. 혼자서 1월 군번, 2월 군번, 동기들의 명단을 쭉 적어 본다. 같이 가기 싫은 사람의 이름을 하나씩 지운다. 막막하다.

결국 다음날 대대장님께 캠프에 입소하지 않겠다는 의사를 밝힌다. 이번에도 말하고 나서야 아차 싶었다. 짜증을 내신다. 왜 이랬다가 저랬다가 하냐고 따진다. 진짜 힘든 거 맞냐고. 내가 사람을 질리게 하는 게 있나 보다. 대체 원하는 게 뭐냐 물으신다. 원하는 것. 자살하고 싶다고 말할 때 구체적으로 원하는 게 있었던 것 같지는 않다. 그런 얘기를 공식적인 자리에서 해 버리면 부대가 어떻게 될까 하는 호기심이 컸다.

이제야 또 뒤늦게 한가지 배운다. 무슨 말을 할 땐 목적을 가지고 해야 한다. 그동안 현역 부적합 심사로 건너간 사람들은 목적을 향해 가는 데 나보다 능했다. 계산을 더 한 걸까, 계산을 덜 한 걸까. 난 내가 현역 부적합 심사를 받고 싶다고 말하면 간부가 싫어할 거라고 생각했었다. 그래서 돌려 말했다. 이런 애매한 태도가 간부님들로 하여금 이상한 조치를 하게 만든 화근은 아니었나. 사람이 없는 곳으로 가고 싶다는 난해한 말 대신에 난 솔직해졌어야 한다. 회관병이 되고 싶다고 말했어야 된다.

힐링캠프 프로그램

내 정신상태를 의식해서인지 포대장님은 마주칠 때마다 언제 분대장을 내려놓냐 물어보기 시작했다. 부사수도 금방 만들어줬다.

귀찮은 훈련이 하나 생겨버렸다. 이제부턴 목적을 가지고 행동할 것이다. 힐링캠프에 가면 이 훈련을 제낄 수 있다. 부사수도 들어왔으니 내가 자리를 비워도 2주간은 부대 운영에 차질이 없을 거다. 보급관님께 다음 기수에 입소하고 싶다는 의사를 밝힌다. 동기 한 명에게 부탁해 겨우 전우조도 구한다. 그러나 출발 전날에 전우조 없이 나 혼자 가게 되었다는 통보를 받는다. 이번 기수에 입소자가 너무 많아 내 전우조를 잘랐다고 한다. 전역까지 얼마 안 남은 내가 사고 안 칠 사람이라고 그 쪽은 판단했을 것이다.

본부포대 인사담당관님이 직접 운전해 힐링캠프로 데려다 주신다. 조수석에 앉은 나는 정상인인 척 담당관님을 심심하지 않게 해드리고 있다. 인사과와 업무상 교류해왔지만 그와 말을 섞는 건 처음이다. 그는 나를 위로하려 한다. 담당관님은 오래 전 선임 간부들로부터 구타를 당한 적이 있다고 하신다. 그도 죽고싶다는 생각을 몇번씩 했다. 간부들도 이런 고민을 하는구나. 라디오에선 어느 모텔 직원이 예의없는 투숙객을 토막살해하고 자백한 뉴스가 흘러나온다. 담당관님이 혀를 찬다. 세상이 어떻게 될는지. 난 그 말에 동조하는 척을 한다.

힐링캠프는 생각보다 작다. 1층 높이에 외관은 보잘것없는 붉은 벽돌이다. 그래도 내부는 깔끔하다. 8명씩 쓰는 침상이 서로 마주보고 있는 생활관이 총 2개다. 전역할 때까지 침대 한 번을 못 써 보는구나. 강의장에 집합해 전담상담관이 듣는 자리에서 교육생 간 자기소개 시간을 갖는다.

앞으로 2주간 교육생 14명, 그들의 전우조, 그리고 분대장들과 함께해야한다. 이 사람들에게 내가 잘 보여야 할까. 앞으로 군 생활을 하면서도, 전역하고 나서도 절대 마주칠 일 없는 사람들이다. 저들도 아는지 눈빛에 무덤덤함이 묻어나온다. 학력사항, 장래희망, 그리고 취미. OO대를 나왔다고 하면 또 프레임이 잡힐 것 같다. 날 드러내지 않는 선에서 말을 아끼며 자기소개를 마친다.

교육은 평일 오전과 오후에 빠짐없이 실시한다. 부대에 상주하는 전담 상담관의 교육은 이틀에 한 번 꼴로 있고, 나머지 시간은 매일 다른 외부 강사가 와 채운다. 포대장님도, 대대장님도 힐링캠프는 전문 강사들을 초청하기 때문에 프로그램이 체계적으로 잘 짜여 있다고 했다. 난 그 교육에 기대보고도 싶었다. 하지만 죄다 수준이 한참 떨어진다. 아무리 좋게 봐줘도 중학생 대상 레크리에이션 강사 느낌이다. 중학생들마저도 유치하다고 싫어할 거다. 강사 몇몇은 정말로 중학교에서 강의하다 온 건지 우리에게 반말로 얘기한다. 처음 보는 사람으로부터 반말을 듣는 건 그게 누구일지라도 모욕적인 경험이다. 놀이치료랍시고 강의장 바닥에 돗자리 깔아놓고 신발 벗고 올라가 "똑똑, 방 있어요?" 하는 게임을 시킨다. 미술치료 시간에는 잡지에 있는 사진들을 오려다 콜라주를 만든다. 「굿 타임」이라는 영화에서 주인공이 정신연령이 낮은 동생을 기관으로부터 기를 쓰고 구출해내려던 이유를 알 것 같다. 이 행위를 교육이니 치료니 하는 이름으로 불러주기가 민망하다.

힐링캠프 소대장 면담 때 하소연했다

"그래도 이왕 여기 왔는데 참여하는 것이 좋지 않겠어…?"

간부들도 알고 있는 문제였다.

알면서 왜 안 고치는지는 차마 묻지 못한다.

외부 강사 교육 시간에 지금 기분이 어떻냐는 공통 질문을 들었다. 내 차례가 오자 참다 못해 "지금 저는 기분이 좆같다고 느낍니다." 하며 나름의 돌발 행동을 해 보았다. 하지만 강사는 거기서 더 묻지 않았다. 마치 아무 말도 듣지 못한 것처럼. 이런 건 매뉴얼에 있었을까. 미래의 소망이 뭐냐는 질문에는 영화와 음악을 오래도록 즐기고 싶어 "눈과 귀가 건강했으면 좋겠다"고 답했다. 그러자 강사는 날 몸이 아픈 사람인 줄 알고 "저런…" 하며 동정을 표했다. 굳이 그런 의미가 아니라고 정정해봤자 상황이 나아질 것도 없다. 마무리하며 강사는 들을 때 제일 힘이 되는 말을 묻는다. "네가 원하는 건 뭐든지 다 해줄게"라는 답을 한 병사에게는 강사의 주도로 다함께 그에게 "○○야. 네가 원하는 건 뭐든지 다 해줄게."라는 말을 애절한 어조로 두 번씩이나 해야 했다. 말뿐인 위로가 정녕 치료가 될 거라 생각하나. 혐오를 느끼며 내 차례에 할 수 있는 제일 짧은 말을 고민했다. 화이팅.

"은일아. 화이팅…! 자 여러분 한 번 더. 은일아. 화이팅…!"

장애인들과 손을 잡고 등산하는 야외 활동도 있다. 이게 우리의 정신 건강과 대체 무슨 관련이 있나. 우리는 철저히 이용당한다. 매번 외부 강사와 계약을 체결해야 하는 힐링캠프는 심리 뭐시기를 가지고 장사하는 집단과 모종의 커넥션을 맺어야 했을 것이다. 보내주는 쪽에서는 수준 낮은 강사라고 해서 강의에 안 보낼 수도 없다. 그렇게 해서는 영영 실력을 늘리지 못하기 때문이다. 그러니 누군가는 연습 대상이 되어야 한다. 하지만 그런 연습을 왜 하필 우리 가지고 하려는 건지. 만만한 게 우리다.

물이 졸졸 흐르는 계곡까지 올라가니 강사가 풍선을 하나씩 나눠준다. 우리는 나뭇가지로 풍선을 통통 튀기며 누가누가 바닥에 오래 안 떨어트리나 하고 놀아야 했다. 끔찍했다. 힐링캠프로 복귀하자 프린트물이 배부되었다. 오늘의 교육에 대해 평가해 달라는 질문지인데 4페이지에 걸쳐 별의 별 것을 다 묻는다. 이 교육이 무슨무슨 기금으로 진행되었다는 사실을 알고 있는지는 왜 묻는 건가. 우리가 처음도 아니다. 매번 이런 식으로 해서 개선할 점 개선해 온 결과가 이 모양이었을 거다. 저 사람들은 이러고도 돈 받겠지. 얼마 받을까. 저 사람들 줄 돈을 차라리 우리 월급에다 붙여줬으면 군 생활 만족스럽게 했을 텐데. 2주간 힐링캠프에 붙잡아 두는 에너지 낭비 말고 차라리 하루라도 좋으니 밖으로 나가게 해 달라고, 속으로만 빌어 본다.

다른 야외 교육도 비슷하다. 그동안 산에서 내내 군 생활한 우리에게 '숲 체험'이란 걸 시킨다. 가 보니 피 같은 세금으로 만들어져 운영되어왔을 수련원이다. 강사 수도 참 많다. 우리는 손을 마주잡고 원을 만든다.

"학교 종이 땡땡땡, 어서 모이자. 선생님이 우리를 기다리신다."

노래에 맞춰 한 발씩 내딛고 콩콩 발구르기 하는 율동을 춘다. 강사 분이 "아하하 난 몰라~" 하며 소녀처럼 맑게 웃으시니 더 괴상망측한 광경이다. 여기 안 맞춰 드리면 우리가 나쁜 사람 되는 것 같은 눈치를 모두가 느낀다. 이어서 새총 쏘기를 교육하는 장교 출신 50대 초반 남자 강사가 나오신다. 그의 손목에는 굵은 흉터 한 줄이 보인다.

전담상담관은 교육 중에 우리가 행복하지 못한 게 스스로의 욕구를 잘 알지 못 하고 있기 때문이라는 개소리를 한다. 여기 갇혀있어서가 아니라? 꾹 참다가 강의를 마무리하고 돌아가며 소감을 이야기하는 순서에 말한다.

"제가 행복하지 못한 건 제 욕구를 몰라서가 아니라 그냥 여기 갇혀있기 때문인 것 같습니다."

내 의도를 단번에 파악했는지 바로 사과를 하신다. 이참에 난 여기 있는 게 너무 힘들다고 소리치면서 화라도 한번 내보고 싶었는데.

누워있는 것보다 가치가 없는 교육들이다. 하지만 마음에 드는 게 하나 있다. 우리를 관리하는 분대장들은 짬이 낮은데도 알파 사람들에 비해 자유롭다. 우리 부대 식으로 표현하면 '개빠졌다'고 말해야 할 것이다. 하지만 그 개빠진 모습이 정상인 곳에 오니 마음이 여유롭다. 교육생들도 우리 부대 기준으로 보면 개폐급새끼들이 대부분이다. 하지만 여기 사람들은 그걸 가지고 아무도 뭐라 하지 않는다. 굳이 나서서 한소리 안 해도 그게 내게 아무런 피해를 주지 않기 때문이다. 생각해 보니 우리 부대 사람들이 서로의 언행에 심하게 제약을 거는 건, 누군가 일을 못 하면 그만큼 다른 사람이 일을 더 해야 하는 구조 때문이 큰 것 같다. 우리 부대는 이곳 힐링캠프같은 분위기가 될 수 없다. 전투 부대인 이상 여러 사람이 모여 특정 과업을 달성한다는 목표를 지니기 때문이다. 힐링캠프 사람들이 마음 편히 지내는 건 사실상 해야 할 일이 없어서다. 업무로부터의 해방이나 실컷 누리고 가자 마음먹은 나는 며칠간 정신 스위치를 꺼 놓기로 한다.

메뚜기의 종류

파견 의무병 준이 친할 때 해준 얘기다. 그는 물리치료를 전공해서 학교에 의무병 출신 선배가 많았다. 한 선배가 훈련소에서 실시하는 심리검사지를 대충 찍고 제출했다. 그런데 얼마 뒤 정신적 이유를 구실로 의무병에서 잘리고 말았다. '나는 메뚜기의 종류를 100가지 이상 알고 있다'는 문항에 매우 그렇다고 체크한 게 결정적인 원인이었다나.

입대 전 병무청에서 신체검사를 할 때도, 훈련소에서도, 그리고 자대에서 계급별로 신인성 검사를 할 때도 그 문항을 항상 보았다. 매번 매우 그렇지 않다는 답변을 골라왔다. 그 질문의 의도는 대충 답하는 사람을 솎아내기 위함이다. 상식이 지배하는 세계에 메뚜기의 종류를 100가지 이상 아는 사람은 없기 때문이다. 혹여 실제로 메뚜기의 종류가 100가지 이상 존재하고, 곤충 연구를 해서 그것들을 전부 아는 사람이 검사지를 받아든다 해도 그 질문에 매우 그렇다고 답하면 상황이 곤란해진다는 걸 모를 리가 없다.

군대의 체크형 검사지는 바보 같다. 포대장님이 교체된 뒤로 매달 전 병력을 모아 '병영생활 간 갈등 체크리스트'를 돌리고 있다. 특정 항목에서 부조리가 있다는 응답이 하나라도 나오면 간부들은 거기 일일이 반응하고 조치한 뒤 상급 부대에 보고한다. 문제는 부대에서 일어나지 않는 부조리가 있다고 체크하는 사람을 막을 길이 없다는 것이다. 포대장님이 갓 부임했을 때 난 한창 정의감에 불타올라 있었다. 그래서 있는 부조리를 숨기지 않았다. 전부 모아놓고 포대장님이 결과를 읽어주자 병사들은 크게 반발했다. 하지만 포대장님은 의심을 거두지 않았다. 간부 회의에서 간부들에게도 캐물었다. 그게 기분 나빴던 간부님들은 우리에게 와서 화풀이했다. 우리끼리도 누가 그 문장에 체크한 거냐고 색출하기 바빴다.

군 생활을 거듭하며 우리는 그 체크리스트에 어떠한 부조리도 없다고 답해야 한다는 걸 배웠다. 처음에는 부조리에 불만 없는 사람들까지도 정직하게 임했다. 체크리스트가 어디에 어떻게 쓰일지를 잘 몰랐기 때문이다.

눈치가 빠른 사람은 군대에서 주는 체크리스트에 성실하게 답하면 어떻게 되는지 나보다 일찍 파악했을 것이다. 나는 군 생활 일 년 반 동안 괴로움을 겪고 힐링캠프에 가서야 겨우 깨달았다. 진심 어린 대답을 하면 간부들은 날 귀찮게 한다. '자살 생각을 한 적 있다'는 문항에 '그렇다'고 답했을 때 번거로운 일을 겪어야만 했다. 차라리 내가 과감하게 미친 척을 했다면 오히려 나았겠지. 결국 난 사실을 말하는 대신 그냥 이렇게 답하기로 했다.

"제가 잘못 보고 이상하게 체크를 한 것 같습니다."

그러자 그 문장을 가지고 귀찮게 하는 사람이 더는 없었다.

사람들은 나의 자살 얘기에 지나친 관심을 갖는다. 자살을 받아들이는 무게감이 다른가 보다. 그래도 입대 전 사람들은 내 자살 문제에 이만큼 관심 갖지 않았다. 그게 편했다. 간부들이 유독 민감하게 반응하는 이유는 그들 밥그릇이 걸린 문제이기 때문인 것 같다. 속이 보인다. 한때는 그런 관심조차 마냥 싫지만은 않았다. 상황을 이용해 보고자 하는 속셈도 있었다. 바라는 결과는 집에 가거나 기분이 나아지거나 하는 쪽이었다. 그러나 상담관과 더는 상담을 하지 않기로 한 뒤 이에 대한 조치로 이루어진 대대장님과의 면담에서 겨우 알았다. 나를 집에 보내야 될 사람으로 전혀 고려하지 않는다는 것을. 대대장님은 현역 부적합 심사자 대기자들이 가는 그린캠프에 날 보내줄 생각이 없었다. 그는 날 삶의 의지가 있는 사람으로 보고 있었다. 내가 전역하면 하고 싶은 것들을 솔직히 얘기했기 때문일까. 그동안 정말 죽고 싶은 순간 많았다. 그런데 나보다 덜 우울해 보이는 사람들이 군대를 빠져나가고 나는 이렇게 붙잡혀 있다. 나를 향한 질문과 체크리스트에 체계적으로 대응했다면 지금쯤 집에 있었을 수도.

힐링캠프에서 지내는 사이 잔여 복무 일수 100일대가 깨졌다. 힐링캠프 입소자들의 계급장을 보자 상대적인 해방감을 느꼈다. 이등병은 500일을 더 있어야 군 생활이 끝난다. 내가 전역하고 1년이 지나도 그들은 군인이다. 이 생각을 하니 절로 미소가 지어졌다. 나는 현역 부적합 심사라는 선택지를 더는 고려하지 않게 되었다. 그동안 난 짬이 찼든 안 찼든 군대에 한결같이 불만을 가지는 사람이고 싶었다. 그래야 내 감정에 설득력이 생긴다 믿었기 때문이다. '얘도 결국 집 갈 때 되니까 자살하겠다는 소리 안 하는구나' 같은 소리를 듣고 싶지 않았다. 하지만 짬이 차며 군 생활이 편해진 건 사실이다. 가끔 내가 한 행동을 옛 선임들이 봤으면 뭐라 했을까 하는 아찔한 생각이 든다. 의식하지 못하더라도 선임병이라서 터치 안 당하는 특혜가 분명 있다. 난 이에 떳떳하지 못하다. 후임병들이 고통받는 상황에서는 굳이 나서지 않기 때문이다. 군대에 불만 많았던 나지만 결국 내가 고치려 한 건 오로지 나에게 불편을 주는 것들뿐이었다. 이제는 부조리에 관심도 없다. 누군가 고치려 들면 귀찮다는 생각이 앞선다.

힐링 캠프에서 앞으로의 군 생활 동안 하지 않기로 결심한 게 있다. 바로 우울한 얘기다. 우울한 주제를 묻는 사람들에게 답하고 나면 난 기분이 안 좋았다. 이상하다. 그런 걸 털어놓고 나면 후련해질 거라 믿었기 때문이다. 날 우울하게 만드는 대상 앞에서 발언권이 주어진다면 다를지도 모른다. 하지만 제일 힘들 때 상담자들은 한 번도 내 곁에 없었다. 그들이 질문하는 시점은 언제나 감정이 조금 가라앉은 뒤였다. 그때마다 난 기어이 아픈 기억을 끄집어냈다. 나는 감정 소모가 심했다. 상담이 끝나고 그 잔여물은 아무도 치워주지 않았다. 그게 반복됐다.

전문적인 교육을 받고 여러 번 상담을 진행해 온 힐링캠프 사람들이라면 내가 숨기는 게 있다는 사실을 알아차릴 줄 알았다. 내심 도움의 손길을 바랐다. 하지만 그런 사람은 없었다. 500개가 넘는 질문이 담긴 심리검사지에서는 살면서 처음으로 자살에 관한 질문을 피해 봤다. 같은 내용을 말만 조금 다르게 여러 번 묻는 질문에 같은 의미의 답을 했다는 사실은 내가 일관적인 사람이니 신뢰할 수 있단 걸 의미한다. 분석 결과가 말하는 조은일은 자살을 생각하지 않는 사람이었다. 철저한 거짓말은 걸러낼 수 없다.

힐링캠프 전담 상담관과의 면담이 끝날 때까지 속마음을 밝혀야 되나 말아야 되나 고민 많이 했다. 사람들에게 속을 내보이는 일이 이제는 지겹고 힘들게만 느껴졌기 때문이다. 전담 상담관은 "답하고 싶지 않습니다"라고 되풀이하는 나의 진심을 이해하지 못하는 눈치였다. 그때 나는 속으로 이런 말을 하고 있었다.

'저는 일일 인건비의 약 10%에 해당하는 1,100원씩을 내고 하루 3시간 안 되게 휴대폰을 합니다. 그 귀중한 시간을 당신이 빼앗고 있습니다. 저를 낮에 일과 때 부르시지 그랬어요. 당신은 지금 추가수당 받는 거 다 압니다. 좋으시겠습니다. 그래도 이런 나를 간파하고 낫게 해줄 전문가라면

상담에 적극적으로 임할 용의가 있습니다.'

그러나 전담 상담관은 애교를 부렸다.

"그래도 나는 은일 군이 어떤 생각을 하는지 궁금했는뎅. 힝."

어떤 희망이 남았길래 그 의미 없는 면담을 일찍 안 쳐내고 예의 바르게 행동했는지. 내가 너무 바보 같았다. 포대장은 자주 이런 말을 했다. "내가 상담을 전문적으로 배운 사람은 아니라서…"로 시작하는, 어쭙잖은 위로는 하지 않겠다는 어쭙잖은 위로였다. 근데 이 사람이나 그 사람이나 똑같다. 상담가는 마음을 닫은 사람의 마음을 절대 열지 못한다. 상담을 몇 년 했든 바깥에서 친하게 지내던 친구 한 명에 비해 어떤 면에서도 낫지 않다.

포대장의 인솔로 부대에 복귀했다. 차에서 난 심리 상담이라는 것에 대한 원초적인 불만을 토로했다. '전문적인 인력들에게 케어 받으면 나아질 수 있을 거란 당신의 생각이 틀렸습니다'는 의미가 전달이 됐을지 모르겠다. 그래도 힐링캠프에서 난 성공을 거두었다. 늘 귀찮게 끌려다니던 끈을 놓았기 때문이다. 부대 간부들에게도 절대 기대지 않기로 했다. 얼마 뒤 마지막 신인성 검사를 실시했다. '나는 지난 6개월간 자살 생각을 해본 적이 있다'는 문항에 처음으로 '매우 그렇지 않다'고 답했다. 포대장님이 나를 따로 불렀다.

"지난번에 힐링캠프에서 복귀할 때는 불만이 많은 것 같더니 이번에 체크한 거 보니까 좀 효과가 있었나 보다?"

어찌됐건 나는 치유되었다.

메뚜기의 종류를 100가지 이상 알고 있다는 문항에 그렇다고 답해서 의무병에서 잘렸다는 준의 선배가 자꾸 생각난다. 그 질문에 예 혹은 아니오라고 답하는 게 정말 유의미한 차이를 가지는가. 예라고 답하면 비정상이고, 아니라고 답하면 정상이라고 딱 잘라 말할 수 있나. 우리는 그 응답들 사이에 숨은 응답자의 생각까지 알아차릴 수 있는가. 그 문항에 아니라고 답한 나는 정상인가 비정상인가. 내 군 생활이 일찍 끝나지 않은 건 두 가지 이유 때문이다. 하나는 자살을 실행할 용기가 없어서. 둘은 정신병자를 연기하면 된다는 걸 몰라서. 진짜 정신병이 있는지 없는지는 중요하지 않은 것 같다. 더구나 내가 정신병자인지 아닌지도 이제는 알 길이 없다.

평행 우주 V

S#7. 이발실 (실내 / 낮)

햇빛 들어오는 낡고 좁은 이발실.

피로에 잠긴 장교는 테이블에 걸터앉아 생각에 잠겨 있다.

곧 병사가 문을 열고 들어와 의자에 앉는다.

장교   잠은 좀 잤어?

병사   예 그렇습니다.

장교   어떡하냐. 너네?

병사   누구 말씀이십니까?

장교   너희 불침번 선 애들.

병사   문제없이 잘 처리되지 않았습니까?

장교   네가 23시 30분 근무였지.?

병사   예 그렇습니다.

장교   그 후로 근무가 총 몇 타임 있어.

병사   (사이) 네 타임입니다.

장교   너희까지 하면 2 곱하기 5 해가지고 불침번 근무자 열 명이네.

병사   예. 근데 무슨 일이신지 여쭤봐도 되겠습니까?

장교   (사이) 너희가 특이사항 없다고 보고 마치고 퇴근한 게 01시였
         지. 조은일이 죽은 게 몇시인 것 같아.

병사   제가 화장실 갔을 때는 진짜 아무것도 없었습니다.

장교   그래 그래서 몇 시였을 것 같아.

병사   잘 모르겠습니다.

장교   화장실 확인했어 안 했어? 솔직히 말해도 돼. 우리가 입을 맞춰
      야 다 같이 살든 하지.

병사   제가 ○○시에 생활관에 온도 확인하러 들어갔는데 조은일 상
      병이 마지막으로 TV 보고 있길래 연등 시간 지났으니까 꺼야
      된다고 말했습니다.

장교   TV 연등 얘기는 하지 말고. 그래서 그 이후에 네가 화장실은
      안 간 거지? 그전에 간 거지?

병사   (떨떠름) 예. 그렇습니다.

장교   근데 나한테 보고를 올릴 때는 불침번 근무 간 특이사항 없었
      다고 보고를 한 거고?

병사   예 저희 때는 별일 없었습니다.

장교   조은일이 아무래도 너희 타임에 자살한 것 같다.

병사 두 눈 질끈 감는다.

병사   저희 후번들도 싹 다 특이사항 없다고 보고한 건 마찬가지지
      않습니까? 저희는 빼주셔야 되지 않습니까?

장교   그걸 잘 모르겠다. 사단에서도 그렇게 볼지.

병사   (머리 감싸며) 미치겠네.

장교   아니 화장실에서 머리 꽝꽝 부딪쳐서 죽은 애가 여섯 시간 만
      에 발견되는 게 말이 돼? 불침번 애들 싹 다 몰랐고. 소리 다 났
      을 텐데.

병사　당직사관님도 모르셨지 않았습니까?

장교　나? 나는 보고받는 자리였으니까.

병사　그래도….

장교 테이블에서 일어난다.

장교　그 많은 불침번들 중에서 (병사에게) 한 명이라도 일을 제대로
　　　했으면 이런 일은 없었단 거지.

병사　당직사관님이 밤에 주무신 거는 어떡합니까?

장교　글쎄 행정반 CCTV가 내 쪽은 안 비추고 있어서.

병사　진술서 쓸 때 적어도 됩니까?

장교　그렇게 나오겠다고?

병사　아닙니다.

장교　그럴 거면 TV 연등도 적든가 애들이 아주 좋아하겠다.

병사　죄송합니다.

장교　(사이) 아무튼 네가 마지막으로 본 거구나?

병사　예. 그렇습니다.

장교　왜 죽었는지 알아?

병사　과다 출혈로?

장교　아니. 왜 죽었는지.

병사　잘 모르겠습니다.

장교　대화 같은 건 안 했어?

병사　안 했습니다.

장교   그래 수고해.

장교는 병사 어깨를 짚으며 나간다.
이발실에 병사 홀로 남는다.

6부

하천에 떠내려 간 조 병장

등장인물

```
┌─────────────────────────────────────┐
│  1포대(알파)                           │
│                                       │
│   선임          3월 군번               │
│   공 병장       조 병장                │
│   하 병장       태 병장                │
│   희 병장                              │
│                                       │
│ ┌───────────────────────────────────┐│
│ │ 은일                               ││
│ │ 당직사관                           ││
│ └───────────────────────────────────┘│
└─────────────────────────────────────┘
```

어머니

선임들의 전역

공 병장의 전역을 보았다. 그날이 내 당직 날이었기 때문이다. 사람들이 뜨겁게 반응했다. '전역빵'이라는 말이 있다. 첫 번째 의미는 전역 임박자가 후임들에게 치킨이나 피자, 족발 같은 배달 음식을 거하게 쏘는 것이다. 다른 하나는 전역 전날에 불을 끄고 그간 고생한 후임들이 전역자를 밟고 때리는 것이다. 공 병장은 워낙 평소에 후임들에게 갈갈이를 많이 주었기에 그동안 본 것 중 가장 많은 사람이 전역빵에 참여했다. 그런데 전

254

역빵도 친한 사람들끼리나 하는 거다. 그는 사람들에게 좆같이 굴면서도 두루두루 친했다.

그는 부대에 없어선 안 될 한 사람이었다. 시설관리병이었기 때문이다. 부대에서 제일 고생 많이 하는 사람은 간부도 아닌 시설관리병이다. 시설과 관련된 일이면 별의별 일을 다 한다. 취사장 건물도 짓고, 위병소에서 용접도 하고, 생활관 문짝을 수리하고, 철근으로 총기함을 만들고, 난방용 기름을 관리하고, 부대 문단속도 한다.

떠날 때도 맞는 걸 피하지 않았다. 그다웠다. 새벽이 밝아올 때쯤 불침번이 공 병장을 깨웠다. 전역 복장을 갖추고는 행정반에 들어왔다. 무슨 말이라도 할 줄 알았다. 하지만 아무 말 않고 시간이 될 때까지 TV만 보다가 슥 나가 버렸다. 간부들과는 미리 인사를 다 해 두었기에 당직사관과 구구절절한 작별도 없었다. '파워'에 가까웠던 사람이 떠났다. 그리고 사람들은 하나둘 그를 잊어버렸다.

내가 정말 싫어하는 사람이 이 공동체에 꼭 필요한 사람이라면 어쩌지, 하는 고민을 자주 했다. 이상하게 나를 힘들게 하는 사람은 대부분 대체 불가능한 인력이었다. 난 공 병장을 보내 버리고 싶었다. 하지만 곧 공병장이 어느 정도 필요한 사람이었다는 결론에 이르렀다. 그만큼 일 잘 한 사람이 없다. 그가 후임들에게 행한 갈굼이는 정말 싫었다. 하지만 그게 결과적으로는 우리의 군기를 붙잡아 두는 역할을 했다. 군대에서 선임이나 간부에게 혼날 것 같다는 공포는 매우 큰 기능을 한다. 선진 병영이라는 아름다운 이상은 있다. 그러나 그게 군대 집단에서 온전히 실현 가능한 것 같지는 않다. 군대에 있는 일반적인 청년들에게 이상적인 청년상을 바라서는 안 된다. 우리는 그리 똑똑하지도 않았고, 윗사람 말을 잘 따르며 살지도 않았다. 그런 이들에게 자율을 요하는 정책은 어울리지 않을지도 모른다.

전쟁 시 바로 전투에 임하려면 수없이 반복해 눈 감고도 할 정도로 주특기를 몸에 익혀야 한다. 그걸 공포스러운 범 중사와 공포스러운 공 병장이 가능케 했다. 범 중사든 공 병장이든 마음먹고 찌르자면 선진 병영 지침에 위배되는 행동한 게 한두 가지가 아닐 것이다. 하지만 내가 보기에 국방부는 오히려 이들에게 감사해야 한다. 착한 공 병장은 상상할 수 없다. 그 나쁜 성격이 비로소 공 병장의 쓸모로 작용했다. 물론 나는 그들에게 개인적으로는 하나도 안 고맙다.

왜 저러고 살지 싶은 사람들도 사실은 사회를 굴러가게 하는 중요한 부품이었다. 공 병장은 아마 사회에 나가서도 군대에서와 비슷한 모습으로 비슷한 일을 하며 살아갈 것이다. 육체노동이다. 그들은 무엇이 옳은가 고민할 시간에 씨발씨발 거리며 인생을 비웃고 담배 한 대 더 빨며 짐을 옮긴다. 생각이 많은 나 같은 사람은 그런 데서 살아남지 못한다. 난 모두가 정의롭고 똑똑해지는 세상이 오히려 두렵다. 머리 굴리는 선비들만 있다면 아무도 궂은일을 하지 않으려 들 것이기 때문이다.

하 병장의 전역을 보며 또 한 번 상식이 뒤바뀌었다. 상병 때 SD카드 반출 사건으로 폐급 생활의 밑바닥을 뚫나 싶던 사람이 놀랍게도 후임들의 환대를 받으며 떠난 것이다. 그건 그가 너무 귀여웠기 때문이다. 허구한 날 폐급을 물어뜯지 못해 안달이던 후임이 처음으로 그를 모에화하기 시작했다. 모에화는 대놓고 드러나지 않는 대상의 귀여운 부분을 부각하는 행위의 일종이다. 가끔 보면 뒤뚱뒤뚱 걸어 다니는 하 병장의 엉덩이가 너무 귀엽다는 거였다. 후임들이 하 클럽이라는 것을 만드니 하 병장의 인기가 치솟았다. 이른바 하 병장의 악성 팬덤이다. 그런데 신기하게도 하 병장은 후임들이 대놓고 앞에서 놀려도 싫어하지 않았다. 시궁창 같은 군 생활이었지만 말년에는 후임들과 잘 지내다 가는 드라마틱한 반전이 일어났다.

여기서 사람의 매력이 얼마나 중요한지를 느낀다. 일 암만 잘했어도 후임들에게 매력적이지 않았던 사람들은 하 병장만큼 박수받지 못하고 떠났다. 난 어떻게 해도 하 병장처럼 친근한 사람이 되지는 못할 거다. 심지어 그가 떠난 지금도 많은 사람들이 그리워한다. 나와 하 병장 중 누가 더 군 생활을 잘했다고 보는 게 맞을까.

다음 전역자는 나의 3개월 선임인 17년 12월 군번 희 병장이다. 한때 부대에서 제일 친한 사이였다. 그러나 멀어지고 나서 아예 대화를 안 하고 지냈다. 이사를 하고 분과별 생활관이 조성되니 얼굴 볼 기회도 줄었다. 그렇다고 따로 그의 생활관까지 찾아가 노는 건 유난이라 느꼈다. 그러다 내가 힐링캠프에 간다는 소식을 듣고 밤에 얘기 좀 하자고 날 불렀다. 난 고마웠다. 희 병장의 전역일이 힐링캠프 입소 기간 도중이라 아무 말 없이 그를 보낼 뻔했기 때문이다.

멀리서 지켜본 희 병장은 말년이 최악이었다. 이 사람만큼 분과 후임들에게 욕먹고 버림받은 사람이 없다. 본인 휴가 중에 일부러 외박 나온 후임들에게 고기를 사주려 근처까지 왔는데 후임들은 뜯어먹을 거 최대한 뜯어먹자는 소리나 했다고 한다. 희 병장이 무슨 잘못을 했길래?

희 병장은 그래도 나와 한때 군 생활 재밌게 한 정이 있는 사람으로서 다 끝나는 마당에 속 시원히 대화라도 하고 싶었다고 한다. 그는 먼저 그동안 내게 말을 걸지 않은 걸 사과했다. 한창 포대장이 병사들을 자기 마음대로 그린캠프 전우조로 파견 보낼 때가 시작이었다. 갑자기 끌려가는 애들의 기존 근무를 빼주지 않는 내가 야속해 분과 사람들끼리 뒤에서 나를 욕했다고 한다. 이 말 듣고서야 처음 안 사실이다. 불만이 있었으면 내게 와서 말하지. 말이 안 통하는 사이도 아니었는데. 내 업무 방식에는 다이유가 있다. 자기 의지로 가는 게 아니라고 그 사람들의 근무 대리자까지 일일이 내가 다 찾아줄 수는 없다. 시간을 내 그렇게 한다고 하더라도 갑자기 대신 근무 들어가게 생긴 사람의 불만은 어떻게 하나. 이런 이유를 설명할 기회가 있었다면 내 평판이 지금과는 달랐을까. 나도 모르게 내 등 뒤에 칼을 꽂은 사람인데, 또 제일 친했던 사람이다. 근데 그의 말처럼 다 끝나가는 마당이다. 배신감은 느끼는데 표출해서 뭐가 달라지나도 싶다.

곧바로 그는 본인의 그간 생활을 들려주었다. 그는 후임들에게 팽 당하기 직전 맞후임과 싸웠다고 한다. 무슨 일인지는 제대로 말해주지 않았다. 그런데 후임들 전부 희 병장이 아닌 그의 맞후임 편을 들었다. 화가 단단히 난 맞후임은 희 병장을 선임 대접해 주지 말라는 말까지 했다. 그동안 저녁 점호 때 자기 분과에서 혼자만 뚱한 표정으로 못 섞이던 게 어떤 맥락에 있었는지 이제 알 것 같다.

희 병장은 그동안 군 생활 정말 열심히 해온 사람이다. 자신이 수송 분과에서 배운 것들을 당직 서는 시간에 정리해 자체적으로 교재를 만들기도 했다. 수송뿐 아니라 모든 병사가 배워야 할 위병소 서는 법 같은 것도 도형 툴을 이용해 깔끔하게 제작했다. 열심히 할 뿐만 아니라 정도 많았다. 그는 자기 아래로 들어오는 후임들을 아꼈다. 내게 맞맞후임과 위병소를 같이 서게 해 달라서 한동안 항상 그 둘을 붙여 놓기도 했다. 희 병장은 군 생활 잘한다며 그 맞맞후임을 여기저기 데리고 다니기도 했다. 하지만 이제는 그도 희 병장을 싫어한다.

희 병장은 전입 올 때부터 한 달 선임인 하 병장과 자주 비교되며 S급 소리를 들었다. 그래서인지 일병이 꺾이기도 전부터 대놓고 하 병장을 무시해도 아무도 뭐라 하지 않았다. 다른 평판이 안 좋은 선임과는 사람들 있는 데서 말싸움하기도 했다. 한창 S급 소리 듣던 때 그는 해외 파병 인원 모집 공고를 보았다. 이곳에서 벗어나기 위해 지원했다. 그러나 전사관님이 날짜를 잘못 안 탓에 서류를 보내지조차 못했다. 기회는 물거품이 되어버렸다. 그는 두고두고 마지막으로 자신이 여기서 탈출할 수 있었던 기회를 회상하며 아쉬워했다. 그랬다면 돈도 더 받고 보람찬 경험으로 가득한 군 생활을 하며, 여기서 이렇게 썩지 않아도 됐을 텐데.

난 희 병장이 속한 수송 분과 사람들을 좋아했다. 리더의 중요성을 실감했기 때문이다. 이미 오래전에 전역한 17년 2월 군번인 우 병장이라는 사람이 있다. 그는 후임들의 손 글씨가 가득 찬 4장의 롤링 페이퍼와 함께 전역했다. 반면 그의 동기는 롤링 페이퍼 단 한 장만 챙겨 나갔다. 이걸 두고 간부님은 남은 우리에게 군 생활을 잘한다는 건 무엇일지 생각해 보라며 질문을 던지기도 했다. 우 병장은 재밌는 사람이었다. 스스로는 대학도 못 나온 바보라고 하지만 자신을 희화화해 가며 사람들을 즐겁게 할 줄 아는 똑똑한 사람이었다. 내게 딸이 있었다면 그를 소개해 주고 싶을 정도였다. 하지만 그는 물러터진 사람도 아니었다. 하하 호호 잘 지내던 후임에게 확실히 갈갈이를 주는 모습을 보고 또 한 번 놀랐다. 우 병장에게선 분노보다도 믿던 사람을 향한 실망이 느껴졌고, 후임에게선 짜증보다는 그 실망감을 줬다는 사실에 대한 죄송함이 느껴졌다. 나중에 그 둘이 다시 평소처럼 친한 모습으로 나타난 것도 놀라운 모습이었다. 나는 잘못되기 시작한 관계를 바로잡지 못한다. 나 같은 후임 둔 선임들도 많이 짜증 났을 것이다. 반면 우 병장은 재미도 있고, 당근과 채찍을 완벽히 다루는 사람이었다. 수송을 동경한 것도, 그가 떠나고 나서도 그 분위기에서 자라 온 사람들이 유지하던 문화 때문이다.

하지만 이제는 우 병장을 본 적도 없는 수송 사람들이 대부분이다. 현재 수송 문화는 분대장을 오래 잡은 희 병장의 영향을 많이 받았다. 처음에는 모두가 그를 따랐다. 하지만 희 병장은 결국 사람을 싫어하면 죽일 듯 까 대는 본인 성격 그대로 후임들에게 당해 버렸다. 이런 사람이 수송 사람들과 나에 대해 무슨 얘기를 했을지는 감도 안 잡힌다.

군 생활은 개판인데 모두에게 박수받았던 하 병장과는 달리 비참한 결말이다. 사람 인생 모른다. 정녕 바깥세상에서도 이 정도로 능력보다 다른 것들이 중요할까. 우린 그동안 못 했던 수많은 이야기를 3시간 가까이 떠들다 할 말이 없어져 자러 들어갔다. 그의 전역은 보지 못했다.

그로부터 페이스북 메시지로 연락이 온 건 아무래도 아이돌 그룹 f(x) 멤버 설리의 자살 때문일 것이다. 유명인의 죽음이 자살 얘기를 하던 날 떠올리게 했나 보다. 그는 한때 내 얘기에 진심으로 걱정해 준 한 사람이다. 고마운 마음에 휴가 때 한 번 보기로 약속을 잡았다.

나는 그가 떠나고 나서 있었던 부대 일들에 대해 할 말이 참 많았다. 그러나 민간인이 된 그는 부대에서 싫어했던 사람들, 안 좋았던 기억들에 관심이 없어졌다고 한다. 대화는 어긋난다. 입은 옷이 달라져서인가. 체면을 차리게 된다. 맥주를 시킬까 하다 그냥 말았다. 무한 리필 식당인데도 급하게 자리를 나와 헤어진다.

왜 군대 인연이 바깥까지 이어지지 않는다는지 알겠다. 나가 보니 우린 너무 다른 사람이었다. 그는 나가면 꼭 배울 거라던 사진 취미를 본격적으로 시작했다. 난 관심 있는 척 그의 인스타그램 계정을 팔로우한다. 희 병장은 여기서 있었던 수많은 일을 어떻게 기억하며 살아갈까.

말출

그동안 모든 휴가엔 계획이 있었다. 하지만 말출에는 약속이 딱히 없다. 15일씩이나 되는 긴 휴가는 처음이다. 약속으로 채울 수 있다면 그렇게 했을 것이다. 하지만 자신이 많이 떨어졌다. 휴가 나가면 몸과 얼굴을 전부 검은 상자로 가리고 다니고 싶다는 생각을 한다. 그 안에 든 게 누구인지 모르게 말이다. 사람들을 만나는 일 자체가 조심스러워졌다. 더구나 군 생활을 지속하다 보니 떨어져 나갈 사람들이 꽤 떨어져 나갔다. 연락 안 한 기간이 오래되면 친했어도 다시 연락을 하기가 껄끄럽다.

영화 동아리 사람들 술자리에 참석한다. 잠자코 음식을 집어 먹으며 사람들의 농담을 들어 준다. 재미없는 얘기뿐이다. 아무 의미 없는 말이다. 한심한 농담을 하던 사람이 별말 없는 내게 "은일이 왜 이렇게 노잼이 된 거냐"고 묻는다. 뭔가 터질 것 같다. 내가 여기 남들 웃겨 주러 와 있나. 하지만 말이 바로 튀어나오지 않는다. 말문이 막혀버린다. 사람들과의 대화 자체가 너무 오랜만이기 때문이다. 부대에서는 딱 필요한 얘기만 하며 살았다. 얼굴 근육도 마음대로 조절이 안 된다. 그냥 자리를 나가 버리고 싶다는 생각이 든다. 먼저 여기 내 편이 많은가 저 사람 편이 많은가 따져 본다. 아무래도 내가 없는 20개월 동안 꾸준히 얼굴 봤을 사람 편이 더 많을 거다. 내가 여기서 나가 버리면 이 사람들 전부를 잃을지도 모른다. 그래도 집에 가고 싶다. 뭐라고 말해야 내 기분을 되돌려줄까. 표정이 왜 그러냐 그 사람이 묻는다. 기분이 나빠서 그렇다고 답한다. 그러니 그는 아까 한 말엔 별 뜻이 없고 농담이었다고 한다.

사람들이 담배를 피운다. 여기 오는 게 아니었어. 보고 싶은 사람들만 봐야 했어. 볼 준비가 된 사람만 만나야 했어. 앞으로 보지 말자는 말을 하고 떠나 버리고 싶다. 그가 종일 미안해했으면 좋겠다. 하지만 그럴 리 없다. 2차 장소를 알아보는 이들에게 그만 가야겠다 하고 자리를 떠난다.

집에서 나갈 어떠한 용기도 생기지 않는다. 누구를 만나도 내게 상처만 줄 것 같다. 좋은 사람을 만나 좋은 시간을 보내고 싶은데 기분 좋은 척할 자신이 없다. 바깥에 나오면 하고 싶은 게 많았는데. 게임을 해 봐도 2시간이면 지친다. 시계를 보고 좌절한다. 아 내가 오늘 게임 말고는 아무것도 한 게 없구나. 군대에서 웬만큼 나사를 조였다고 생각했지만 아침 6시 반에 눈이 안 떠지기 시작한다.

어머니가 나를 부른다.

"잠깐만요. 잠깐만요!"

웬일인가 싶어 화장실에 가 보니 엄마가 똥을 싸고 있다. 똥 덩어리들이 변기 안이 아닌 커버 위에 떨어져 있다.

"어흑 어흐흑 어흐흐흐흑"

어머니는 울부짖고 있다. 엄마 다리는 똥 범벅이 되어 있다. 침착해야 해. 바닥에도, 변기 아래쪽에도 묻어있다. 아아. 지난 휴가 때 가족들과 갔던 여행이 생각난다. 화장실에서 왜 똥냄새가 났는지 이제 정확히 그려진다. 그때도 변기 아래쪽에 얼룩이 있었다. 볼일을 못 가려 바닥에 변을 보신 것이다.

이걸 어떻게 치우지. 고무장갑을 가져와야 하나. 머릿속이 하얘진다. 일단 화장실을 나가려는데 엄마가 부덜덜덜 떨며 날 잡는다. 어쩌다가 이 지경까지 와버린 걸까. 엄마가 이렇게 될 줄 몰랐다. 숨을 꾹 참고 휴지로 변기 커버 위에 있는 덩어리들을 직접 들어 변기에 버린다. 다시 만난 어머니 모습이 너무 충격적이다. 바닥에 쌓인 무더기도 집어서 버려야 한다. 어머니는 울고 있다. 뭉개진 발음이 들린다.

"주굴꺼가태… 주굴꺼가태…."

어머니는 왜 똥을 싸면서 우시는가? 죽을 것 같다는 건 왜일까? 아들 앞에서 이런 모습을 보여서? 아들 앞에서 이러고 있다는 걸 아시긴 할까?

"어흐흐흑… 아흐흐흑…."

샤워기를 들어 남은 찌꺼기를 날려 보낸다. 어머니 다리 사이에 묻어 있던 것들이 떨어진다. 그것들을 치우는 사이 마저 또 싸신다.

그간 아버지와 통화할 때마다 매번 엄마는 어떤지 물었다. 엄마는 알아듣기 어려운 발음으로 날 부르며 언제 오냐고 물었다. 하지만 대답해도 내 말은 전혀 이해하지 못했다.

"식사하셨어요? 저녁 먹었냐구요."

아버지는 항상 내 말을 대신 전해줬다. 엄마는 그제야 "응~ 으응~" 하고 대답했다. 그리고 또 물었다.

"언제 오냐~"

항상 이랬다.

어머니의 괜찮았던 모습이 잘 기억이 안 난다. 휴가 때는 주로 밖에 있었기 때문이다. 그러고 보니 군대 오기 전에도 난 집에 있었던 적이 별로 없다. 어머니가 직장을 쉬고 한동안 집에 같이 있을 때도 난 방에만 있었다. 어머니는 거실에 TV를 틀어놓고 종일 앉아 계셨다. 그때 제육볶음 고기를 사서서 아침에도 제육, 점심에도 제육, 저녁에도 제육을 먹었던 기억이 난다. 시큼한 맛이었다. 그때도 어머니가 낯설게 느껴졌는데 지금 내 앞에 있는 이 사람은 도대체 누군지 모르겠다.

새벽에 아버지가 출근하시면 복지 센터에서 도우미분이 오신다. 07시부터 17시까지 두 분이 번갈아서 계신다. 집에 내가 모르는 사람이 있으니 어색해서 더욱 방 바깥으로 나가지 못한다. 한번 나가서 보니 엄마는 도우미분의 도움을 받아 종이에다 글씨를 쓰고 계셨다. 굳어버린 손 근육. 형체를 알아보기 어려운 필체에서 어머니 이름 석 자가 보였다. 서럽다. 엄마가 아닌 것 같았다. 도우미분들이 가시면 엄마와 같이 거실에 앉아 TV를 본다. 엄마가 내게 무슨 말을 거는 것 같다. '영화 할 거냐'는 내용으로 들린다. 어머니는 내가 영화 하겠다는 걸 좋아하지 않으셨다. 내가 경제력 있는 남자가 되길 바랐기 때문이다. 기억들이 가루로 흩어지는 지금 건네는 말이 고작 이런 거라니.

"저 영화 안 하려구요."

"응?"

"영화 안 하려구요."

"응?"

"영화 안 한다고요."

"응? 왜."

"뭐라고요?"

"왜."

"그냥…. 막상 만들어 보니까 재미도 없고…. 돈도 안 벌리고…"

"응?"

"영화 말고 딴 거 해보려고 계속 찾았는데 잘 모르겠어요."

"응? 아하하하하…"

엄마가 치매에 걸린 건 유전적인 이유라고 형이 그랬다. 그래서 우리도 나중에 치매가 발병할 수 있고 발병하지 않을 수도 있다. 그러나 지금 걱정한다고 대처할 수 없는 일이라고 했다. 요정과 마지막으로 간 춘천에서 그녀는 내 귓불을 보며 이런 말을 했다.

"귓불이 이렇게 생긴 사람들은 나중에 치매 걸릴 확률이 높대."

무슨 뚱딴지같은 소리인가 싶었는데 인터넷에 검색해 보니 그런 연구 결과가 정말 있었다. 나도 나중에 엄마처럼 될까.

그토록 염원하던 집에 왔다. 그러나 여기서도 쉬지 못한다. 도우미분이 가고 나서 아빠가 오면 너무 무섭다. 들어올 때는 춤을 추면서 엄마에게 사랑한다고 하신다. 근데 엄마에게 밥을 먹이거나 엄마를 씻길 때는 이제껏 들어본 것 중 가장 큰 목소리로 소리를 지르신다. 밖에 나가 중재를 해야 하나 싶지만 화가 난 아빠를 막을 자신이 없다. 화난 눈을 쳐다볼 자신도 없다. 남은 휴가도 의미 없이 보내며 계속 동아리 사람들과의 술자리를 생각했다. 그 사람만 없었더라도 내 휴가가 지금과는 달랐을 텐데 하면서.

커다란 실망

군 생활 초반에 그린캠프 분대장으로 파견 갔던 나의 동기 태 병장이 내가 말출 나가기 직전에 부대에 복귀했다. 그는 전역 전날에 복귀해도 됐다. 그래도 현역 부적합 심사자 관리로 우리 간부와 병사들을 종종 보았고, 그동안의 정을 봐서 그리운 마음에 일주일 일찍 돌아온 것이다. 그런데 모두가 대놓고 시큰둥하게 대했다. 태 병장을 본 적도 없는 후임이 베개가 없다는 그의 뒤에 대고 말했다.

"지금까지 꿀 빨다 온 사람한테 베개는 무슨."

태 병장 때문에 제일 고통받은 사실상 꼬박꼬박 그의 출타를 관리했던 나인데 왜 그렇게 사람들이 나쁘게 대하는 걸까. 심성이 나빠서? 그냥 일부러 나쁘게 구는 것 같다. 여기가 군대라서? 친절하지 않은 게 군인 정신이라서? 왜 그를 처음 보는 간부들까지 그를 퉁명스레 대하는 건지 받아들일 수 없었다. 나도 꿀 빠는 사람이 싫다. 그래도 그동안 임무 수행하며 고생한 그에게 어느 정도 대우는 해 주길 바랐다. 사람한테 잘해준다고 뭐가 닳는 게 아닌데. 간부님들은 나와 그나마 친한 태 병장을 우리 행정 생활관에 배치했다. 행정 후임들은 그를 전우님 취급해서 말끝에 요 자를 썼다. 태 병장도 스스로 선임 대접받을 입장은 아니라 생각해 똑같이 후임들에게 요 자를 썼다. 그러나 간부님들은 그를 꼬박꼬박 작업에 동원했다. 그동안 부대에 상주한 전우들이 모두 작업에서 열외된 것과는 달랐다. 일찍 부대에 복귀하라고 조른 내가 민망해졌다.

전역 대기 기간 중 범 중사님이 모든 분대장을 행정반으로 집합시킨다. 무슨 일인가 했다. 들어 보니 전역 1개월 남은 한 병사를 이제 선임 대우해주지 말라는 지시였다. 취사장 청소를 한번 제꼈다고 한다. 원래부터 폐급 취급받던 사람이었지만 이렇게까지 할 것 있나. 말출을 다녀온 사이 내가 너무 무뎌진 건가. 여전히 여긴 이해할 수 없는 일투성이다. 전역 한 달 남은 예 병장은 말년 대우도 못 받고 계속 일만 하다가 가겠지. 여기 사람들이 단체로 미쳐 있는 걸까. 아직도 적응이 안 된다. 이곳은 결코 내게 추억으로 남지 못할 것이다.

마지막 일과인 총기 수입을 시작한다. 관측장교는 면봉으로 총의 해괴한 곳까지 긁어가며 검은 때를 잡아낸다. 마치 게임 하듯 즐거운 모습이다. 전역병들 총에서 먼지 찾는 게 제일 재밌다며 깔깔깔 웃는다. 비참한 기분이 든다. 사람들이 내세워 온 올바름이나 정의는 다 그 자체로 목적이 아니라 남들을 괴롭히기 위한 명분이었다.

군 생활의 공식적인 마지막 행사인 대대장 간담회에선 대대장님이 전역병들을 모아 놓고 무슨 말을 할지, 무슨 말을 들어줄지 기대가 됐다. 그러나 그는 50분간 자기 할 말만 했다. 이 사람 말고 전임 대대장과 전역병 간담회를 하고 싶었는데. 마지막으로 나중에 생활관 건물 신축 공사가 끝나면 홈커밍데이를 할 생각인데 어떠냐고 물어왔다. 이미 50분을 떠든 그는 우리 생각을 들을 것 같지 않았다.

"괜찮은 것 같습니다."

"괜찮은 것 같습니다."

빨리 이 지겨운 시간이 끝나길 바라며 다들 긍정을 표했다.

마지막 저녁 점호다. 아침부터 이런 생각을 하고 다녔다. 이건 내 마지막 아침 점호다, 이건 내 마지막 일과 집합이다, 이건 내가 마지막으로 부대 화장실에서 싸는 똥이다…. 당직사관이 전역병들에게 앞에 나와서 한마디씩 하게 시킨다. 원래 전역병이 있으면 전날 저녁 점호 때 전역 신고식을 하는 문화가 있었다. 전입 신고식과 비슷한 멘트를 하면 해당 분과 막내가 경례를 받아줘야 한다. 그리고 그 분과 후임들이 한 명씩 돌아가며 걸쭉하게 욕을 박는다. 하지만 이 문화는 임시 숙영 시설로 이사한 이후 소리가 잘 안 들려 간소화되었다. 내게는 잘된 일이다. 친하지도 않은 분과 후임들에게 그동안 좆같았다는 욕을 듣고도 버틸 자신이 없기 때문이다.

알동기[32]들이 가볍게 한마디씩 한다. 마지막 차례인 나는 할 말이 정말 많다. 그동안 전역사를 준비해 오는 선임들도 있었다. 하지만 지금 이 자리는 그냥 웃겨야 되는 자리인 것 같다. 난 이들을 웃길 수 없다. 그래서 그냥 내가 좋아하는 말을 하고 끝낸다.

"화이팅."

짝짝짝짝짝. 당직사관님은 우리 보고 사진 찍게 휴대폰 꺼내려면 행정반 와서 열쇠를 가져가라고 하신다. 난 그대로 생활관으로 들어간다. 군 생활을 잘 못 한 것 같다. 후임들의 얼굴을 하나씩 보는데 사진 찍을 사람이 없었다. 전역하고 군 생활을 자랑스럽게 얘기하는 사람들 사이에서

---

32 입대 날이 같은 동기를 일컫는 말. 누군가 영창에 가는 경우만 아니라면 보통 같은 날 전역하기 때문에 군 생활 동안 가장 오래 보는 사람이다.

난 아무 말도 못 할 거다. 평소처럼 자리에 누워 수첩을 열고 드는 생각들을 빠르게 적는다. 그냥 여기서 빨리 사라지고 싶다. 이 사람들을 평생 마주치고 싶지 않다. 알동기들과 사진 찍는 후임들로 바깥이 시끌시끌하다. 전역빵 때리는 소리도 들린다. 나는 그냥 TV 연등 때 그동안 군대에서 제일 재밌게 본 영화를 보며 끝내고 싶다.

취사병 후임이 들어와 사진 안 찍으시냐고 묻는다.

"어…"

내게 고생하셨다고 말한다.

"그래…. 너도 이제 얼마 안 남았네…."

"기분이 어떠십니까?"

갑자기 생활관 문이 열리고 또 다른 후임이 들어온다.

"조은일 병장님?"

전역 전날인데 침울하게 생활관에 엎드려 있는 날 보고 덩치 큰 후임이 성큼성큼 다가와 안아 준다. 나와 사이가 안 좋았던 다른 후임도 뒤따라 들어온다. 내가 왜 사진을 안 찍는지 알아서일까, 굳이 묻지 않는다.

"조은일 병장님, 고생하셨습니다!"

어쩔 수 없는 척 받는다. 갈 때는 웃어 주는구나. 전포에서 처음으로 받았던 맞후임도 와서 "그래도 맞후임의 정이 있는데…" 하며 마지막 인사를 해 준다.

마지막 TV 연등, 나는 마지막 영화를 고른다. 「마이 블루베리 나이트」. 군대에서 본 것 중 제일 좋았던 영화다. 그런데 이 영화가 VOD 목록에서 사라져 있다. 종종 이런다. 이 영화가 없으면 마무리가 안 되는데. 남 상병이 무슨 영화를 보시냐고 묻는다.

"아. 내가 군대에서 제일 좋아했던 영화가 있는데 그게 없네…"

이대로 잠들 수 없어 생각나는 다른 영화를 튼다. 「졸업」. 시의적절한 영화다.

"고생하셨습니다. 안녕히 가십쇼."

"어! 그래….."

하나둘 잠든다. 영화가 끝나고 아쉬운 마음에 TV를 돌리다 무한도전 마지막 회 재방송 중인 채널을 발견한다. 저 때 마침 훈련소에 막 입소해 못 봤는데. 막상 보니까 별 재미는 없구나.

잔뜩 센치해졌다. 이게 미련은 아니라 믿고 싶다. 자는 둥 마는 둥 하다가 불침번이 부르는 소리에 바로 깬다. 알동기들은 아침 출타 차량이 늦는다고 하여 따로 택시를 타려고 이미 복장을 갖추고 짐을 다 챙겨 나와 있다.

"고생했다."

새벽 기운에 벌벌 떨며 샤워장으로 간다. 환풍구 없는 샤워장은 알동기들이 쓰고 남은 김으로 가득 차 있다. 마지막 샤워를 마치고 생활관으로 가 전투복을 입는다. 이제 여기서 사라질 차례다. 나의 모든 흔적을 지우고 싶어진다. 생활관과 행정반 곳곳에 남은 나의 얼굴과 이름 판때기를 전부 떼어 쓰레기통에 버린다.

행정반에 가니 당직사관님은 자고 있다.

"전역자 제1명 출발해도 되겠습니까."

졸린 눈으로 일어나 날 한 번 안아 준다. 무슨 말을 하려나 싶다가 아무 말 없이 다시 잠든다. 난 비몽사몽인 당직병과 불침번들에게 한번 손을 흔들고 나온다.

춥다. 전역하는 날 아침에 꼭 인스타그램으로 라이브 방송을 하겠다며 말하곤 했다. 고민 끝에 버스 안에서 라이브 방송을 켠다. 역시 아무도 나타나지 않는다.

오전 10시 반 집 도착. 엄마 아빠가 계시고 주말이라 형도 와 있다.

"우와~ 은일이가 드디어 전역을 했어~요~"

아빠가 두 팔 벌리며 다가오신다.

"잠깐만 기다려 봐."

아빠는 지금 이 상태로 사진을 찍어놔야겠다며 휴대폰을 들고 오신다. 전투화도 벗지 않은 채 엉거주춤 카메라 렌즈를 본다.

아직 민간인이 된 건 아니다. 진짜 전역은 전역 다음날 00시부터다. 그전에 부대 단톡방을 나가선 안 된다. 동기 한 명이 그렇게 했다가 다시 초대당한 적이 있다. 나가고, 초대받고, 다시 나가면서 사람들의 이목을 끌고 싶지는 않다. 그래도 이제는 다시 부대로 돌아갈 일이 없구나. 전역했다고 주위 사람들이 모여 파티를 해 주는 상상을 한다. 그럴 일은 없다. 옷을 갈아입는다. 드디어 방 안의 푹신한 침대와 베개로 돌아왔다. 휴대폰을 켜 야한 사이트에 들어간다. 40분 정도 이리저리 돌아다니다 사정한다. 이후 가족들과 점심밥을 먹고, 안락하게 유튜브도 본다. 하루가 저문다. 아무도 날 찾지 않는다. 그래도 내일은 남산에 가야지. 그동안 휴가 나와서 학교 쪽으로 갈 때마다 보이던 남산에 가려 한다. 요정과 연애 초기에 간 게 마지막이다. 그때는 그녀 전화번호도 외우기 전이었을 거다. 휴가 때마다 저 남산을 쳐다보기만 하고, 오르겠다는 마음은 먹지 못했었다. 이제는 하고 싶은 걸 하며 살아야지.

영화 연출부 자리를 구할 거다. 그리고 틈틈이 글을 쓸 것이다.

○○시가 된다. 톡방을 나가지 않고 한동안 염탐하면 어떨까도 싶다. 아니다. 바로 나가야겠다.

평행 우주 VI

S#8. 하천 (야외 / 낮 / 비)

3m 정도 되는 높지 않은 다리에서 군복 차림의 은일 투신한다.

급한 물살에 휩쓸려 내려가며 바위에 부딪힌 은일은 피투성이가 된다.

만신창이가 된 은일은 물속에 잠긴 채 다시 일어나지 못한다.

S#8-1. 다시 하천 (야외 / 낮 / 비)

다리에서 은일 투신한다.

이번에는 하천에 안전하게 떨어져 옷만 젖고 금방 걸어 나온다.

다리로 올라올 방법을 찾아 보지만 잡고 올라갈 만한 것을 도무지 찾지 못한다.

S#9. 다리 (야외 / 저녁 / 비)

은일을 찾으러 급히 나온 당직사관과 병사들, 다리 밑에 서 있는 은일을 발견한다.

당직사관　너 뭐 하냐?

S#10. 또다시 하천 (야외 / 낮 / 비)

다리에서 은일, 투신한다.

안정된 자세로 물살을 타고 내려가 몸에 생채기 하나 나지 않는다.

S#11. 행정반 (실내 / 낮)

병사1　　취사장에도 없습니다.

당직사관   이 새끼 어디로 간 거야!

S#12. 생활관 (실내 / 낮)

급하게 활동복에서 전투복과 우의 차림으로 환복하고 홀에 모이는 병
사들

사령부 직통 스피커에선 실종 병사의 인적 사항이 전파된다.

S#13. 다리 (야외 / 낮 / 비)

차가 한 대 지나간다.

당직사관   씨벌! 차라도 훔쳐 타고 갔나. 군 생활 얼마 남지도 않았는
            데 눈 딱 감고 버틸 것이지.

S#14. 타 부대 위병소 (야외 / 낮 / 비)

하천에서 이어져 내려오는 강이 보이는 어느 위병소.

부사수   어…. 저기 웬 군인이 떠내려가고 있지 말입니다.

S#15. 강가 (야외 / 밤 / 비 그침)

탈영병 찾기에 군용 헬기와 구급 차량이 동원된다.

강가에 대기 중인 포병연대 간부와 병사들은 화를 꾹 참고 있다.

장교   저쪽입니다!

모두의 시선이 집중된 곳에는 아직도 떠내려오는 중이던 은일이 있다.

은일은 강을 가로질러 미리 쳐 놓은 밧줄에 걸려 밧줄을 잡고 천천히

물 밖으로 빠져나온다.

의무병들이 달려와 담요를 얹어 주고 높으신 간부가 무어라 말하지만 은일에겐 아무것도 들리지 않는다.

들것에 눕는 은일.

우의를 입고 멀찌감치 서 있는 부대 사람들이 마치 저승사자 무리처럼 보인다.

S#16. 다리 (야외 / 낮 / 비)

쇠사슬과 자물쇠 든 은일, 눈 질끈 감고 다리 난간에 기대 있다.

위병소 문을 잠그고 돌아와서는 하천 쪽을 더 바라보다 부대로 돌아간다.

음악과 함께 페이드 아웃.

쿠키

S#17. 하나포 포상 (야외 / 낮)

얼굴이 보이지 않는 군복 차림의 남자 셋.

폭사한 조 일병의 잔해를 수습해 양동이에 담는다.

S#18. 장례식장 (실내 / 밤)

빈소를 찾은 군복 차림의 한 남자.

군복 차림의 상주와 맞절하고 고인에게 절하는 그, 사진 속 조 일병의

얼굴을 하고 있다.

접객실에 앉으니, 이어서 들어오는 조문객 전부 수많은 평행 세계에서

온 조 일병들이다.

카투사 전투복을 입은 조 일병.

어깨에 의무병 마크를 단 조 일병.

영화감독이 된 조 일병.

사회복무요원 근무복을 입은 조 일병.

면제를 받았는지 사복을 입은 조 일병.

여자로 태어난 조 일병 등 정말 많다.

다들 묵묵히 밥을 먹는다.

S#19. 장례식장 (야외 / 낮)

조 일병들의 발인 행렬.

슬프기보단 떨떠름한 얼굴들이다.

S#20. 화장장 (실내 / 낮)

불길 속의 관과 그것을 지켜보는 조 일병들.

몇 명은 졸고 있다.

S#21. 주차장 (야외 / 낮)

조 일병 '유언이 뭐 이래!'

바람이 많아 흙먼지가 날리는 공동묘지 주차장.

조 일병들 한 손에 종이컵을 들고 빙 둘러 서서 유언장을 읽고 있다.

한 사람이 커피포트를 들고 와 종이컵에 끓는 물을 부어 준다.

그리고는 유골함에 든 가루를 한 스푼씩 타 준다.

각자 손목 스냅으로 대충 내용물을 섞어 푸른 하늘을 보며 마시는

조 일병들.

폭사한 아저씨의 심리적 부검

초판 1쇄 발행 2023년 12월 13일

지은이   조은일
발행처   예미
발행인   황부현
편 집   박진희
디자인   김민정

출판등록   2018년 5월 10일(제2018-000084호)

주소   경기도 고양시 일산서구 중앙로 1568 하성프라자 601호
전화   031)917-7279   **팩스** 031)918-3088
전자우편   yemmibooks@naver.com
홈페이지   www.yemmibooks.com

ⓒ조은일, 2023

ISBN 979-11-92907-25-3   03810